推薦人

王汎森（中央研究院院士・副院長）
王丹（清華大學人文社會學院客座助理教授）
季季（作家・資深媒體人）
尉天驄（政治大學中文系榮譽教授）
陳芳明（政治大學台文所講座教授）
楊照（作家・文化評論家）
劉克襄（作家）

蘇曉康作品集 3

屠龍年代

中原喪亂與《河殤》前傳

蘇曉康

目次

引子　垮壩

滿街飄蕩的烙餅香味兒，也把一九七五年夏天，烙進我的記憶裡。在河南省會鄭州的大街小巷，人們搭起無數臨時爐灶趕製烙餅，一種救災的全民式動員。七五年已是文革末，毛澤東又起用了鄧小平，騷亂將將止息，政府的功能在復甦中。我是省報[1]一個跑農村的小記者，從豫北[2]清涼的太行山區趕回鄭州談稿子，一進編輯部便聽說南邊有兩座大水庫垮壩了。

省城裡說垮壩，都如談虎色變，說從水庫裡蛟龍般逸出十來米高一個直立如壁的水頭，一路橫掃而去，把京廣鐵路都擰成了麻花；莊戶人都在夢鄉裡淹進澤國。現任鳳凰網副總裁喬海燕，當年正身處洪河上游「石漫灘水庫」十幾米遠；三十五年後回憶道：

> 從水庫裡洩下的洪水，簡直是一頭暴怒的猛獸！四億立方米的水在兩三個鐘頭內全部洩盡，那種驚人的衝擊力和毀滅性，絕非人間筆墨所能形容其萬一。激流先是朝北，順著往下游衝撞，浪頭有十幾米高，一路奔騰咆哮，肆無忌憚的撕裂、吞沒著一切。沖到距舞陽縣不遠的一處高地，旋即掉頭向東，留下一個湍急的漩渦掃蕩四周。掉頭的大水繼續向東狂奔，一直沖到京廣鐵路，與板橋水庫決口的洪水匯合，形成汪洋。幾個老百姓對我形容垮壩那一刻，「像天塌了一樣！」「從來沒有聽過那聲響，大，嚇死了人，滿世界的轟響，響著響著，轟！一聲，啥都不知道了，等你醒過來，在樹窠杈上擔著呢。」[3]

當時有六萬人攀在樹上，堪稱世界奇觀。三十二個縣、三百四十七個公社、一千八百多萬畝耕地，全在汪洋之中；二百萬人困在壩上、堤上、房上、樹上、筏上……。中央慰問團團長紀登奎[4]乘一架米格——八直升機飛臨災區上空，隨行「新華社」記者張廣友敘述從空中所見：

俯瞰遼闊的豫中平原，往日一片綠油油的莊稼不見了，而今是一片白茫茫，猶如汪洋大海，一眼看不到邊。舞陽、西平、遂平、上蔡、平輿、汝南等大部分縣城都已經泡在水中，高大的煙囪大半截露在水面上，地勢較高的地方和沒被完全淹沒的房頂上站著許多人……，村莊的房屋和田野的莊稼幾乎全部被洪水淹沒了，偶爾看到一些大樹枝頭還露在水面上……。[5]

---

1. 指《河南日報》，河南省委機關報。
2. 河南省簡稱豫。
3. 喬海燕〈一九七五年石漫灘水庫垮壩親歷記〉，《華爾街日報》中文網二〇一〇年八月四日。
4. 紀登奎（一九二三—一九八八），文革時期中央政治局委員。
5. 張廣友〈目睹一九七五年淮河大水災〉，《炎黃春秋》二〇〇三年第一期。

相當於一顆小型原子彈

這就如一場長江洪峰氾濫到了人口稠密的豫南。汝河上游也垮掉的「板橋水庫」，庫容是五億立方米，潰壩流量達到七萬八千二百立方米／秒。據水利學家王維洛二十多年後計算，這流量超過了長江宜昌站實際測到的歷史最大洪水量。另據倖存者憶述，夜幕裡天上一道閃電，一串炸雷，暴漲的水庫陡然萎癟，幾億方庫水滾滾下洩，有一個聲音喊道：「出蛟了！」

那一次豫南垮壩，同時垮掉的共有五十八座中小型水庫。紀登奎說：「兩個大型水庫和那麼多的中小型水庫垮壩，所造成的人民生命財產損失相當於一顆小型原子彈！」在國際上，這事件被統稱為「板橋水庫潰壩事件」，乃是世界上最大的水庫垮壩慘案，更是所謂「全球科技災害第一名」（或稱「人為技術錯誤造成的災害」）。一九八四年冬的印度博帕爾化工廠洩毒事件和一九八六年春的蘇聯車諾比核電站爆炸事件，則分別名列第二、第三。大自然與天文氣象導致的洪水威脅，在中國其實是超過六十年安瀾（黃河未潰堤）的，荒唐卻是「人定勝天」建造的水壩水庫之失控而釀成「人造洪水」，更荒唐還在於中國制度無問責機制，無論死掉多少老百姓都是白死，而且是在閉關鎖國中瘐死。

張廣友回憶，當時紀登奎就明令：「中央領導已經決定這次水災不作公開報導，不發消息，特別是災情不僅不作公開報導，而且還要保密。」文革後紀登奎又解釋過一次：「不叫公開報導是怕產生副作用，影響穩定；那個時候正是毛主席和周總理重病期間，不讓公開報導，也是怕他們受刺激，內部報導也只能選擇極少量給他們看，這種內部報導不會給他們看的……。」

究竟死了多少人？水利部至今謊稱「不超過一萬人」；但是一批全國政協委員和常委們揭露，「七五八」豫南垮壩，奪命二十三萬人，等於另一次唐山大地震——一年後的幽燕陸沉，蒼龍死去[6]，乃是驚天動地的，可憐此前中原洪水滔滔，竟被遺忘得無影無蹤。我依稀記得，甚至大水過後人們熱中傳播的一個小道消息，說是鄧小平由紀登奎陪同，坐直升機親臨災區上空，俯視豫南一片澤國，難過得掉了眼淚；哪曉得，紀登奎長子紀坡民在二〇一一年爆料的真相卻非如此：

二〇一〇年八月號的《南方都市報．深度周刊》專題回顧「75．8」潰壩事件，封面照片即「遭洪水摧毀的京廣鐵路一景」。

6. 一九七六年七月廿八日發生唐山大地震，一個多月後毛澤東去世。

河南省委第一書記劉建勳急向國務院副總理紀登奎報告險情。紀登奎立即趕往副總理李先念辦公室，他們決定向第一副總理鄧小平彙報，請求具體指示，因為鄧小平當時除了是國務院第一副總理主持國務院日常工作外，還擔任軍委副主席和解放軍總參謀長，有權力和能力調集各兵種參與搶險工作，而無需驚動毛澤東和周恩來。

八月七日二十二時四十五分左右，李先念給鄧小平家裡打電話。他女兒鄧榕接到電話後說鄧小平不舒服，已經入睡。李先念說發生了非常危急的情況，必須叫醒鄧小平。但鄧榕堅持說鄧小平已經入睡，身體不好，不能叫醒，有事天亮再說，並掛斷了電話。

據紀登奎和李先念後來的了解，當晚鄧小平並沒有生病，也沒有入睡，而是在萬里[7]家打麻將，一直打到八日清晨五點左右。

中國老百姓的政治想像力，實在是貧乏得可憐，尤其是關於政治強人的心腸。人們至今也沒有發現，「七五八」豫南垮壩，對日後震動世界的「鄧小平時代」具有某種反諷的象徵性含義——鄧小平的執政，自始至終都頭上頂著一盆水，那盆水猶如達摩克利斯劍[8]，它的傾覆乃是須臾間事。這是後毛時代中國政治永遠的宿命。「垮壩」的概念便從水利學延伸到政治學——以此才能解釋，為什麼中國政治近二十年來的最高原則是「穩定」。

歷史的詭異又在，「豫南垮壩」雖不像「唐山地震」成為毛時代坍塌的神祕預兆，卻開啟了另一種「洪水恐怖」的水利大事功。當代中國的水利工程，從始至終都是一種政治決策，神州遍野深受其害，禍殃子孫萬代。豫南屬於淮河流域，那裡的一次垮壩，驚動比鄰的黃河流域，再次掀起「江河治理狂熱」，一路挺進到「高峽出平湖」的長江三峽大壩，也洞開了「南水北調」、開發大西北乃至青藏高原的野心，捲起十八世紀工業革命以來未曾有過的一股好大喜功——原來，「資源高消耗型」發展的「中國模式」，都可以追溯到「七五八」垮壩。

中國果真是個「治水社會」

人們回憶，大水退去後，人畜屍體在烈日下蒸騰著腐臭，潔河至信陽的公路兩旁，沿途大樹的樹枝皆彎垂著，趴滿了黑壓壓的蒼蠅。僅打撈出來的屍體就有十萬具。堆積如山的屍體在腐爛，竟騰起一層可怕的「屍霧」，籠罩災區。中原這幅地獄景象，無論當時有多麼慘烈，卻注定被歲月淹沒，沒能產生驚醒的教訓。到了八〇年代「改革開放」，催發了又一輪「江河治理狂熱」，黃河長江的治水大事功紛紛上馬；到兩千年「經濟起飛」後，便要將中國的河流條條蓋座水壩（全國計有八萬多座大壩），直欲建壩到西藏雅魯藏布大峽谷上那個

7. 時任鐵道部長，後與趙紫陽並列為改革主將。
8. 達摩克利斯劍：希臘神話中某朝臣名達摩克利斯善獻媚，國王令其嘗試王位滋味，以馬鬃懸一劍於上方。此意象徵高位大權極危險。

著名的「大拐彎」[9]；據說那裡是地球上最富含水力發電潛能之處。

豫南垮壩，原本就是五〇年代那一輪「江河治理狂熱」的惡果。「七五八」垮壩那年，就有專家向紀登奎彙報：垮掉的這兩座壩，都是「大躍進」的劣質產物。淮河治理源於「新四軍」時期，因為那裡有一個學水利的女學生錢正英[10]；五〇年代起，共產黨從蘇聯引進「水庫大壩」治河模式，最早拿淮河開刀，也是由她指揮，一口氣在淮河上建造了九座大型水庫（包括石漫灘和板橋），和無數中小型水庫；還稱此為「滿天星」、「葡萄串」。這種狂熱，又是因為修水庫的半軍事化組織形式，直接產生了「人民公社」，深受毛澤東的讚賞。然而水庫節節攔水，阻礙自然水流和河流自淨能力，把個淮河徹底治死（「腸梗阻」）。後來當了水利部長的錢正英，在全國修建的八萬多座水庫大壩中，有三分之一以上是「病庫危壩」，就像埋藏在中國的一大批定時炸彈。

七五年夏太平洋三號颱風在淮河流域豫南形成暴雨中心，三天的降雨量超過一千六百毫米，各大水庫紛紛蓄水以備抗旱，及至發現洩洪閘打不開，已為

五〇年代淮河水庫工地。

時晚矣。這個細節，反映了共產黨的水利事功，早期只是一種「澆灌農業」。錢鋼[11]的〈文革時期河南駐馬店水庫垮壩大慘劇〉一文提到，五八年「大躍進」期間，主管農業的譚震林到河南視察，便歸納出「以蓄為主，以小型為主，以社隊自辦為主」的水庫方針。水利專家陳惺當時就反對，指出平原修壩重蓄輕排，使地表積水過多，會造成澇災，也令土地鹼化。然而，當「澆灌農業」終於「現代化」到了「控制洪水」、「向江河要電」這一步，中國的環境就更加遭殃了，這才是黃河長江上那些大壩的真實含義。

中國人今天開始追問五九至六〇年的「大饑荒」餓死多少人？也開始反思毛澤東的「大躍進」決策，包括「放衛星」[12]、大食堂、反右傾、高徵購等等。但是很少有人追問「江河治理狂熱」的惡果。實際上，毛澤東以「亞細亞生產方式」[13]的想像力「趕英超美」，乃是他最土、最「封建」也最「適合國情」的地方，其中尤以大興水利事功最為「亞細亞」。

馬克思概括的「亞細亞生產方式」，不過是他讀美國人類學家摩爾根《古代社會》時

---

9. 位於青藏高原派區至墨脫，落差達二千二百米，築壩於此對高原生態影響甚劇。
10. 錢正英，水利工程的積極推行者，主政水利部達四十年，中國水資源破壞的主要責任者。
11. 錢鋼，報告文學作家，《唐山大地震》作者。
12. 「放衛星」，中國「大躍進」術語，意謂極度誇大的糧食畝產，乃是受啟發於一九五七年蘇聯發射了第一顆人造衛星。參見廿二頁。
13. 亞細亞生產方式，東方歷史上國家以農村公社為單位進行大型工程建設，其特色是土地公有、專制主義。

獲得的一點靈感而已。他有一位同為猶太裔的德國晚輩卡爾·魏特夫（Karl Wittfogel），極度發揮此說，提出整套「治水社會」理論，一度影響巨大，甚至被人認為超越了他的兩位理論前輩馬克思和韋伯。魏特夫將中國作為一個典範，納入這個體系，九〇年代在中國也曾引起爭論。我在海外孤陋寡聞，偶然見到黃仁宇教授一九八八年〈五百年無此奇遇〉一文介紹此說，他雖不敢恭維，但還是引「齊桓公葵丘會盟」、秦始皇「決通防川」，替魏氏補證，肯定「中國的中央集權確與防洪有關」。我則覺得若補上四九後的「江河治理狂熱」，魏氏「治水社會」之說就有了更堅強的支撐。五〇年代西方曾頗驚異毛澤東解決了中國四億人的「吃飯問題」，這跟大修水庫搞灌溉分不開，只是他們不曉得毛澤東搞過了火，一下子餓死三千六百萬人（楊繼繩數字）[14]。

中國學界人士似乎不贊成「水利社會」這個概念。但是，如果仔細研究「大躍進」和「人民公社」這兩個巨大的怪物，就會發現它們的端倪，都出現在「興修水庫」的運動中。荷蘭籍歷史學者馮客（Frank Dikotter）考證：「『大躍進』這個詞，首次出現在一九五七年底興修水庫的群眾運動中。……在一九五七年十月，約有三千萬人被徵募。到了一月份，中國有六分之一的人在挖地。當年年底，超過五億八千萬立方米的岩石和土壤搬了家。」楊繼繩考證「人民公社」的起源也發現：

人民公社還不是自下而上的自覺行動，而是按中央的意願，自上而下發動起來的。它起源於中央領導集團的共產主義情結，也起源於極權制度的需要。不過，它的興起卻借助了全民大辦水利的契機。一九五七年冬到一九五八年春，在中央政府的號召和推動下，上千萬到上億的勞動大軍，從南到北都在大搞農田水利建設。這種農田水利基本建設要求在大面積的土地上統一規劃，修建長達十幾公里甚至更長的灌溉渠系。這種較大工程需要大量勞力和資金，規模較小的農業合作社沒有力量辦這種事，只能通過調整農業合作社的規模甚至調整行政區劃來解決問題。中央有些領導人就產生了改變農村基層結構的思想。毛澤東曾一再強調「大社的優勢性」。

易興大事功也易生大災難，應是「治水社會」衍生的一個特徵，未知魏特夫窺見及此。我倒是從美國生物學家賈德・戴蒙[15]著《崩潰》一書中，看到非常貼近的描述；他分析道：

> 中國海岸線平直，無大型半島，主要河流由西向東、平行排列，利於「大一統」，因此早在西元前二二一年，核心疆域的統一局面就壓倒分裂，這也使得統治者可以在廣大的疆域內，隨意改弦更張，事情不是更好就是更糟，常常在須臾之間。

---

14. 楊繼繩著《墓碑——中國六十年代大饑荒紀實》。
15. Jared Diamond，洛杉磯大學醫學院教授，出版《槍炮、細菌與鋼鐵》等名著。

紅旗渠：治水事功之極致

魏特夫死於一九八八年，我猜他生前若得知中國那條「紅旗渠」，一定欣喜若狂，因為古今中外他也找不到這麼完美的一個「治水社會」，且出現在二十世紀！前面提到，七五年我在豫北跑農村，跑得最勤的地方，是安陽（彰德府）西部最缺水的太行山區林縣，「紅旗渠」如一條青龍纏繞太行峭壁，乃是文革期間全中國最驚人的水利事功；一個非常罕見而生動的「治水社會」標本。

林縣地處晉、冀、豫三省交界處，山地面積占百分之七十，所謂「七山二嶺一分田」。這裡的太行山餘脈，皆自西向東傾斜，地質構造猶如漏斗，留不住水，幾條過境河，才露出頭就都流走了。明朝以來五百多年間，大旱一〇四次，民眾皆往山西逃難，呂梁山一帶多有「林移村」。對付這樣惡劣的自然條件，自古鬆散、官府不達縣以下的中國民間社會，自是無可奈何。黃仁宇認為，中國傳統官僚制度（亞洲大陸主體的產物），管轄過於廣闊而無效率，不能具體而微，後來「蔣介石及國民黨因抗戰而替新中國造成一種高層機構，毛澤東及中共因土改而造成一種新的底層機構」，這個理論在林縣被印證得淋漓盡致。五四年派來的縣委書記楊貴，受「大躍進」氛圍激勵，萌發從山西引水的「狂想」，並鎖定漳水（即《西門豹治鄴》中提到的「河伯娶婦」的那條千古聞名之河）。

「紅旗渠」完工於文革時代，乃是可以跟山西大寨媲美且超越大寨的奇觀。周恩來曾不無自豪地告訴國際媒體：「新中國有兩個奇蹟，一個是南京長江大橋，一個是林縣紅旗渠。」但是對這個奇蹟，至今沒有一個到位的解讀。當年楊貴以曠古未有的「底層機構」制度（黨），組織十萬農民，一錘一鉚地削平一千多個山頭，打通兩百多個隧洞，在太行山的岩壁上，開鑿長達一千五百公里的「引漳入林」工程，與其說它跟馬雅金字塔和復活節島石像一樣讓人歎為觀止，倒不如說它奇蹟般地在現代中國把「治水社會」重演一次。

從後世去觀察，更可玩味的細節，是當初楊貴的決策，如何落實？其中的關鍵因素，正可以回答魏特夫一再提出的問題：為什麼「治水社會」常常由一個獨攬重要決定大權的人領導？「紅旗渠」遇到的第一個障礙，是跨區域的限制。漳水源頭在山西，引水需與山西省、晉東南地區、平順縣三級協商。楊貴知道，時任山西省委第一書記陶魯笳與林縣有點淵源：抗戰時陶曾任太行五地委書記，地委辦公室就在林縣。這種「宗法關係」果然靈驗，陶魯笳就把漳水「批」給了楊貴；卻也從此埋下悲劇的伏筆。其次，驅使民力，不靠強有力的權威行不行？紅旗渠一九六〇年初元宵節開工，正是豫南爆發慘烈的「信陽事件」（餓死一百萬人）之際，而豫北太行山上十萬民工炸山鑿洞，每天只有六兩糧食，形同苦役，據說民間向上級反映楊貴「只顧高舉紅旗，不管群眾死活」，亦令工程被質疑，幾乎下馬，但因主管農業的副總理譚震林為他撐腰，終得以繼續。又是一樁「宗法關係」。再有一層，這樣的決策很盲目，如山勢蜿蜒盤旋，落差只有十米多，平均坡降為八千分之一，一個河南省委書記對楊貴說：渠修成了水流不過來，咱們倆只有從這太行山上跳下去。

由此觀之，「治水社會」首先要具備人治的制度前提，其次是短期、局部的利益考量。六〇年楊貴「引水狂想」前援大躍進精神，十年渠成已在文革高潮中，最得中央偏愛，誰敢與其爭鋒？毗鄰之地也只能聽其獨享漳水。然而這種「霸權」不久便隨文革告終：山西大修水庫，冀豫兩省也修水渠、灌區、水電站不計其數，一九九七年紅旗渠首次斷流。這種結局，叫林縣人淚濕襟袖——當年他們在太行山岩壁上死命硬鑿的，可是從廣州到哈爾濱那麼長的路啊！如今，「紅旗渠」早已半死不活，水枯渠乾，成了觀光客參訪憑弔的「革命景觀」；當年驚人的紀錄，也不再顯示什麼「人定勝天」氣概，而是丈量了領導人勞民傷財的愚頑程度。

紅旗渠是「政治決策」，所以才會乾枯。戴蒙在《崩潰》中寫道：

> 中國淡水資源的人均擁有量，僅為世界人均擁有量的四分之一，而且南北懸殊，北方僅為南方的五分之一。尤其農業灌溉三分之二靠地下水，含水層正在慢慢枯竭。中國是世界上河流斷流問題最嚴重的國家，至今河水仍在被不停地抽取，因此斷流問題進一步惡化。例如從一九七二年到一九九七年這二十五年間，有二十年的時間黃河下游出現斷流，而斷流天數也從一九八八年的十天增加到一九九七年的二百三十天，甚至在潮濕的南方，如果遇到乾旱季節，長江和珠江也會斷流，從而影響航行……。

詩人郭小川與紅線女之夫華山

林縣奇特，除了山陡焦旱，外面人也聽不懂林縣話。有一次我在某公社，正採訪公社書記，忽有一姑娘闖進來，打斷我們，衝著那書記大喊大叫一陣，又扭頭走了。那姑娘模樣清秀，別人告訴我她是一位北京來的知青，卻操一口難懂的林縣話。林縣話屬於晉語，盛行於山西、內蒙、陝西等地，生硬吼叫，如吵架一般，有人說聽上去也很像閩南話。此去安陽不過一小時車程，那邊就全是中原官話了。

安陽以殷墟和出土甲骨文聞名於世，卻是個毫無特色的北方乾燥小城，因安陽地委駐紮於此，地委招待所乃是全城唯一正規的「賓館」。我被省報臨時派到這個地區的記者站來鍛鍊，平時在各縣跑來跑去，吃住都在縣招待所，只有回到安陽，才落腳這個招待所。這種內部招待所，凡中等市鎮都有一個，全國少說也有幾千家。地委開會才用招待所，或迎送省裡來的人，平時則空蕩無人，很安靜。

七五、七六年之交，我在那招待所進進出出，恍惚間常見到幾位頗有點來頭的人，不像河南本地幹部。其中一個病弱衰老的，好像常住下來。聽招待所的人私下說，他是詩人郭小川，剛剛脫離審查，由中央什麼人安排到河南來，又因他的女兒在林縣當知青，省裡就叫安陽接待他，所以落腳這裡。我這才想起在林縣見到的那個北京女知青，很驚異她竟能學會那拗口的方言。

當年蘇曉康是省報跑豫北農村的小記者。

還有一位新華社軍事記者，叫華山，也常常住在這裡，跟郭小川很熟，兩人形影不離。我過去沒怎麼聽說過華山的名字，後來才知道他竟是《雞毛信》[16]的作者。這些軍旅作家，在文革中個個落難，總根源是因為文革當道者，乃是一個曾混跡上海灘的二流女影星[17]，單憑這一點，「文化大革命」就荒誕得很。文革前郭小川是全國作協常務書記，文學界的總管。「九一三」林彪墜機溫都爾汗，專案組搜查毛家灣[18]，發現葉群[19]筆記本裡寫了「文藝問郭」幾個字；郭小川於是「跳進黃河也洗不清了」。

華山知名度遠不及郭小川，但那時的風頭很健，因為他跟大名鼎鼎的紅線女[20]結了良緣。一日招待所裡興奮傳言：紅線女將光顧。我雖絲毫不懂粵劇，卻知道紅線女在粵港一帶有多紅，很想目睹這南國女星。一天中午，我走到招待所餐廳門口，望見空蕩蕩的餐廳裡，華山、郭小川等幾個人圍著一張餐桌用餐，卻有一個女人起身朝門口走來，一邊嘴裡還在說什麼。她穿著一件「幹部藍」[21]，身姿窈窕，步履婀娜，想必就是紅線女，那副倩影，我至今歷歷可見。

一九七五年前後是一個迷茫、半醒的過渡歲月。神話已經終結，前景晦暗不明，領袖和老百姓都在瘋狂之後得了憂鬱症，彷彿只有一個矮子是最清醒的，而他那藏在清醒後面的冷

---

16. 反映華北抗日戰爭的兒童小說，並改編成電影。
17. 指毛澤東妻子江青。
18. 林彪府邸。
19. 林彪妻子。
20. 著名粵劇女星。
21. 中國大陸黨政幹部習慣穿著的四兜藍色制服。

血，卻要到十四年之後才讓中國人領教。

不久我就離開安陽，調回省城報社當小編輯。恰在粉碎「四人幫」的那個熬出了頭的十月裡，我聽到來自安陽的消息，說郭小川在回北京的前夕，不幸死於那家招待所的火災。

事隔二十三年後，一九九九年十一月的河南《大河報》有文〈郭小川之死〉，追述當年悲劇：郭小川從林縣返京途中，安陽轉車，住進地委招待所，身分是「中央組織部首長」，因火災燒傷窒息而死，全身燒傷面積達百分之七十。我從安陽熟人那裡聽來的說法是，那天在招待所晚餐時，郭小川欣喜已極，喝了幾盅，躺在床上又睡不著，服下安眠藥，還是睡不著，又點上香菸，據說是最好的熊貓牌，菸灰很難熄滅，他卻迷糊過去了，菸灰落到棉被上，引起火災……。他才五十七歲，而且此去北京，將被任命為新時期文化口的主要負責人。這是在大災難落幕前，我聽到的最後一個慘痛故事。

《洪荒啟示錄》

十年後，把豫南垮壩、駐馬店大水災，再次帶進我視野的，是另一位新華社記者。在鄭州花園路口的繁忙大街上，我倆偶然相遇。十年前我也是在這個路口，聞到濃烈的烙餅香味。他一把拉我到路邊就急切說起來：

「給你一點內參線索，想不想寫重頭新聞？」

王彪，新華社河南分社記者，矮墩憨態，待人亦憨直，不虛與委蛇，但也不妨礙他耍點小狡猾，這次眼神裡就閃爍著神祕。他說豫南災區又出現「逃荒要飯」，他已經五下駐馬店，發了兩篇內參，跟河南省委頂上了……。我後來發表的那篇引起震動的報告文學《洪荒啟示錄》，其實是從採訪王彪開始的。我還保存著那個採訪紀錄，日期是一九八五年七月二十一日，王彪說：

板橋、石漫灘兩個水庫垮掉後，沒有修復，這十年洪河、汝河年年鬧水災。改革再好，那裡還是年年斷糧。去年八月二十日我第一次去調查，去了十多天，駐馬店全區除了泌陽都跑到，每個縣跑一兩個公社、兩個生產隊。水淹過小麥，各家只有發霉的紅薯。西平、平輿兩個縣委書記要求我寫內參反映。七五年大水災後，河南省欠中央的救災款共六千多萬，打了兩次報告申請沖銷，財政部不理睬。這些救災款哪裡去了？

八二年我就知道駐馬店出了逃荒要飯。我第二次又去了十天，主要調查搞浮誇[22]。明明受災，糧食產量還報得很高。我去新蔡縣練村鄉，洪河汝河的交匯處，緊靠安徽，那裡收到手的小麥都被大水沖走，只剩下紅薯乾，還是發霉的，我到農民家裡吃飯來著。平輿縣有六個農民自殺。

我寫內參捅出河南浮誇，事先請示了分社社長劉葵華。十月十四日總社發稿，正好

22. 涵義見後文。

十二屆三中全會召開，省委書記都在北京，「動態清樣」[23]發到大會上，胡啟立、習仲動、田紀雲、喬石都拿著它，到京西賓館找河南省委書記劉正威、省長何竹康：「你們河南不是賣糧難[24]嗎，還那麼多人沒飯吃？」

萬里也派《中國農民報》總編輯張廣友來調查。十月底民政部調查組也來了。河南省已經派省民政廳長楊清汾先去駐馬店，追問誰向新華社記者反映情況。民政部調查組在新蔡縣開了幾個座談會，公社書記們都說，小麥、紅薯都爛掉了，縣委書記還是一再逼他們謊報數字。新蔡縣委只好給調查組寫報告，承認浮誇。

十二月九日省委召開省地縣三級幹部會議，省委第一書記劉杰提到駐馬店「浮誇」問題，就大發脾氣。吃飯的時候，他對駐馬店地委書記王德政說：「你們搞浮誇了嗎？沒有，那怕什麼？給中央寫報告嘛！」會後他親自到駐馬店坐鎮，連夜寫報告。王德政事後跟我說，省委領導定調子，要我們說駐馬店大豐收，沒搞浮誇。我們只能照辦，寫了一萬言的報告。他情緒低落，準備下台。

中央書記處元月九日開會研究駐馬店問題。八日晚上，劉帶一幫人坐二五二次列車，我坐十六次特快，同時赴京。早上一到北京，我直奔民政部，他們一聽就把材料都找出來，說劉杰不敢反駁的。下午兩點在勤政殿[25]，圓桌會議，南邊是中央胡啟立、習仲勳、田紀雲，還有民政部長、財政部長、水電部長；北邊是河南省委和民政部調查組，新華社曾健徽參加。

劉杰先發言，通篇駁王彪，否認浮誇。胡啟立要民政部說明。民政部拿出新蔡縣委承認浮誇的報告，念了一下。胡啟立說：「災區幹部說了實情，棍子不要往下打。王彪同志要保護。」習仲勳說：「一搞運動，我就想到河南，你們就是大轟大嗡。」最後劉杰表態：「感謝中央！感謝王彪！」會議開了四個鐘頭。

王彪個案，很值得寫進中國新聞史，它顯示新聞控制機制下，一個記者的榮辱興亡。那天在勤政殿，胡啟立對新華社曾健徽說：「你們的記者做得完全對，你們對記者要獎勵。」元月十八日，新華社社長穆青簽署「嘉獎令」，給王彪晉升一級工資、發獎金二百元；河南分社獎勵他一台二十吋彩電。不過，新華社為了緩和跟河南省委的關係，後來將王彪調到青海分社當副社長。

但是，王彪故事卻把我吸引進「駐馬店事件」。八五年夏天我就去洪、汝河兩岸採訪，跑了新蔡、上蔡兩個縣，採集了掩藏在水災背後的民間疾苦、枉法徇私、貪汙腐敗（這類故事，如今在「盛世中國」已經司空見慣，可知乃是這個制度的原生態），寫成報告文學《洪

23. 新華社的高級內參。
24. 農民多餘的糧食可自行出售，但糧食市場價格偏低，農民吃虧。
25. 在北京中南海內，原為清帝、北洋政府辦公場所，後延續為中共領袖的議事廳。

荒啟示錄》，第二年刊登在二月號的《中國作家》，反響強烈；也在當年「全國優秀報告文學獎」評選會上，頗受好評，卻據說因為河南省委將我告到中央紀律檢查委員會，評委不能選它，只好將我另一篇《陰陽大裂變》選入獲獎。

時至今日，很多人還說《洪荒啟示錄》是我寫得最精采的報告文學。而「垮壩」跟我的私人互動，乃是將我吸引到黃河治理領域，並依次將我引入水利、文化、政治諸領域，不期然建構了我的八〇年代，一個雄嘆悲放的「屠龍年代」。

浮誇：每個鄉兩架飛機

河南俗稱中原，華夏心臟地帶，擁據洛陽、開封兩座古都，卻已是斷碑殘垣，至近代更非膏粱之地，生態上似一老媼，歷盡千年消耗，徒有黃土風沙而已。江山易幟前後，中原兵燹烽火，水旱交加，民間有一諺曰：「水旱蝗湯」。湯者，湯恩伯，抗戰時駐紮河南的第一戰區副司令，部下軍紀鬆懈，又兼國軍黃河花園口炸堤堵日軍，釀成「黃泛區」，民怨甚重。弔詭的是，四九以後，大陸凡貧苦之地，又必成「烏托邦」迷狂之鄉，墜入地獄之深重，非民國時期可比擬，河南又是其中的淵藪。

前文提到，習仲勳在勤政殿裡指著河南省委說，「你們就是大轟大嗡。」可謂將五〇年代河南之迷狂倒錯，一語道破。河南的合作化運動在全國最為高漲。這裡出現了好幾個集體化的全國典型，如封丘縣應舉社、新鄉縣七里營等，都受到毛澤東大力推薦。這反過來也誘發了河南黨組織的極端好大喜功、虛誇蠻幹作風。這就是「浮誇」的準確含義。

「浮誇」的始作俑者正是毛澤東。一九五八年元月的南寧會議上，毛澤東嬉笑怒罵地批「反冒進」[26]，是五〇年代中國那一場「亞細亞生產方式」大熱昏的起點。這一年八月他視察河北徐水，跟一個農業社主任大談「糧食多得吃不完怎麼辦」，並由《人民日報》記者康濯撰寫報導，廣為傳播；幾天後，八月十七日，他就在北戴河大講廢除工資制、在全國實行吃飯不要錢的供給制，大講「現在看來搞十幾億人口也不要緊」，大講「將來我們要搞地球委員會，搞地球統一計畫，哪裡缺糧，我們就給他」，大講「大概十年左右，可能產品非常豐富，道德非常高尚，我們就可以在吃飯、穿衣、住房子上實行共產主義，城市、農村一律叫公社」，大講「大城市要分散，鄉村就是小城市，每個大社都將公路修寬一點，可以落飛機，每個省都搞一、兩百架飛機，每個鄉平均兩架，大省自己搞飛機工廠」，等等。

這樣的狂想，在具有上千年直觀理性的中國，沒有被視為離譜，那就是全民族都瘋了。吹牛浮誇之風，蔓延神州，在中原河南氾濫得最凶，大吹特吹小麥高產，信陽地區的西平縣竟宣布小麥每畝產量高達七千三百二十斤；新鄉地區也吹牛日產鋼鐵一百二十萬噸，均為「世界之最」。早在五八年春季，河南省委第一書記吳芝圃，就提出了全國最為激進荒誕的

26. 大躍進時期的政治術語，意指反對不切實際的經濟發展計畫。

目標：一年之內在全省實現「四、五、八」（黃河以北糧食畝產四百斤、以南畝產五百斤、淮河長江以南八百斤），水利化，「四無省」（無蒼蠅、蚊子、老鼠、麻雀），綠化，消滅文盲，等等——完全跟毛澤東鸚鵡學舌了。

吹牛浮誇、虛報產量，是造成大饑荒的直接的、根本的原因。中國大陸在五〇年代實行的是一套極為原始粗糙、沒有起碼統計學基礎的「拍腦袋」計畫經濟。國民經濟的計畫指標完全由毛澤東詩人般的浪漫狂想定調子，再由周恩來靠幾個秀才在空洞的數字上搞「綜合平衡」；而且要「平衡」得讓毛澤東滿意才行。一九五八年初周恩來和他的助手花了幾天幾夜編製的「第二個五年計畫」，在提交人民代表大會之前，就被毛澤東一通批評給否定了。周恩來作了檢討以後，把鋼鐵指標調到六百二十萬噸，但到夏天的北戴河會議上，冶金部長王鶴壽迎合毛澤東的好大喜功，吹牛可以搞到九百萬噸，毛說：「乾脆點吧！翻一番，何必拖拖拉拉呢？搞一千萬噸。鋼鐵尚未成功，同志仍須努力。七億人口要多少鋼？我看一人一噸，搞它七億噸。糧食比鋼少一半，搞三萬五千億斤。」這就是一九五八年中國向全世界吹牛要搞一千零七十萬噸鋼的由來。

此處插一曲。前面提到黃仁宇教授一九八八年之文〈五百年無此奇遇〉，文內稱「中國一百年來的革命，已於一九八〇年代完成，期間最大的收穫則是今後這個國家已能在數目字上管理（mathematically manageable）了……。」他說他的這個發現，來自一九八五年美國中央情報局（CIA）的一份報告，說中共對全國經濟已有「宏觀調控」能力。那麼，我們從中國內部去看，中共的這一步，正是從一九五八年毛澤東大發熱昏的「合作化運動」、大煉鋼鐵起步的。這不要說是「五百年無此奇遇」，恐怕也是千古未有的。我其實也是黃仁宇「大歷史觀」的一個粉絲。有一次，我跟余英時教授在普林斯頓大學校園裡散步聊天，我們沿著瓊斯堂（東亞系所在地）外面的花園遛彎，我很興奮地跟他大談黃仁宇、他在密西根大學教過的博士生的「大歷史觀」……。余教授一路聽我喋喋不休，只淡淡地插了一句：「是、是，他對資本主義很有研究，不過歷史不是只有財政一個角度……。」

到一九五九年初，中國都沉浸在熱昏之中，各省大吹特吹，向中央上報的鋼鐵指標匯總達三千萬噸。糧食也是這樣。一九五八年各省紛紛拍胸脯，爭報高指標，全國匯總數字高達一萬億斤（實際只有四千億斤），北戴河會議便把五八年的糧食總產定為七千億斤，登報向全世界吹牛。既然吹了牛、登了報，就得如數上繳糧食，於是省裡催縣裡，縣裡催公社，公社逼農民，交不出糧食就吊打、捆人。各級幹部都怕上級扣一頂「右傾」的帽子下來，也怕追究說謊的責任。

這次又是河南省委吳芝圃牛皮吹得最大：一九五八年全省糧食實際產量只有二百八十一億斤，可省委竟向中央上報七百零二億斤，河南省各級幹部向農民追逼糧食尤其凶狠，全省各地大肆拷打、逮捕交不出糧食的農民。到年底，豫東黃泛區的農民已經因飢餓而普遍得了浮腫病，餓死人的現象也開始蔓延……，終於爆發餓死一百萬人的「信陽事件」。

王彪講「駐馬店」，為什麼會吸引我？一個緣故就在這裡。京廣鐵路貫穿豫南，途中有個名字古怪的站叫「駐馬店」，人們大多不知它的來歷。原來「信陽事件」導致人口銳減，一九六〇年後將信陽一劈為二，北部的十個縣劃出來，另成立「駐馬店地區」——它的誕生，本身就是個「洪荒啟示錄」。

張一弓與「李銅鐘」

河南人的悲慘，是他們說不出親身經歷過的人間地獄。他們從記憶到語言，都被鎖定在「水旱蝗湯」、「一九四二年蔣介石密令在鄭州花園口炸開黃河大堤」，以及更早的咸豐五年（一八五五年）黃河「銅瓦廂決口」……。這種「話語權」的控制技術，被描繪成「你只能說得出讓你說的」，其功能大概就是不許人說「大饑荒」和「七五八」垮壩。河南人尤其是這種技術的試驗區，並被驗證非常成功。

不過，有一個河南人把「人間地獄」用小說寫出來，於是就流傳下去了。此人是個中原才子，叫張一弓，七五年我一進省報，就聞聽他的大名，他是這家報館著名的「記者娃娃」，二十幾歲便才華橫溢，卻在一九五六年發表第一篇小說就挨了批。此後沉默二十年，再發聲就立刻轟動全國。

一九八〇年，第一期《收穫》發表中篇小說〈犯人李銅鐘的故事〉，故事梗概：一九六〇年春天，李家寨大小四百九十多口人斷糧的第七天，獨腿的黨支部書記李銅鐘，從附近國家糧倉，打借條拿回一點救命的玉米，讓鄉親吃上一口飯，然後送他們走上風雪逃荒路。他自己卻被公安局以「哄搶國家糧食倉庫的首犯」而逮捕，死在審判席上。

這中篇的命運，跟《洪荒啟示錄》如出一轍。北京文學評論家閻綱曾有一文詳述：

一九八一年全國第一屆中篇小說評獎開始，主辦單位就是《文藝報》。初評小組一致推舉〈犯人李銅鐘的故事〉，但是當時的氣氛太不合適。一月份中宣部長王任重指名批評《文藝報》是「右派骨幹掌權」，應該進行人員調整。所以《文藝報》對於「人性」、「人道主義」、「揭露陰暗面」的作品十分敏感，生怕被人抓住上綱上線，對於〈犯人李銅鐘的故事〉評獎一事舉棋不定。正在這個時候，作者張一弓所在的河南省紛紛提出反對意見，有的意見以加蓋公章的單位證明信的方式轉送到上級有關單位。反對這部小說入選的意見主要是「暴露黑暗面」，其次是有著三十年新聞記者生涯的作者本人在「文革」中曾經進入《河南日報》革委會[27]，是「三種人」[28]，故不宜得獎云云。但是初評小組全體中青年評論家堅持給獎不動搖。

27. 文革期間由上海發源的「大民主」式政權機構，獲毛澤東支持。
28. 鄧小平清算文革積極分子的稱謂。

張一弓（左）、劉賓雁（右），一九九〇年春於華盛頓林肯紀念堂。攝影／蘇曉康

《文藝報》為此專門派人前往鄭州、登封等地進行調查，結果證明：一、作品暗指的「信陽事件」確有其事，事實比作品所寫更其嚴重；二、張一弓「文革」中進入河南日報社領導班子是事實，但屬人民內部矛盾，更不是「三種人」，可以發表作品，是不是給獎，其說不一。事已至此，評選委員會不得不向評委會主任巴金實情稟報並請示。巴老不但同意該作得獎，而且力主列為一等獎中打頭的一個（一等獎共設五名）。後來由於各種考慮，將諶容的《人到中年》排在一等獎的第一位，〈犯人李銅鐘的故事〉排在第四位。

事實還證明，張一弓夠「安定團結」的，他筆下留情，口將言而囁嚅，把責任僅僅追到鄉一級，說他們相信毛主席會救他們，只是「電話線刮斷了」，電話打不通，毛主席在北京不知道。事實還證明，「信陽事件」的真相比張一弓書裡所寫的嚴重得多……。

我在報社大門、走廊等處，遇見張一弓幾次。第一次是還在文革中的七五年，我們好像在廁所裡碰見，他衝我笑笑，不是羞澀也不是尷尬的那種微笑，是他的一個特徵，一種命運捉弄留下的痕跡，就像他描述自己的婚姻，「好像是把第一個扣子扣在了第三個扣眼上」。文革前他因文筆瀟灑，是報社的頂梁柱，也是挨整的「老運動員」；文革中他還因那枝筆而受造反派重用，幾乎當了陪葬品，也被徹底趕出報社。那反倒成全他去當小說家。他身材修長、五官溫雅，像個江南才子，卻寫得一手中原鄉土方言小說，筆下人物幾乎都是農民，總是一寫出來，就被改編成電影電視。

一九九〇年秋，我倆再見面已在異國。那時我剛在普林斯頓落腳，劉賓雁[29]還在華盛頓一個智庫做訪問學者，打電話給我，說張一弓受邀來愛荷華大學「國際寫作計畫」訪問三個月。我們三人約在華盛頓聚了兩天，大部分時間在談文學。一弓的〈李銅鐘〉，被評論界視為「反思文學」的扛鼎之作，但準確地說，他的小說也應列為所謂「鄉土（尋根）文學」，他筆下皆為中原鄉里風俗人物，只是書寫樣式尚欠「前衛先鋒」，他說這是他的「瓶頸」，有點苦惱。我則勸他，你是黃土疙瘩裡滾出來的，時髦也趕不來，不如還守住你的中原人物傳奇，把河南方言寫得更絕活一點。

29. 中國著名報告文學作家，有「中國良心」之稱。

豫劇《謊禍》之封殺

「信陽事件」在河南，幾十年來一直是個祕密。連文革初期造反的學生們，也向「走資派」們追問過，從省裡直到農村生產隊的各級黨委都被摧毀了，還是找不到這個祕密。粉碎了「四人幫」[30]，老幹部們都官復原職，繼續把這個祕密捂得更緊。我在省報四處採訪期間，也總是順帶打聽「六〇年餓死人」的細節，從無所穫。後來聽說有一齣豫劇《謊禍》被禁演，就去找寫這齣戲的人：他是豫劇三團的一個編劇，叫董新民。在採訪王彪之後不久，恰好找到了他。他說：

一九八一年「反自由化」、批白樺[31]，河南省委點了文藝界幾件大事，第一件是對白樺的態度，第二件是豫劇《謊禍》，第三件是張一弓小說〈犯人李銅鐘的故事〉……。我是這齣戲的編劇，在河南豫劇三團。我中央戲劇學院戲劇文學系六四年畢業，在北京讀書時就挨餓，全身浮腫，二樓都上不去，學校停課了，挖了操場種菜。我對飢餓印象很深。七九年搞建國大慶，劇團要獻禮，我就琢磨把「信陽事件」寫成戲，省文化局支持。

年底我冒著大雪，到省委檔案室找材料，一個女同志說必須省委宣傳部長簽字，部長于大申很爽快就簽了。再去又說要省委文教書記的簽字。這一來，上面有話了：這是共產黨不光彩的事，已經過去了，不要翻這個老帳。一定要拍戲，那就請示中央批准。信陽事件、餓死人在河南傳說很多。我聽到過一個最慘的。信陽有個老太太，三個兒子都餓死了，她也快餓死了，哪還有力氣埋屍體？就放在屋裡，一個冬天，她把三具屍體都吃得只剩下骨架子。

我們三團的楊蘭春，就是豫劇《朝陽溝》的編劇，全國聞名，他常跟我們說他五九年下放在南陽方城縣改造的故事。「反瞞產」，拷打成風；繳不出糧食，就「插白旗」，用柳枝從脊梁的皮肉中插進去，很慘。群眾到河邊拾大雁屎，裡面有麥粒，放在鐵鍬上焙乾了吃。他後來還去找過一個生產隊長，五九年很照顧他的，但是那人已經死了。這個生產隊長反對虛報產量，不管怎麼批鬥他。他瞞下種子糧不繳，分給群眾吃了，拾一人救全村。他就是《謊禍》主角的原型。

劇本我寫出來，河南文藝界譁然，就像一團火，誰也不敢接、不敢審。有人捎到北京給戲劇出版社，當是編輯部正苦於沒有好本子，看了《謊禍》很激動，打電話叫我去。我進他們編輯部，就看到黑板上寫著「本周中心研究《謊禍》」。九月號登出來，第一

---

30. 「四人幫」，指江青、張春橋、姚文元、王洪文四人所代表的政治勢力，是毛澤東發動「文革」的幫兇，後被鄧小平所清算。
31. 白樺，小說家，其作品《苦戀》，在一九八三年「清除精神汙染」運動中受批判。

個排戲的是陝西歌舞劇團，在西安轟動，陝西河南人很多。隨後十一月我們豫劇三團排了，就在我們排演廳演出，掌聲雷鳴。有一次演出時，一個觀眾哭著上台找導演，說戲裡演的跟我家鄉一個樣，如果作者挨整，我裝糧食給他送飯，要打官司，我出庭作證。河南省委很震動，下令停演。洛陽請我們去演出，道具都裝了車，又卸下來。我們送票給省委，公安局還派人來清場，最後沒有一個領導露面。珠江電影製片廠想拍電影，省委不准。文化部來調這個戲進京演出，省委反對，後來還給中央打了一個報告，說這個戲「五個優點、六條缺點」，其中兩條是：「向後看，算老帳，破壞安定團結，不利於同心同德搞四化」、「辱罵共產黨，攻擊社會主義制度」。

聽說，當時台灣有個劇團排了這個戲，還得了特別獎。國內就紛傳作者是「國民黨歡迎的人」，是河南的「持不同政見者」，河南的「自由化」跟國際上「帝修反」[32]遙相呼應。這個戲在國內一共演出了四十多場。北京人藝改編成話劇演出了。首都戲劇界認為，這個戲驗證了一個歷史動向：「四人幫」的極左路線不是從天上掉下來的。

饑荒、洪水、血禍

我站在洪汝河的土堤上，看著它流進安徽地界。

一九八五年夏天，我來到新蔡縣最東部的練村鄉。那防洪堤不足十五米寬，俗稱「洪水招待所」，老百姓搭建簡陋的窩棚在堤上生存，令我對照《淮南子》裡那一句「聚土積薪，擇丘陵而處之」，感慨史前洪水時代的情景宛在眼前。那時候，我還沒有生出更淒涼的另一種感慨：在豫南這塊土地上，空前慘烈的，是近六十年的當代史。

豫南垮壩引發洪水災難後，十年裡又蔓延成各級政府的官員貪汙、挪用救災款的腐敗災難，老百姓開始了逃荒要飯。這引起王彪的「新聞嗅覺」，我則聯想到，這裡的老百姓，不但是大饑荒「信陽事件」（一九五九—六〇年）的受害者，十五年後又承受了一場「水利災難」。我沒想到的是，再過不到二十年，這裡又有另一場災難降臨，他們成為第三次受害者——中國還有哪一塊土地，是如此的多災多難？

這第三場災難，即九〇年代「血漿經濟」釀成的愛滋病傳染。這場中原血疫，當地人稱之為「血禍」、「愛魔」。著名的中國愛滋病權益活動人士萬延海，介紹當地的血液買賣市場何等驚心動魄：

> 河南地方政府在九〇年代初把組織農民賣血當成了第三產業。一九九二年他們提出，河南有將近一個億的人口，百分之八十在農村，如果近一億人中有百分之一的人賣血，他們一年就可以有幾億元的利潤。事實上，河南賣血的規模大概不止一百萬人，整個九〇

---

32. 文革用語，指帝國主義、修正主義、反革命分子。

> 年代參與過賣血的可能有將近一千萬人。政府辦血站、政府的各個醫院辦血站。有的縣，光政府辦的血站就有四、五家。此外，政府的一些關係戶、一些個人、一些民間的商販也都搞血站。他們的血站可能就是一個簡易的小房子，或者一台拖拉機，就變成了一個地下血站或者流動血站，有的地方一個村莊就有三個血站。在這樣一種環境下，有相當多的人今天賣完血明天再抽，人就躺在那個血站裡，變成了一台台造血機器，像一根根的管子一樣。對，他們把這些賣血的人就叫「管子」。

八五年我去新蔡縣那一次還太缺乏想像力，否則我可以這個縣為基地建立一個「田野調查」，當然，最好是一個村子，記錄災難如何輪番襲擊豫南這塊土地，從「七五八」垮壩大洪水（例如，不遠的遂平縣文城公社，一個村子二百五十六人僅活下來九十六人，有七家絕戶），往前追溯到六〇年大饑荒（信陽光山縣槐店公社胡莊大隊，三十一個自然村裡，有十五個村子人口完全死絕，占百分之四十八）；此後再往下延續到九〇年代「中原血疫」，新蔡縣古呂鎮東湖村四千五百人，超過百分之八十的成人是愛滋病帶原者，幾乎家家戶戶都有愛滋感染者，十四、五歲以上的人百分之九十五都至少賣過一次血，《紐約時報》稱該村的發病率乃世界之最。

從「血災」往前倒溯二十年，就是「七五八」垮壩的「大水災」，當時的新蔡是何慘狀？錢鋼〈文革時期河南駐馬店水庫垮壩大慘劇〉一文寫道：「汝河沿岸，十四個公社、一百三十三個大隊的土地遭受了刮地三尺的罕見的衝擊災害。洪水過處，田野上的熟土悉被刮盡，黑土蕩然無存，遺留下一片令人毛骨悚然的鮮黃色。」他曾從駐馬店地區的檔案資料中查到一份份逐日災情的原始紀錄，披露了駐馬店各縣在水庫垮壩後的水深火熱；新蔡縣的狀況，紀錄如下：

八月十三日：新蔡三十萬人尚在堤上、房上、筏上，二十個公社全被水圍住，許多群眾五晝夜沒有飯吃。

八月十四日：新蔡四十五萬人泡在水裡。

八月十五日：新蔡尚有四十萬人浸泡在水中。

八月十六日：新蔡二十萬人還在水裡。

八月十七日：全地區泡在水中的人尚有一百零一萬。

八月十八日：平輿、上蔡、新蔡尚有八十八萬人被水圍。

八月十九日：新蔡：水中仍有四萬，病死二十人，要求多送熟食和燃料。

八月二十日：全地區尚有四十二萬人在水中，病死者二百七十四人，新蔡病死二十人。

八月二十一日：新蔡：發病人數二十二點八萬，占百分之四十一。

新蔡縣衛生局一九八二年編纂的《河南省新蔡縣衛生誌》，也記載了當時的疫情：

一九七五年八月，洪汝河流域連降特大暴雨，新蔡縣發生了歷史罕見的洪水災害，致使全縣二十個公社中有十八個受重災，房屋倒塌，莊田淹沒。由於洪水停留時間較長，水井被淹浸，飲用水源汙染嚴重，蚊蠅密度大，致使幾種傳染病發生流行。全縣從八月十七日至九月十五日，一個月內，據疫情報告，累計發生疫病六十三萬三千四百四十一人次，發病率為總人口的百分之八十七點九，其中傳染病二十五萬六千零六十八人次，占總發病人次數的百分之四十點四二。

新蔡縣不僅在垮壩時即直接受到洪水吞沒、沖刷、摧毀，它的特殊地理位置，又令它在垮壩之後變成長期受災者。因為小洪河、汝河兩條河，流到新蔡境內匯合，再往南入淮河，但到此受安徽地勢頂托，成一滯洪區（「洪水招待所」），自「七五八」垮壩後，年年發大水，淹沒莊稼，一貧如洗，幹部更貪腐成性，豺狼當道。這個窮底子，便也能解釋，為何到了九〇年代，會有那麼多農民去賣血掙錢。新蔡全縣就有三個血站：中國人民解放軍血站、紅十字會血站、縣人民醫院血站。一九九九年有個當地幹部給高耀潔醫生[33]寫信：

老實巴交愚昧的農民他們認為血跟井水一樣，抽幾桶還是那麼多，經常把老水抽出來換新水，去舊血，換新血，有利於新陳代謝。對身體有益無害。你不去賣血，說明你身體不健康，有病。在很長一段時間裡，一些農村，賣血成了一種生存狀態。公路上站滿了搭車去城裡賣血的村民，就像趕集一樣成家成戶地去，走在公路上還說著，這個胳膊是化肥（尿素），這胳膊是磷肥。

有「中國德蘭修女」之稱的高耀潔醫生，曾兩度前往「愛滋發病率世界之最」的東湖村。二〇〇二年冬天，她特意趕到這個疫區，想看人們上墳祭奠的情形。

在村民中他們談愛滋病就跟談感冒那樣，誰家有病人，誰家的人死了幾個，成了很普遍的現象……。我們走進村頭一對八十多歲的老夫妻家裡，他的四個兒子全死了，她一直在哭，並沒完沒了地說：因貧困賣血，賣血染病，更窮更窮……。他面對的就是墳墓，從他的窗戶往外看，一望無際的墳塚，我走出來折了一個松枝，插在了老人兒子的新墳上。

高耀潔醫生後來在她的回憶錄中，列上這個村三十一名愛滋病死難者和東湖村小學二十七名孤兒的資料。然後她引了一個鄉村女教師寫的詩，頭兩句是：

33. 高耀潔：婦產科醫師，最早調查發現河南血漿經濟誘發傳播愛滋病，被國際上譽為「民間防愛第一人」。

一望無際的原野，伸向大地之盡頭，綠綠蔥蔥，
墳塋起伏無邊，墓內躺著愛滋怨骨，陰魂難眠……

在信陽那綠茵茵的莊稼地下面，早在四十二年前，曾是一個巨大的埋屍坑：

余文海說，冬天過後，將死人都埋在村邊的一個大坑裡。他領我到這個大坑邊，指給我看。我順著他指的方向看去，是一大片長滿了莊稼的土地，看不到任何痕跡。誰也不會想到，在這一片令人悅目的綠色下面，竟有幾百具餓殍的屍骨！不過，在原來的大坑附近，人們種了幾棵樹，已經長得很高了。只有這幾棵吸收了餓殍營養的大樹留下了歷史的記憶。

上文引自楊繼繩[34]的《墓碑》，敘述他一九九九年秋在毗鄰新蔡的淮濱縣，尋訪一位老農余文海，了解當地六〇年大饑荒的情況。在他這本關於中國餓死三千六百萬人的最翔實、最權威的著作中，關於新蔡縣的史實，可惜只有寥寥幾筆。

他提到，一九六〇年春河南省委再也捂不住死人的蓋子，但盡量少報死人數字，其中新蔡縣五九年冬上報死三萬人，到一九六〇年五月增加到近十萬人。他更引用曾在公安部三局

戶政處做人口統計的王維志提供的一九六〇年各地死亡資料，死亡率超過百分之百的縣市在全國有四十個，河南占十個，新蔡縣正是其中一個，死亡率是百分之一百一十四點零七，最嚴重的光山縣是百分之二百四十六點七七（「河南省委檢討報告」稱光山縣「有一三六個村莊中的貧農、中農基本死光，有的小村、小灣斷了人煙」）。這顯示在那場浩劫中，新蔡縣也曾遭到毀滅性破壞，是最恐怖的地區。但所有可怕的細節，都已經掩沒難尋，只剩下抽象的數字。

豫南：中國當代史

在豫南這塊土地上，輪番、交替出現的，是社會須臾間局部解體、文明消亡、禽獸奔突，這現象當作何解？

第一、彩排了毛式「烏托邦」全劇終場的結局。

北京有個毛澤東，河南有個吳芝圃，而信陽則出了個路憲文。信陽是河南最靠南的一個專區，人口一千萬，在大躍進中很出風頭，有兩件事載入史冊：一是遂平縣的碴牙山衛星合作社，在一九五八年四月成為全國第一個人民公社，受到毛澤東的高度讚揚，全國紛紛朝聖

34. 楊繼繩，新華社高級記者，《炎黃春秋》雜誌副社長，經十年努力，收集上千萬字資料寫成《墓碑》，是中國第一部揭示六〇年代大饑荒的權威著作。

取經；另一件是西平縣和平社宣布小麥畝產達七千三百二十斤，這是大躍進中放出的最大一個衛星——凡談及中國大躍進的荒唐，至今不可不舉此兩特例。

當時的信陽地委書記路憲文，是大躍進的極端激進派。信陽產生上述兩個出風頭的全國典型，是他的激進政策的結果，反過來又成為他的政治資本，「廬山會議」後他就愈加瘋狂，據後來中央工作組關於路憲文所犯罪行的報告稱，從一九五九年十一月到一九六〇年七月，整個信陽地區為追逼糧食，逮捕一千七百七十四人，其中三百六十九人死在獄中；拘留一萬多人，其中死在拘留所六百六十七人。打人最嚴重的光山縣，公社一級幹部親自主持和動手打人的占百分之九十三，斗山公社的一個黨委委員、團委書記，親自拷打農民九十二人，打死四人，其中有個農民是被他吊起來活活燒死的，當地稱為「點天燈」。河南省委後來檢討時也不得不稱信陽「一時間形成了一種恐怖世界、黑暗世界。」

大躍進時的中國農村景象。 圖片來源／中國大飢荒檔案網站

慘絕人寰的信陽事件究竟死了多少人，至今仍是一個謎。今天人們所說的「一百多萬」這個數字，最早出處在中央工作組組長陶鑄一九六一年四月間的一個講話中，他說：「我看死亡數字就不要再統計下去了，已經一百多萬了……。」從中央工作組的檔案裡，我們只能看到兩個驚心動魄的數字：一是表面統計餓死十萬人的息縣，竟有六百三十九個自然村幾乎無人倖存，永遠從地圖抹去了；二是僅據潢川、光山、

息縣三個縣的統計，家庭成人死絕後留下來的孤兒，竟有一萬兩千人之多。

信陽提供了一個模型：毛澤東的大躍進如果不在一九六〇年春天煞車的話，那麼不止河南，而是全中國都將出現「信陽模式」；則這場大饑荒餓死的人，就遠遠不止楊繼繩給出的「三千六百萬」，而注定將死上億人！

第二、幹部豺狼化、社會羔羊化、人倫底線洞穿。

信陽成鬼域世界的兩大特色，一是幹部打人成風，二是民眾吃屍體成風。幹部凶狠，乃上行下效，五七年夏在毛澤東批判鄧子恢右傾路線的誘發下，河南省長吳芝圃，悍然拿省委第一書記潘復生開刀，在全省批他的右傾路線。省長敢鬥省委書記，下面各級班子大抓「小潘復生」，鬥得更凶。光山縣委第一書記馬龍山，在廬山會議之後，帶頭批鬥另一位縣委書記張福洪，並親自動手毆打，以作示範，張福洪每次都被眾人揪住頭髮毒打，有一次大半頭皮竟被連髮撕下，頭部傷口感染，不幾天便在拘禁處因破傷風而死。縣、社、隊各級幹部反「瞞產」中，對農民不惜活埋、「點天燈」；挨村搶光糧食後，眼看著人口死絕而不發一粒糧食；後來甚至發展到餓死人可賣屍體給醫院造標本，便推動「賣屍專案」；強迫化肥廠用餓死小孩屍體煉化肥。

我早在「文革」中就聽說信陽大饑荒慘烈到「人相食」的程度，當時不敢置信。後來看到信陽事件的檔案，果然有此記載。在路憲文罪行的材料中，提到當時公安局以「破壞屍體」的罪名，逮捕了數百人；這些人把埋掉的屍體挖出來吃。當時人們不僅吃別人的屍體，也吃自家人的屍體，甚至孩子死了，也拿去換別人家的死孩子吃，真正是歷史上「易子而食」的重演。檔案中還記載，當時大批的人餓死，埋都埋不及，起先各村裡的隊長組織民兵挖一條大溝，把各家各戶的死人抬到溝裡，一層屍體撒一層石灰，怕瘟疫流行。後來，活著的人都餓得不能動了，家裡死了人，屍體擺在那裡，活人就靠吃屍體延續生命，真正成了鬼域世界。

信陽西部和南部為桐柏山、大別山，自古民風強悍，習於揭竿而起，三〇年代曾是張國燾、李先念割據的紅軍[35]根據地，五〇年代陷入如此酷烈境地，民眾卻馴服如羔羊，任憑宰割；底蘊何在，是一個很好的政治學題目。

第三、中央災難性決策的終端放大，且屢試屢爽。

毛澤東的「大躍進」狂熱，導致大饑荒；蘇聯式治水模式「水庫大壩」狂熱，導致大水災；鄧小平的「經濟改革」盲目性，導致大血疫。這三項中央的災難性決策，在豫南一隅，皆被放大，一直荒謬到盡頭。如此反覆試煉，無論多麼慘烈的後果，卻都不能絲毫啟動這個社會的糾錯機制，因此，豫南勢必難逃下一輪災難的降臨。

災難性決策之下，法度、倫理均消失，社會倒退至前文明狀態。黨幹部在大饑荒中的殘忍，已如前所述；儘管「信陽事件」敗露後，北京逮捕了那裡上萬名基層幹部，但這並不妨礙「七五八」大水災後，他們照樣浮誇、貪汙，把農民逼得再一次逃荒要飯。到了「經濟改革」的九〇年代，河南地方各級政府把組織農民賣血當成「第三產業」，各級政府都辦血站，終於釀成愛滋病的血液傳播災難。但他們開動宣傳機器大造輿論，謊稱愛滋病的傳染渠道是性病，將責任全推給受害者——輪番的人禍爆發，都是制度性根源，人民卻莫可奈何。

從歷史或社會學的角度看，五〇年代飆過一場「共產主義」大躍進狂熱，八〇年代再飆一場資本原始積累的另類血腥狂熱，幾乎不出一個世代的時間長度，在我的年齡段上，就是從少年到中年而已。如此翻江倒海的激進式社會折騰，我們看不到什麼過渡，而社會、人文、民眾心理、生命尊嚴所支付的巨大代價，從未被統治者計算過——這是一個何等可怕的國度！

《崩潰：社會如何選擇成敗興亡》（二〇〇五年）的作者——美國進化生物學家賈德・戴蒙——說，他和學生們經常討論一個困惑的問題：為什麼人類明明知道嚴重後果，還會做出災難性決策？即使具有資訊處理能力的複雜社會，也總是決策錯誤。他提出了一個概念，叫「理性的惡行」（rational bad behavior），是指人們經過推理分析，發現對自己有利，或短期有利的行為，雖然明顯對他者有害、長程有害，並在道德上受譴責，但如可以躲開制裁，他們就會一意孤行。

這方面更驚人的顯例，是在「亞洲第一大河」長江上耗時十五年（一九九四—二〇〇九）建造的三峽大壩，論證目標是發電，誇口解決整個南中國用電；建成後又改為「防洪第

35. 紅軍，此處指一九三〇年代由中共創立的「中國工農紅軍」。

一」，但「只攔上游來水」，只保荊江大堤，管不了再往下的洞庭湖、鄱陽湖……。如今人們甚至懷疑，這座世界第一大壩，可能引發四川大地震；屆時「垮壩」將死多少人？

濫用民力，中國自古已然，如長城、大運河等。這種巨型工程，到現代又發現其破壞環境的新問題。戴蒙在書中專闢一章講中國，特別提到三大「超級工程」（megaprojects），「無疑加重了環境問題」；除三峽大壩，另外兩個是南水北調工程（五千億）和更大的西部開發（八千五百億）。

戴蒙寫那本書時還沒有看到一份更驚人的計畫書，叫作「中國近期的超級工程目錄」，上列一〇六項工程，如世界最大電力項目「西電東送工程」，投資五千二百六十五億；世界最大規模高速公路「五縱七橫」國道主幹線，總投資九千億元；農村「村村通」工程，總投資一萬億元以上；中國十二大水電基地發展規劃，總投資兩萬億元以上……。

中國的「經濟起飛」，還不到兩個十年，環境已全面惡化，其生態托架還能支撐多久？這個民族，將永遠失去她的家園嗎？

第一章　泥龍

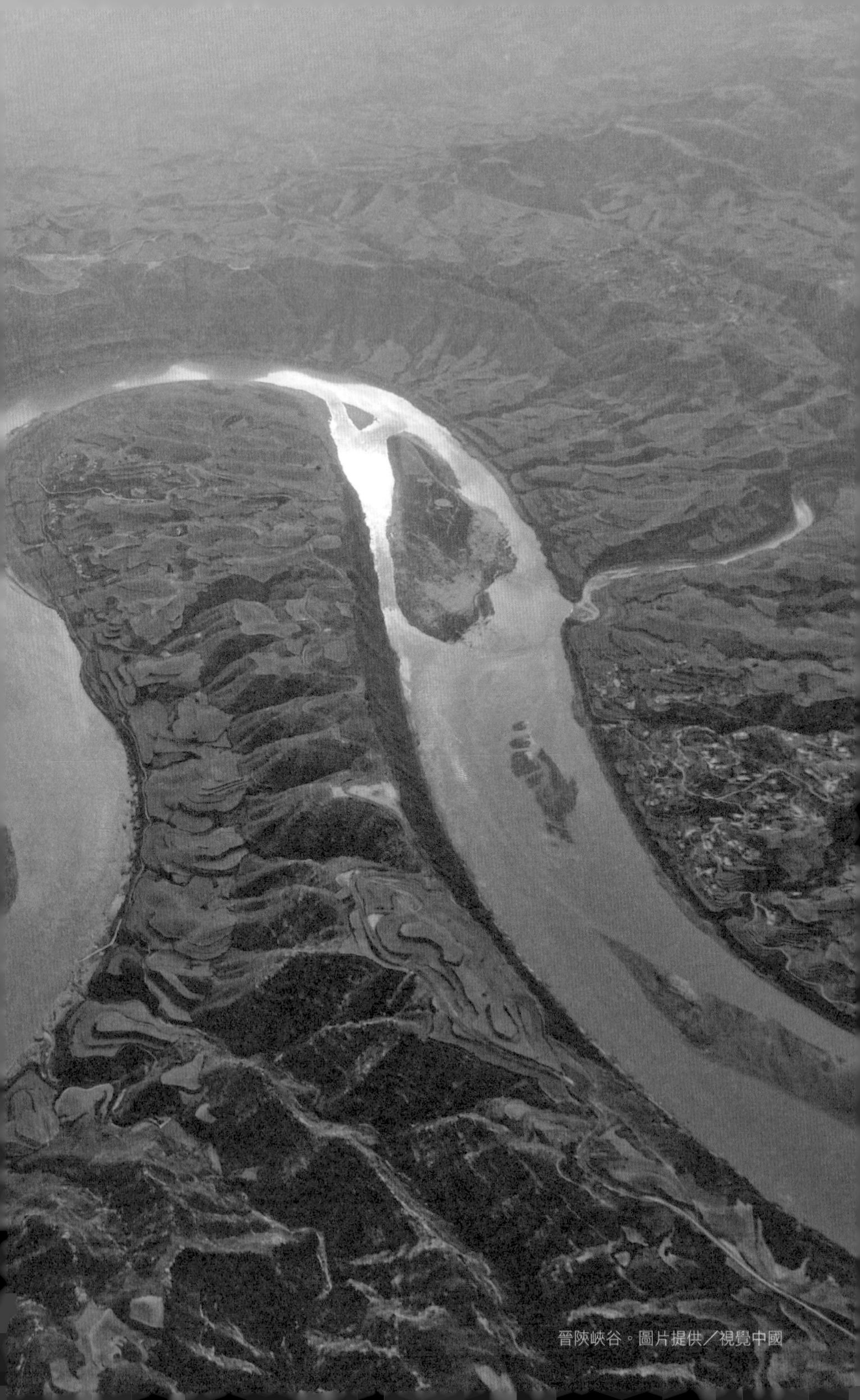

晉陝峽谷。圖片提供／視覺中國

一、洪水恐懼

道光二十三，黃河漲上天；
沖走太陽渡，捎帶萬錦灘。

這首民謠，出自陝縣，豫西洛陽的一個沿黃縣[1]。那地界，後來硬是讓黃河泥沙，幾將一座鋼筋水泥大壩淤死，這民謠出在那裡，看來也不是沒有道理。那是神祕的大自然「偶露崢嶸」，不是科學和技術算得出來的；儘管最早告訴我這民謠的，恰恰是一位水利工程師。

他叫陳炳榮，是黃河水利委員會[2]的工程師，人稱「洪水帳算得最清的人」，幹這行二十幾年了。在鄭州那條著名的法國梧桐樹大道邊的一棟樓裡，他跟我聊洪水，先引用了那首民謠，之後說道：「『漲上天』的洪水有多大？我們需要把它還原出來。」復原一八四三年（道光二十三年）的歷史洪水，是從故宮檔案和當地碑文中找到洪水位的記載，再經二十多處洪水痕高程的實地驗證，畫出洪水水面線，據此推算洪峰流量，得出的數據為三萬六千秒立方米。

一九八五年春天，我到黃委會採訪，最先遇到的「洪水工程師」就是陳炳榮。每一個人進入「黃河話語」，都不免要先受一番「洪水洗禮」，而這套「黃河話語」，是注定由黃委會來編織的。它是一個流域機構，代表國家在這個流域內行使「水的行政管理」，副部級規格，由中央垂直領導。它的資格比中華人民共和國還要老，因為它是先從華北、華東、中原三個解放區的治黃機構聯合脫胎而來，再成為黃河流域八個省區的大型治河機構。

「還記得滿大街烙餅那會兒吧？」陳炳榮一句話就把我帶回「七五八」垮壩。那年豫南大水震動北京，李先念指示：黃河要有所準備；水電部長錢正英跑到鄭州督問黃委會：假如這場暴雨落到黃河中游，該是多大的洪水？黃河防洪標準爭來爭去，多少年了，這回你們必須拿出一個準數來！陳炳榮於是把鋪蓋卷搬到辦公室，熬夜算洪水。「我兒子就在駐馬店當知青，到處都在流傳洪水的凶訊，很多當父母的都去災區找孩子，我顧不上他。」

這就是說，淮河流域垮壩，帶出了黃河決堤的恐懼。黃萬里[3]在八八年說，七五年河南兩個土壩潰決，無人被問責，「事後便怪洪水設計太小」，一律改用「最大可能降水量P.M.P」法，設想極限情形下的最大暴雨，沒有概率的概念。但這不是當年的陳炳榮管得了的事，他只是一個「洪水工程師」，任務是找出黃河「東西一萬里、上下四千年」的「最大暴雨」，使用的術語是「百年一遇、千年一遇、萬年一遇」，如「道光二十三年」的特大洪水，便是所謂「千年一遇」。

---

1. 黃河沿岸各縣的統稱。
2. 簡稱「黃委會」，國家在黃河的流域機構。
3. 黃萬里（一九一一—二〇〇一），北京清華大學水利系教授，反對「高壩大庫」治水模式的先驅者。

找洪水，地域概念也很重要，特別是三門峽以下。一九五八年七月中旬的洪水，在三門峽至花園口[4]之間（防洪術語稱「三花間」），實測洪峰流量為兩萬兩千三百秒立米，乃今人實測最大洪水，單峰型，被定為一種「洪水典型」。我聽得出來，黃委會特別強調這個「三花間」，說特大洪水和大洪峰量的概率在這裡很高，因為太行山和伏牛山南北夾持，在此形成一個喇叭型盆地，夏季又常處於冷暖氣團交會的前槽。一七六一年（乾隆二十六年）七月，「三花間」大水，在鄭州以東楊橋決口，洪峰奪賈魯河向南，再折向東入淮河。「七五八」豫南特大暴雨前鋒已達豫西伊河流域，差幾步就是「三花間」。這事讓黃委會特膽寒。

陳炳榮說，黃委會有「三花間」三十四年實測洪水資料、近二百年內歷史大水情況，在此基礎上，移植「六三八」海河和「七五八」豫南兩個特大暴雨到這個地區，進行「最大降雨」（P.M.P）估算，得到的洪峰流量是四萬五千秒立米，即「萬年一遇」！錢正英指示南京水文研究所所長華士乾等審查後予以認定，這麼一來，在三門峽以下再築一壩，勢不可免。到此你已難辨，虛擬洪水與防洪築壩，孰者為先？雖然華士乾事後也曾質疑：以「萬年一遇」作防洪規劃，是否過高？防洪標準將涉及工程措施大改。國際上的河道防洪標準，一般不超過「百年一遇」，我們非要用「萬年一遇」嗎？我是個記者，自然比這些水利專家更脆弱，「萬年一遇」字字千鈞，何等恐怖何等巨大，一開始就征服了我；那威力直通日後《河殤》的震撼度。

黃河史一：花園口決堤

洪水記憶並不遙遠，最近的一次決口、改道，就在當代史上，而且不是暴雨釀災，是人為扒開。

〈我是炸黃河鐵橋、扒花園口的執行者〉，二〇〇九年《炎黃春秋》第四期刊登這篇口述實錄，記錄者羅學蓬在文前案語介紹這位口述者的背景：「熊先煜，抗日名將佟麟閣將軍的三女婿，生前係重慶市文史館員、政協委員。一九三八年，他在國民黨新八師服役，親自勘察、指揮了炸黃河大鐵橋、花園口決堤等影響抗日戰爭局勢的驚天戰事。以下是他在臨終之前，首度開口，回憶這段崢嶸歲月的自述。」

一九三八年二月十二日，新八師（由黔軍改編）奉第一戰區司令長官程潛將軍之命，由鄭州火速開赴黃河大鐵橋兩岸布防，並奉命在強敵逼近北岸之際，毅然炸毀黃河大鐵橋，使敵機械化部隊不能長驅直入鄭州。

十三日，我隨新八師師長蔣在珍將軍乘火車由鄭州出發，經廣武縣境，到達黃河南岸

---

4. 鄭州北郊、黃河南岸的一個古渡口，一九三八年國軍為阻日軍西犯，在此掘開黃河大堤，史稱「花園口決堤事件」。

車站，在此設前敵指揮所。我當時二十四歲，任師部上尉作戰參謀，負責防務部署，並協助參謀長處理作戰事務……。

「決黃河之水阻隔強敵」早有議案。蔣在珍命令由我主持決堤工程，扒花園口全係人工挖掘，未用一兩炸藥。

新八師炸毀黃河大鐵橋後，奉命守衛西起汜水東至花園口的黃河防線。不久又改為西起黃河大鐵橋至馬渡口一線防務。師部駐京水鎮。

此時，日寇已抵黃河北岸，因鐵橋已毀，無法過河，只能與我軍隔江對峙。

五月二十三日，土肥原偷渡黃河成功，即以精銳的快速部隊沿隴海路兩側西進。六月六日敵陷開封，七日，敵步騎兵千餘附坦克十餘輛到達中牟與我警戒部隊接觸，鄭州危在旦夕。

在此緊急情況下，第一戰區長官部急向蔣委員長建議利用黃河伏汛期間決堤，造成平漢路以東地區的氾濫，用滔滔洪水阻止敵人西進，以保鄭州不失。此建議立即得到蔣委員長的批准。

……領命後，我即著手準備，於夜裡十二時，即率工兵營營長黃映清、馬應援，黃河水利委員會專司河堤修防的張國宏段長，乘坐一輛美式敞篷中吉普匆匆趕到花園口，勘察確定決口位置。

經過實地勘察，我選定在關帝廟以西約三百米處決堤。我看中這裡是因為此處為黃河的彎曲部，河水洶洶而來，至腳下突然受阻，壓力較之直線處為大，容易沖垮河堤。而且從地圖上看，待河水從花園口一帶湧出，漫過已被日寇占領的開封、中牟、尉氏、通許、扶溝、西華等縣境後，便可注入賈魯河，向東南而行，流入淮河。賈魯河道，可成為一道天然屏障，阻止河水無邊漫延，當可減少人民必然所受之損失。

當我說出我的意見後，用樹枝指著鋪在地上的地圖，詢問隨同各員有何意見，如沒有不同意見就這麼定下了。這時，眾人神色莊嚴，淚光朦朧皆不能言。

我問張國宏：「張段長，你是我們請的專家，你要表態，定在這裡，行，還是不行？」

張國宏目光呆澀，像個熱昏病人似的連連嚷道：「要死多少人……，要死多少人吶！」

我提高聲調說道：「死人是肯定的，在這裡決堤，死的人會大大減少。你必須表態，行，還是不行？」

張國宏這才意識到自己的責任，認真地看著地圖，表態同意我的選擇。

工兵營營長黃映清不待我問他，已經「咚」地一聲跪在了地上，舉眼向天，熱淚長淌。

我們全都隨他跪了下去，四個人跪成整齊的一排，面對著波濤洶湧的黃河，放聲大哭……。

我們兩千餘決堤官兵耳聞隆隆不絕的爆炸聲，心急如焚，乃日以繼夜，猛掘不止……。花園口河堤係小石子與黏土結成，非常堅硬，挖掘相當吃力。而且，河堤完全靠人工挖掘，未用一兩炸藥。經新八師官兵與前來協助的民工苦戰兩晝夜後，終於六月九日上午八時開始放水。

洪水湧進了決口，恰似兩條黃色的巨龍在躍動奔突。我們目睹著洪水疾速地向著附近早已疏散一空的村莊撲去……。六月十日，幸得天公相助，一早陰雲翻滾，天光暗淡，至十時突然暴雨傾盆，竟日不停。這場大雨實有利於決口之加大，洪水最終沖垮兩道決口間五十公尺長河道。至此，黃河改道，滿河大水由此撲向千里平川……。

這是歷史上黃河第二十六次改道：黃水分東西兩路奔瀉，皆從豫東入淮；黃、淮之間出現四百多公里的黃泛區，豫、皖、蘇三省四十四個縣死難八十九萬人，流離失所者一千二百萬人。

此後八年間，中原大饑荒，有如人間地獄。一九四二年十月二十六日，美國《時代》週刊記者白修德發表了〈十萬火急大逃亡〉的報導：

在這兩萬平方英里的重災區，成千上萬的難民只能沿著兩條主要通道逃亡：隴海鐵路和殘餘的舊平漢鐵路。政府在隴海線上每天開設了免費的火車轉運難民，二十四小時能輸送一千五百人。但擁擠不堪的車廂，滿載著攀爬在外面的人們，只能疏散饑民中的一部分。每天有四千至五千人沿著這條西去的通道出逃。

沒人知道和關心究竟有多少難民死在這條路上。據說自從秋天以來有二百萬人沿著這條路逃出。至今每天仍有一萬人從這裡湧向西部。在河南三千四百萬人中，我們估計有三百萬已經淪為難民。此外，還將有五百萬人會在秋收季節前死去。

整天裡，我們沿著鐵路的軌道，滿眼看到的，是無盡的難民隊伍……，孤身的，拖家帶口的，或者成群結隊的，他們在冬天裡行進著，一旦由於寒冷、飢餓或筋疲力盡而在哪裡倒下，便會永遠在那裡倒下了。有一種獨輪車，上面堆滿了一家的全部家當，父親推車，母親拉車，孩子們隨車而行。有時候獨輪車的兩根車把之間，懸掛著一個嬰兒吊袋……，孩子從袋裡睜著烏黑的眼睛，向外面的冬天張望……。

那次黃河留下的乾涸故道裡，後來出了一位河官。

河官痛說「洪水」

發大水皇帝也要聽河官的，決了堤皇帝要砍河官的頭。

王化雲笑瞇瞇對我說了第一句，頓一下，又補了第二句。他瘦小而穩重，天庭飽滿，說話聲輕，像個老太太。我去黃委會採訪，一個一個先見他的屬下，差不多到最後才讓見他，但我這裡先寫他。

王化雲抗戰前在北京大學讀法學院，戰爭爆發後回到冀南家鄉當了八路軍[5]的「抗日縣長」。那裡就是黃河故道。一九三八年國軍扒開花園口大堤，黃河南流改道後，故道乾涸，老百姓在舊河床開墾種植，出現一千多個新村，陸續遷入四十萬人，均屬於八路軍的冀、魯、豫邊區。一九四六年白崇禧奉命堵復花園口口門，使黃河歸故，國共再起摩擦。八路軍對應國府，成立自己的黃委會，擢用王化雲為河官，為歸故後的黃河護堤。那段故道，八年裡已溝壕縱橫、堤岸破爛不堪，河床淤積更高。

黃河故道裡的濮陽縣高村是個「險工」[6]，一九四八年夏黃河漲大水，堤潰壩塌。當地的「劉鄧二野」[7]，正跟菏澤城的國軍交戰拉鋸，遂發生戰火中護堤搶險的一幕。王化雲的黃委會組織十二個縣的四千五百輛牛車，九個縣的工程

一代河官王化雲

隊及幾十萬民工，以數百萬公斤的柳枝、秸料，搶險成功。

王化雲還給我講了個故事。一九四八年他到華北政府找副主席楊秀峰要一億斤小米的治河經費（邊區貨幣支付以小米計算），楊說：

「沒有，現在很困難。」

「沒有這一億斤小米修堤，就難保黃河不決口！」

「黃河開了口，就砍你的頭！」

不過最後還是給了一億斤小米。

一九四七年三月十五日花園口堵口合龍、黃河回歸故道後，下游河道經年未走河且處處破爛，黃河滾回去驚險萬狀，此後至一九五八年，年年汛期幾近決堤；「老八路」接手的河防，實乃兩道爛堤一條險河。這種經驗，難免不視洪水氾濫的黃河為「害河」，治黃當以「防洪為先」……。這個前現代底子對現代化的想像，談不上水文科學和生態環境，極限毋寧是「水壩崇拜」，越是高壩越好，但對「泥沙癥結」仍迷茫難解，這思路日後會複製到整

---

5. 八路軍，一九三七年中共的紅軍主力受國民政府改編為「國民革命軍第八路軍」，共同抗日。
6. 險工：河流常受大溜沖擊的堤段；歷史上多次發生險情的堤段。
7. 指劉伯承、鄧小平率領的解放軍第二野戰軍。

個流域範圍；而冀、魯、豫根據地日後也出了幾位國家領導人，劉少奇、鄧小平自不必說，跟王化雲一個級別的，還有趙紫陽、萬里；前者是總理、後者是人大委員長。

其實，王化雲從來沒有「砍頭」的危險。這倒不是他當河官的歲月裡，驚險黃河幸未決口，我們在後文還會談到，王化雲犯過責任不輕於黃河決口的決策失誤，卻安然無恙。他的倖免可能是共產黨的一個特點，即這個政權儘管權力博弈極酷烈，卻從來沒有形成一種「責任政治」；這是它跟中國古代政治和現代代議制最明顯的區別。

這種制度，倒是造就了王化雲那一代共產黨「開國幹部」敢作敢為，常常不顧常識，以致毫釐之差竟成蠻幹瞎幹；但在防洪這件事上，又另當別論。王化雲的敢擔肩膀，有個故事膾炙人口，論風險在任何責任政治裡都會令他受重罰，那就是一九五八年夏季的「三花間」大洪水，可算他的一個傳奇。

王化雲親口跟我講了那個故事。一九五八年七月十七日深夜，黃委會水文處的兩個幹部深夜向他報告，說夜裡十一點半洪水通過花園口，洪峰流量達到兩萬兩千三百秒立米，鄭州「黃河大橋」已被沖斷兩個橋墩……。他讓他們別慌，「兩萬兩千多流量，跟一九三三年大洪水差不多嘛。」

但黃委會必須趕快決定是否往北金堤分洪。按規定，這須提前請示中央防總批准，還要徵得魯、豫兩省同意才行。黃河有所謂「銅頭、鐵尾、豆腐腰」之稱，這「豆腐腰」即指蘭考東壩頭以下，河寬不足一公里，最窄處僅幾百米，洪水不能順暢下洩，一九三三年大洪水就在下游決口五十多處。所以遇大洪峰需往北金堤、東平湖（水泊梁山）分洪，緩解決口。北金堤分洪區狀如羊角，上寬下窄，總面積二千三百一十六平方公里，淹沒範圍涉及豫北和魯西數縣，有六十七個鄉鎮，兩千多個村莊，一百六十九萬人。王化雲遲疑片刻說：「不到萬不得已，不要淹這百把萬人。」他詢問了兩件事：後續洪水如何？下游近期有無大風大雨？獲知了否定的答案，他拍板：「那好，我決定不分洪！你們馬上通知河南省委吳芝圃，限他們兩個小時作出答覆；我去向中央防總請示。」

他的部下追了一句：「王主任，風險是不是太大了？」

「不能猶豫了。一切由我王化雲負責！」

王化雲跟中央防總值班人員通話後，那廂立刻向正在上海的周恩來總理彙報，卻因過分緊張，把「花園口出現兩萬兩千洪峰」，誤說成「在花園口分洪」。周恩來大吃一驚，扔下正召集的一個會議，直飛鄭州，見了王化雲才知道弄錯了，但仍問道：

「不分洪能確保不決口嗎？」

「我認為加強防守，撐得過去，但也不敢確保。眼下這種時候，總要擔兩、三分風險。」

八五年王化雲跟我複述最後這句話時，笑瞇瞇的神情有點迷離起來，我讀得出那裡頭蘊含的其他含義。

那次防洪，周恩來就在鄭州坐鎮，豫、魯兩省的省委第一書記皆親自上大堤督陣。洪峰經過濮陽高村險工，超出保證水位高度；東平湖的洪水位，也超過湖堤一釐米。沿黃二百萬人拚力搶堵，備極驚險，十天後（二十七日）終於洩洪入海。

乾隆詩碑

我見王化雲之前，祕書趙民眾對這位河官，有過一番介紹，說他對黃河幹支流的每個地方都清楚；戰國以來的治水史稔熟於胸，提起王景[8]、潘季馴[9]，總是侃侃而談推崇不已；毛澤東稱讚他「從外行變內行」，趙紫陽稱讚他「黃河都裝進腦袋裡嘍」……。

王化雲把他那一任河官，真做到「後無來者」的程度。雖然他作為治水社會中「國家的代表」，統攬行政和技術的所有資源，可輕而易舉碾碎民間其他治水主張，使他的「治水方略」，直接上升為國家的治水政策；但在權力結構、資源組合、方略驗證及實施等方面，他的確有一種將「傳統」與「現代」成功結合起來的罕見能力。

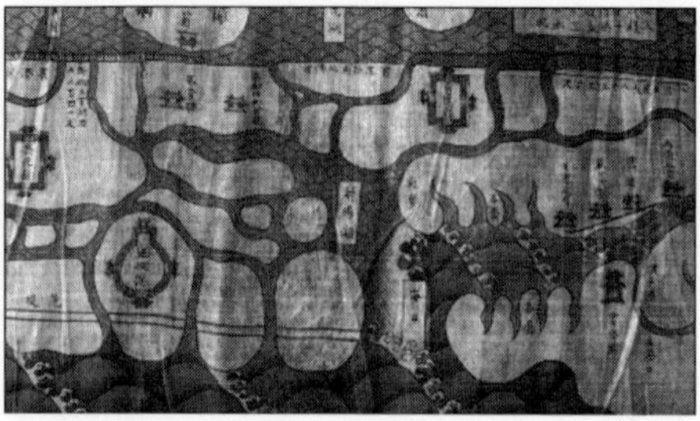
古代河防圖

有一天，王化雲忽然跟我扯到一樁黃河掌故——「乾隆詩碑」。他說在中牟縣西北二十公里的楊橋村，七九年發現一座河神祠，祠內豎一碑，高二百釐米，寬九十五釐米，陽面鐫刻河工及建河神祠事，陰面鐫刻乾隆親賦《豫河志事詩》三首，當地老百姓呼之為「乾隆御碑」。

乾隆二十六年（一七六一年）七月，沁水、黃河並漲，武陟[10]、滎澤、陽武、祥符、蘭陽同時決十五口，「中牟之楊橋決數百丈，大溜直趨賈魯河。」據現在人估算，那次洪水在花園口的流量，約為三萬二千秒立米，接近「千年一遇」。乾隆立派大學士劉統勳、兆惠等督工堵口。十一月一日合龍成功，乾隆命在楊橋工地建河神祠，並題詩樹碑誌念。

潘季馴

天下彷彿到處有「乾隆御碑」，因為這老爺子好題字，顯擺他的漢字書法好。我對此不覺驚奇，王化雲說起這碑卻是雙眼發亮。河官到底不一樣。

中國是個標準的「治水社會」，古代就有龐大的「流域機構」。在明朝年間，「黃委會」這樣的機構稱「總理河道」（或「河道總督」）；另一個大流域機構是漕運總督，皆為侍郎級。古代水政管理，中央分行政（工部、水部）和工程（都水監）兩大塊；地方水官，漢代叫都水令丞、明代叫水利通判。秦漢時代，中央水官稱「司空」，與司徒、司馬並稱「三公」，類似宰相。凡此皆顯示，治水乃重大政治。

8. 王景，東漢治水能臣，修渠築堤，疏決壅塞，史傳黃河九百年安流。
9. 潘季馴（一五二一—一五九五），明朝治黃專家，創「束水攻沙」術。
10. 武陟，河南西部一個縣，位於黃河北岸，與鄭州隔河相望；滎澤、陽武、祥符、蘭陽，皆縣名。

二、老八路的「水壩啟蒙」

走進治黃領域，也就走進了中國現代化的一種歷史，並清晰地看出這種歷史的技術至上、「以俄為師」之特色；這其實來自唯一的源頭——蘇聯。早在二十世紀初葉，「以俄為師」就成為中國革命的基本模式，後人其實從未認真梳理過這個起點的歷史意義——在鄧小平的「開放」之前，中共有過更早一次的「對外開放」：整個國家制度照抄蘇聯，也從那裡引進一個「工業化」（一百五十六項重點援建專案）。我是偶然的從黃河窺見了它的後果。它其實已經將中國的水利「蘇式化」，其核心「高壩大庫」延續至今還在作孽，改都改不掉了。以下幾位「治黃人」關於五〇年代的回憶片段，恰足以為此印證。

（**王銳夫**，跟著王化雲從黃河「豆腐腰」裡走出來的一個「老八路」，接受我採訪時是黃委會「勘測規劃設計院院長」，即河官麾下的技術總管。）

我在花園口復堵之前，就上了黃河。當時八路軍渤海區委成立山東河務局，我是管財務的。八年抗戰沒有治黃，山東大堤破破爛爛。五〇年黃委會正式成為一個流域機構，我就上開封跟了化雲，搞物資供應。正好蘇聯專家第一次來，這個人叫布克夫，當水利部顧問，傅作義、張含英、張光斗陪他到潼關、三門峽、孟津一路選壩址，要建大水庫。

我們請這位布克夫搞邙山水庫，我給他供料，到處找石料、沙料。那會兒，化雲，還有袁隆，我們都不知道水庫是什麼東西。布克夫在淮河上也修了幾個水庫，豫南的淮河支流上，就有南灣、板橋兩座水庫，我們都去參觀他搞的板橋水庫，向老大哥學習。這是化雲第一次看到水庫、洩洪洞什麼的，跟大橋一樣。板橋是一個土壩，就是七五年垮掉的那個。

治黃需要高壩大庫，這個想法就是那時產生的。那時候到山陝峽谷[11]查勘壩址，從潼關溯流而上到龍門，拉縴不行，兩側岩壁上有鐵環，艄公用竹竿鉤鐵環而上。勘查全河，最遠到青海龍羊峽，那時候河源地區還沒解放。

五〇年代板橋水庫工地

（袁隆，黃委會的另一個「老八路」，四八年也跟王化雲一道在濮陽高村搶險，八五年我去採訪時他已接任黃委會主任。他談到五二年燃料工業部水力發電建設總局，力主在黃河

11. 也叫晉陝大峽谷，黃河自內蒙古托克托鎮起，掉頭南下，切入黃土高原，左帶呂梁，右襟陝北，至山西禹門口，峽長七百二十五公里。

建設大型水電站，於是陪蘇聯專家看三門峽。這個細節很重要，顯示黃河規劃已是以能源為首，防洪其次，建「三門峽大壩」是早晚的事。但蘇聯專家都不懂中國河流，此禍害延續到八〇年代，留蘇學水電的李鵬當了水電部長，便有了更大的災難「三峽大壩」。）

我跟化雲查勘黃河，五二年陪煤炭部的兩個蘇聯專家去看三門峽，從潼關租木船，順著黃河下來到孟津白坡，那次好險啊。我們通過當地黨組織，找了一個可靠的舵工。船進了三門，忽然山風一吹，船朝著山撞上去，舵工大叫一聲，站在船頭的水手支著架子，死硬地頂，叫船頭磨出去。過了三門，舵就斷了。一出山口，老舵工將船靠了岸，跳上岸朝河灘一躺：「我的天，差點坐法院，上面有蘇聯專家呀！」說什麼他也不肯走了。化雲和我好好動員他一番，才又往下面的八里胡同走。

五二年五月化雲向鄧子恢報送第一份「關於黃河治理方略的意見」，建議聘請蘇聯各類高級專家組成查勘組，進行全河性的查勘，作出流域規劃，並且設計三門峽水庫。化雲的總方略是「蓄水攔沙」，實現的方法是在幹流和支流上修水庫，怕泥沙淤積，水庫就要大；支流上水庫要多，同時在上游開展水土保持工作。一開始只敢想幹流上一個大水庫，三門峽或王家灘，支流十座水庫。第二年再報「根治意見」，幹流上二三十座大水庫、大水電站，支流上五六百座中型水庫，小支流上二三萬座小水庫，因為要發電、灌溉，還要使黃河變清流嘛。

東壩頭

那年十月底，毛澤東首次視察黃河。這位梟雄，不知道為什麼有點怕黃河，當年的隨從和河官，自然不敢作如是觀，但從袁隆署名的一篇回憶（〈向毛澤東彙報「治黃」〉，《縱橫》二〇〇五年第三期），我們仍可清晰見出此點乖歧。毛澤東先從濟南往徐州看黃河入海的故道，十月廿九日傍晚專列才到蘭考火車站。

（十月三十日上午十點多）……袁隆簡要彙報後，請主席上了第二部吉普車。袁隆和王化雲坐在頭部吉普車上帶路，車隊一直開到東壩頭。大家下車後，袁隆接著向毛主席等中央領導彙報。他站在主席身旁，手指眼前河壩說：「這就是咸豐五年（一八五五年）銅瓦廂村決口改道的地方，這邊兒南岸叫東壩頭，對面就是西大壩。」……

毛澤東右手撫腰，昂首站在大壩上，目睹黃河自西而東呼嘯而來，浪激大壩後又急劇折向東北流去，就說：「這座大壩的威力不小，一定要加固修牢。」袁隆上前

王化雲（前右）與毛澤東（前左），一九五二年在東壩頭。

說：「這裡決口前的七百多年間，黃河從此流經商丘、徐州瀉入黃海。銅瓦廂一決口，黃河被迫改道奪濟河而經濟南，轉向利津入渤海。」

毛澤東問袁隆：「『埽』是什麼？」王化雲答：「埽比壩小一些，但作用與壩相同，均為禦水工程。古書云埽者掃也，禦溜外移也。」毛主席又問：「過去的治河古書，你都看了哪些？」王化雲答曰：「為了借鑒前人的經驗，精略的看了一些書，不求甚解。」……

毛澤東笑問：「黃河水漲上天，能抵擋得住嗎？」袁隆說：「毛主席，因黃河兩岸有一千四百多公里沙堤，又多為高出兩岸地面數米的懸河，要順利抗大洪水引入大海，實在危險！」王化雲接著說：「在黃河上游修水庫，攔蓄洪水，再加緊下游河道排澇，戰勝洪水就有希望。」毛澤東點頭同意，並走下河堤看險工段壩埽。然後上車前行直到楊莊最後一道防洪壩。

毛主席下車後逕直走進河灘地，看著淤積起的泥沙問道：「這土都是西北黃土高原上沖下來的嗎？一年能沖下來多少？」王化雲說：「都是上邊沖下來的，平均一年約沖下來十六億噸，黃土高原的生態環境都遭到了破壞。其中有四億噸粗沙，先阻塞沉積在下游河道抬高了河床，形成懸河，常常決口成災。另有十二億噸細沙好土順水捲入大海，在臨海處淤起了黃河三角洲，面積在逐年增大。從長遠利益出發，要根治黃河，僅靠修堤怕是不行了，必須在西北黃土高原動員群眾因地制宜，大力實行植樹造林種草護坡修梯田，固本求源，再適當修建大中小型水庫。這樣既能控制泥沙不再加大，又能發展當地生產，提高人民群眾生活水平，確保下游不淤堵、黃河不決口，達到根治目的，何樂不為？」主席聽罷一揮手，說：「好！就這樣辦。」

袁隆陪毛主席看完石壩後，主席走到河邊雙手捧起黃河水問袁隆：「這水裡有多少泥沙？」袁隆說：「常年平均每立方米含沙三百公斤，大洪水時每立方米含沙可高達九百公斤，這就是每年平均十六億噸泥沙的來歷。」毛主席聽後大聲說：「黃河的裹沙能力真是了不起，造了個北方大平原！」

下午毛澤東又執意到開封柳園口看懸河，「在大堤下端量了良久，方才吐出一句：『真是懸河！』他問這河床比開封城內高多少？王化雲說平時高六七米，大洪水時更高。」

翌日一早，毛澤東專列北返，開動前他終於撂了一句話給河南省委和黃委會：「要把黃河的事情辦好。」一句不鹹不淡的大實話，黃委會稱「此後五十年來，這句話一直成為人民治黃事業的方針，成為治黃人員的座右銘。」專列駛離開封，須臾抵達黃河南岸車站，毛澤東又下車，登上邙山眺望黃河一陣，方悵然離去。

這個細節，生動地彰顯了「建制」的含義：毛澤東無需對黃河說什麼（他似乎也說不出來），但從蘇聯引進的那個「蘇式化」水利模式，儘管極不適合「中國國情」，卻自動地發揮著作用，攔都攔不住。

上：「黃河漲上天，能抵擋得住嗎？」毛澤東在東壩頭眺望黃河。
左：這裡少不得要作為「聖蹟」保存。

八五年我採訪黃委會時，王、袁二位皆詳述五二年東壩頭細節，卻仍說不出毛澤東對治黃的指示究竟是什麼。他們的描述只見偉大領袖被懸河、泥沙驚嚇的模樣，令我日後在《河殤》中寫出這麼一句：「雄才大略的毛澤東一生說過許多氣吞山河的話，卻唯獨對黃河說得很少、很謹慎。」這個細節，很有張力地反襯了幾年後毛澤東冒出的那股「趕英超美」，發動大煉鋼鐵、大躍進、公社化的熱昏，以及他御宇之下治河眾人「黃河清，聖人出」的癲狂，後人似乎也理不清「奇里斯瑪」[12]梟雄與愚昧大眾的互動關係。毛澤東一向有崇拜自然偉力的傾向，而「人民大眾」卻枉然拿他這個世俗神祇膜拜，徒見一個前現代社會民智及政治的倒錯。

那次毛澤東臨別又瞥黃河一眼的地方，少不得要由當地政府作為「聖蹟」保存。那地界在鄭州往北約二十里的黃河之濱，黃土高原的終點，「懸河」的起點，華北大平原一展眼底。日後「重新考證」（大約根據一張照片）出毛澤東眺望黃河的具體位置，以青銅鑄一尊坐像放置此處。八〇年代末我乘京廣線最後一次過鄭州「黃河大橋」時，看到那一帶仍是光禿禿的邙山黃土坡。後來十幾年經營，成了「黃河風景名勝區」，薈萃了一批中國最大的文化符號：高一百多米的炎黃二帝巨型塑像；高十米的大禹塑像，基座刻字「美哉禹功，名德

12. 即Charisma，神聖的天賦，韋伯界定權威形態的一種，也稱「個人魅力型權威」。

遠矣」（幸好不是「功在禹上」）；高五米的漢白玉「哺育」塑像：一個髮束魏髻、身著唐裝的「母親」懷抱嬰兒，基座為一個碩大的梅花池，蘊含「母親河」之意。這群傳統符號，再加上「毛銅像」那個現代符號，儼然是一個「治水社會」的符號博物館。

龍王總廟鎮河蛟

「東方紅，太陽升」，是從一曲陝北信天游[13]竄改而來；「黃河清，聖人生」本是一句童謠，在歷史上則早已被人竄改為「聖人出則黃河清」。「黃河清」三字通常用來預兆改朝換代，造反年代創造了「東方紅」的共產黨意識形態，焉能不加利用？——他們也剛好「改朝換代」嘛。

據說，歷史上將「黃河清，聖人生」聒噪得最厲害的，是清朝雍正皇帝，大概因為他的皇位合法性受質疑。不過雍正登基前做雍親王時，也管過河務，且治河頗有成效。他在黃河留下一座最大的龍王廟——武陟嘉應觀，恰好跟前文提到的「黃河風景名勝區」隔河相望。這座「黃河第一觀」，至今沒有破落，廟宇依然光鮮。

武陟，是黃河著名的險工，一則地勢從這裡開始平坦，河床落差小起來，淤積嚴重；二則伊河、洛河在武陟上游入黃，沁河則在武陟入黃，到了汛期此處極易決口。康熙年間，黃河在此四次決口，大溜北去，經衛河入海河，直逼京津。康熙知道復堵決口非易事，任其在天津入海。雍親王胤禛則決意築大壩，讓黃河回歸故道，前後經歷四堵四決，至雍正元年正月，第五次堵口才成功。期間傾國力對抗，國庫一度入不敷出，但此後二百七十多年，黃河沒再潰決。

雍正當年曾許諾，如果堵口成功，就在武陟修建大小河流的總龍王廟。武陟嘉應觀，當地人稱「廟宮」，是一座仿皇宮形貌，亦廟亦觀的複合建築，占地一百四十多畝。進得山門是座御碑亭，碑座一軀河蛟：龍頭、牛身、獅尾、鷹爪；民間認為黃河氾濫，乃此蛟作怪。銅碑有鎮蛟之意，碑文係雍正親撰。亭後尚有三進院落，前殿、中大殿和禹王閣；兩側有鐘樓、鼓樓和東西配殿，祭祀著十位黃河龍王；雍正稱「淮黃諸河龍王廟」。後又在嘉應觀兩側興建東、西兩道院：西道院為道台衙署，東道院為河道衙署，等於雍正王朝的「黃委會」；五〇年代蘇聯專家治黃時，據說指揮部曾設這裡。

三、聖人出，「清」黃河

（汪祖忭不是一個「老八路」，五〇年清華土木系畢業。一九五六年，他把「三門峽工程」的牌子，從北京六鋪炕水利部扛到三門峽工地，是三門峽工程的見證人。我採訪他時，已是黃委會「勘測規劃設計院」總工程師。）

13. 信天游，流傳於陝西、山西、內蒙一帶的民歌形式，歌詞七字兩句為一小節，押韻。

我畢業後就分配到水利部。一九五三年到了那個「黃河資料研究組」，燃料工業部、水利部合辦的，是因為要搞水利發電，才研究黃河，辦公地點在燃料工業部水力發電建設總局。

一九五四年初蘇聯專家組到北京，七個人，主要是蘇聯電站工業部派出的，組長柯洛略夫，後來就是他負責設計三門峽大壩。二月份，上百人的龐大黃河查勘團，水利部李葆華、燃料工業部劉瀾波領隊，陪這七個專家，先去濟南，從入海口溯源而上。

查勘團裡有一個記錄組，組長是龔時暘，上海交大出身，我是組員，我們當時都是技術員，負責記錄蘇聯專家的意見，非常虔誠的。所以，五四年的「黃河流域規劃」，也是至今為止唯一的大型規劃，黃河幹流四十六級開發，是蘇聯專家做的。在此之前，五二年化雲上報給中央的治黃方略，還只敢想黃河上一座大壩，到五四年變成龍羊峽、龍口、三門峽三大水利樞紐，並且是發電、防洪、灌溉、航運綜合利用。這個思路，在三門峽之後也沒有改變。現在是規劃龍羊峽、黑山峽、龍門、小浪底五大水利樞紐，兩千年之前完成，認為黃河就安全了。也就是萬里說的，從龍頭到龍尾，把黃河管起來。

五五年人大通過這個規劃，選定在三門峽築大壩。年底劉子厚出任三門峽工程局局長，就在北京開始辦公，第二年夏天移駐三門峽工地，是我把「三門峽工程局」的牌子，從六鋪炕[14]扛到工地上來的，千軍萬馬彙集三門峽。化雲是副局長之一，從此常駐三門峽工作。

五七年春天在鬼門島上舉行開工典禮，到六〇年九月正式蓄水運用，馬上暴露出問題，對泥沙估計不足，庫尾翹起，淹沒關中大片良田，不合中國國情。後來經過幾次改建，但是防洪作用受限制了，下游花園口出現二萬二千秒立米流量，三門峽可以關閘控制，但是上游發大水，三門峽必須敞開，失去控制下游洪水的作用。

我們只是技術人員，管不了決策。但是技術人員也有個毛病，就是迷信計算。大自然的條件比實驗室複雜得多，有許多非計算因素。蘇聯列維教授拍胸脯，說他在埃及有尼羅河的經驗，也做過黃河泥沙的「異重流實驗」，保證大壩排出百分之二十的泥沙，結果證明他的實驗全是假象。水沙的比重不同，在河道裡前進的速度不同，沙在水下面慢慢爬行，它跟河床摩擦的能量損耗，是算不出來的。

一九五五年七月十八日，主管農業的副總理鄧子恢在懷仁堂向全國人大代表宣布：「在三門峽水庫完成以後，我們在座的各位代表和全國人民，就可以在黃河下游看到幾千年來人民所夢想的這一天——看到『黃河清』！」據當時的報導，人大代表巴金[15]寫道：「……的

---

14. 水利部北京辦公處所在地。

上：一九五四年蘇聯專家黃河查勘團車隊。
下：「看到黃河清！」一九五五年七月十八日，鄧子恢在全國人大會議上宣布。

確『聖人出，黃河清』。我們已經看到『聖人』了。今天的『聖人』是黨，是政府，是毛主席，是人民。」有的代表甚至建議：待黃河水清之日，在禹門口立一石碑，鑿寫「功在禹上」四個大字！

這種「水利大躍進」的荒謬，驚出黃萬里「忍對黃河哭禹功」的名句；而「功在禹上」的夢囈，一如河北徐水「小麥畝產十二萬斤」、全國鋼鐵衛星放到日產五萬八千噸，大概唯有標誌一個荒誕時代的荒謬程度，才有流傳下去的意義。

黃河四十六級開發

「鄧子恢報告」（一九五五年七月十八日全國人大一屆二次會議），是一個「人定勝天」的奇異文本，大約是黨內秀才與黨的「水利內行」合作的產物。其中蔑視古人、拋棄傳統的激進態度毫不足怪，有趣的反而是治黃方略由「疏」轉為「堵」（上攔），一望而知乃是王化雲的方略加上蘇聯的技術工程。

> ……但是一切過去時代治理黃河的人都沒有能從根本上解決黃河問題。這是因為他們限於社會的條件和科學的、技術的條件，只是想辦法在黃河下游送走水，送走泥沙。禹

---

15. 巴金（一九〇四—二〇〇五），小說家，名著有「激流三部曲」《家》、《春》、《秋》等。

「鑿龍門」「疏九河」的神話，表示送走水、送走泥沙的想法和做法是很古老的。潘季馴提出的「築堤束水，以水攻沙」的著名口號，也仍然沒有超出這個範圍。

但是事實已經證明，水和泥沙是「送」不完的，送走水、送走泥沙的方針是不能根本解決問題的。在今天的科學的、技術的條件下，我們人民政權如果還沿用這個方針來治理黃河，那就是完全錯誤的了。我們今天在黃河問題上必須求得徹底解決，通盤解決，不但要根除水害，而且要開發水利。

從高原到山溝，從支流到幹流，節節蓄水，分段攔泥，盡一切可能把河水用在工業、農業和運輸業上，把黃土和雨水留在農田上。——這就是控制黃河的水和泥沙、根治黃河水害、開發黃河水利的基本方法。

黃河將被改造成一條「梯河」，今日已不可想像了，但卻不妨礙它已蔓延在中國的文本裡。下文引自中國水利水電出版社的《黃河》小冊（一九九八年）。

在黃河幹流龍羊峽以下河段，布置了四十六座梯級樞紐工程，共利用水頭二一二·五米，總庫容九九七·七億立方米，發電裝機容量二一五七·九萬瓩，年平均發電量一〇四八·二億度（瓩·時）；淹沒耕地二十三萬公頃，遷移人口九十九·三八萬人。

其中龍羊峽、劉家峽、黑山峽、三門峽四座大型水庫是調節徑流、攔蓄洪水和泥沙的綜合利用工程，其餘四十二座都是徑流電站或灌溉水樞紐。規劃選定三門峽、劉家峽二座特大型綜合利用水庫和青銅峽、渡口堂（即三盛公）、桃花峪（即花園口）三座灌溉壅水樞紐為一九六七年以前興建的第一期工程。

規劃中也提出支流修建二十四座水庫，其中多數為攔沙水庫；第一期先修建十五座水庫，其中多數是用來攔截進入三門峽水庫的泥沙。規劃中對水土保持工作提出的工作量很大（各種治理措施的總面積約二十六萬平方公里），並要求在短期內完成。

規劃指導思想的一個顯著特點是在幹支流上節節蓄水、分段攔泥，把黃河改造成「梯河」，即充分利用了水能資源和水資源，把黃河泥沙全部攔在幹支流河道中以及溝壑中，企望下游河道成為清水河流。

然而「梯河」還未建成，黃河早已「斷流」。彷彿是一種二律背反，「新中國」的治黃，原本始於洪水恐怖，後來竟荒誕到走向缺水。一九九七年，黃河斷流二百二十六天，三百天無水入海。王鋭夫當年告訴我，萬里曾有指示：「要從龍頭、龍尾把水關起來。」這頗像「計畫經濟」，一管就死。對此，黃萬里一九九九年批評說：「由於一九六二年起上游修了三四個水庫，單說龍羊峽庫量就達二百億多立方米，中下游小水庫有幾十個，水土保持幾十個，它們的蓄水量和灌溉用水量，將各用去三百多億立米水，則黃河原來的平均年流量五百八十億立米，當然自一九七二年起會全部用光……。」

四、「洗龍」：一場人民戰爭

三門峽泥沙之誤，誤在蘇聯人不懂泥沙。蘇聯罕見「重泥沙河流」，而黃河泥沙量一向被視為世界之最。王化雲其實並不昧於泥沙，他既借鑒古人方略，也調查民間治沙攔泥土法，形成他自己的「泥沙觀」，以構築他的「治黃方略」，但可能仍是一誤。這卻很少有人說的。

早在一九五〇年，王化雲就帶著工程師耿鴻樞等，到陝北無定河流域考察暴雨、山洪和水土流失資料。五五年黃委會又邀請中國科學院等，組織九個查勘隊，分赴涇河、渭河、北洛河、無定河、清澗河、延河等二十多條支流，進行水土保持查勘。這年夏天，他自己又走訪晉陝兩省的鄉村，調查老百姓蓄水保土的民間土法。也就是說，在築壩之前，王化雲不是沒有意識到泥沙問題。不過，他的基本思路是：黃河泥沙來自中游的黃土高原，在那裡搞好「水土保持」，就能減少入黃泥沙；此即認為，靠人力是可以「洗滌」黃河這條泥龍的。

這個思路，自始至終沒有改變；五三年初王化雲即已向毛澤東陳述過他的「攔泥策略」，說搞好水土保持，大壩的壽命可達一千年。這無疑是一種「大躍進」觀念的「治河方略」，即他認為在內蒙托克托到山陝峽谷龍門之間，黃河兩岸有六百多條溝壑，修幾千個攔泥壩，就能在黃土高原上「過濾」掉一部分泥沙。那是他第二次向毛澤東彙報治黃大計。袁隆的回憶〈一九五二年毛澤東黃河故道行〉（河南省委黨史研究室《黨史博覽》雜誌二〇〇三年第十二期）[16]記錄了這個細節。

一九五三年二月六至二十二日，毛澤東南巡途經河南。在專列上，他想聽取治黃彙報。河南省委便通知王化雲在開封隨省委書記潘復生一起見毛澤東。一見面，毛澤東就問邙山水庫為什麼不修了？王化雲擺出地圖，彙報了改修三門峽水庫的理由，以及治理黃河的初步方案。在彙報中，毛澤東不斷提出問題。

毛澤東：大水庫壩址你都去看過嗎？這批水庫壽命能用多少年？

王化雲：據不完全資料估計，即使不做水土保持，不修支流水庫，也可用三百年。

毛澤東：做好水土保持和支流水庫呢？

王化雲：用一千年是可能的。

毛澤東：（笑）不到三百年我們解決了。修三門峽的四個方案，你主張哪個？

王化雲：大壩修到三百六十米最好。建大庫，蓄水要達三百多億方，這樣可以更好地進行水土保持。

……

16. 據前黃委會主任袁隆撰文回憶，毛澤東曾四度召見王化雲詢問治黃大計，此處係第二次；一九五二年毛南巡，五三年初途經河南，在專列上聽取王化雲彙報。

毛澤東：除封山育林、植樹造林、修大中小水庫蓄水攔泥外，治溝怎麼樣？

王化雲：西北水土流失，溝壑很多，僅內蒙托克托到山陝龍門之間，黃河兩岸就有六百多條，差不多一公里一條，這就需修幾千個攔泥壩或小水庫，才能解決問題。

毛澤東：不止幾千個，要修幾萬、幾十萬個才能解決。

這寥寥幾則對話，可以看出幾年後「大躍進」的「人定勝天」觀念，已經在水利、治黃的領域初見端倪——「水庫壽命一千年」，跟「畝產萬斤」是一個層次的思路。「人定勝天」的狂妄，甚至是「推翻舊社會」的某種邏輯延伸，在一個沒有宗教信仰的文明裡是很尋常的；而靠成千上萬農民築攔泥壩，也是一種戰爭年代的「軍事」思路，出自一個來自黃土高原深處的征服者也很自然。

一九六一年十月二十七日，黃委會黨組〈關於一九五九～一九六一年黃河流域水土保持工作問題的報告〉說，五八年水電部提出「奮戰十年實現全國水利化」，黃土高原上也大轟大嗡地展開水土保持運動，「一個全黨全民性的」、「發展快、規模大、質量高、見效顯著，出現了千百個很好的治理典型」的群眾運動，當然不免「也發生了不少的缺點和錯誤，共產風、浮誇風、瞎指揮風對水土保持都有很大影響。」

（**龔時暘**，四九年上海交大畢業就到黃委會，一九八四年接袁隆任黃委會主任，在黃委會首次提出「黃河不可能變清」，曾任國際陸地土壤侵蝕委員會副主任，接受我採訪時，對泥沙談得最透徹。）

黃河的泥沙從中游來，水土保持搞上去，把泥沙攔住，黃河就清了，五五年的規劃就是這個東西。現在看來太簡單。六四年王銳夫和我，領著幾個人，坐吉普車從鄭州出發，跑遍涇河、渭河、洛河、無定河、三川河、皇甫川、窟野河的大小支流，跑了一萬多里，搞水土保持的選點，親眼看到泥沙像稠粥一樣，從河道裡瀉下來，插根樹枝都不倒。把水土保持搞上去，黃河也清不了。

黃土帶、草甸土、橫跨三個自然帶

黃河形成以來就是黃的。地理學家劉東生說，地質年代第四紀、第三紀，黃土高原已經溝溝壑壑，第四紀以前沒有黃河，一百七十萬年前才有黃河。科學院地理所景可、陳永宗認為，一萬到六千年前黃河含沙量已經很重，而那時人類對自然的作用還很微弱。所以即使「水土保持」達到那時的水平，還有百分之六的泥沙進入黃河。有人認為黃土高原過去有森林，冀朝鼎[17]引用一個外國人二十年的研究，認為北半球中緯度有一個黃土帶，從東海直到土耳其斯坦，特點是一無沼澤，二無森林。

我在黃土高原上泡了三十年，覺得這是符合事實的。這是一種草甸土，鬆軟、透水性強；地下水位深，樹根搆不著，「成木不成材，成材不成林」。樹草對這種草甸土無效，所以黃土高原崩塌很厲害，無定河崩塌的泥沙，占黃河泥沙的一半。甘肅滑坡也很厲害。隴東、陝北的農民，吃沒吃、燒沒燒，真是不忍心再叫他們搞那種質量低劣的攔泥壩，挖了淤、淤了再挖……，水土保持，花了大筆的錢，效果微弱，每年只減一億噸沙；支流上的水庫，二三十年就淤滿了。我感到這個辦法不行，七四年我升副總，向水電部核心彙報我的這個想法，化雲訓了我一頓：怎麼變來變去的？其實我只是不贊成「水保速效論」。

（景可，中國科學院地理科學與資源研究所研究員，二〇〇一年發表〈加快黃土高原生態環境建設的戰略思考〉，也分析黃土高原「水土保持」的失敗。）

黃土高原是生態環境惡化，自然災害頻繁的區域之一。惡化的生態環境不僅影響到區域自我發展，更重要是影響到黃河下游，乃至華北的廣大區域。國家對黃土高原水土流失治理一直非常重視，但是由於問題的複雜性、治理的艱巨性及投資力度的有限性，經過半個世紀的治理，至今雖不能說江山依舊，至少是山河面貌改變不大，國家不滿意，人民群眾也不滿意。

黃土高原是一個獨特的地理單元，它的獨特之處是區域內自然環境各要素表現出明顯的地域空間差異與地段空間分異，即空間上不僅存在緯向和經向差異，同時還存在垂向差異。自然環境空間大尺度差異最為明顯的表現是具有不同的自然帶。每一個自然帶都以各自的水分、溫度及適宜植物群落等綜合自然特徵區別於其他自然帶。黃土高原地區面積有六×一〇五平方公里之多，至少分異出三個自然帶，是我國自然帶最密集的區域。黃土高原的秦嶺以北至陰山約七百五十多公里，有暖溫帶半濕潤、半乾旱和乾旱三個自然地帶；從東面的太行山至西界的日月山直線距離只有八百公里，卻存在半濕潤、半乾旱和乾旱的變化。

除緯度地帶性差異外，同時還存在經度地帶性的差異。在東西方向上至少也存在兩條分界線，一是呂梁山界線，另一條是六盤山界線。這兩條線將黃土高原分成三個不同的自然環境亞區。各個亞區的基本環境要素都有著明顯的差異；首先是降雨量自東向西逐漸減少，由流域東分界線的年降雨量五百五十毫米減少到流域西分界線的二百五十毫米左右，與此有關的蒸發量也是自東向西越來越大，乾燥度也存在同樣的規律……。

黃土高原在近五十年的生態環境建設中最大教訓是片面強調植樹造林，在大量不宜林木生長的區域和地段營造喬木林，致使三十～四十年樹齡的樹木，胸徑僅十～十五公分

17. 冀朝鼎（一九〇三—一九六三），中共早期派駐第三國際的翻譯，後長期以金融學者身分，臥底國民政府，為中共提供大量經濟情報；四八年參與策反傅作義讓共軍入北平。四九後任中國貿促會副主任。

左右，而頂部已經枯萎。這種樹的水土保持效益很低，經濟效益更低，生態效益也不明顯。形成現在這種結果的最大經驗教訓是沒有按自然規律辦事，多半是依據行政命令，說退耕還林還草則到處還林還草，為此形成該退的退，不該退的也退，該種樹的種了，不該種的也種了。在相當長時期內黃土高原生態建設處於無序狀態，若不改變這種狀況，黃土高原生態環境的改善將遙遙無期。今後要使生態環境建設少走彎路，就必須要依據上述三個自然地帶，同時又考慮到非地帶性特點的基礎上做好生態環境建設。

黃河史二：讀譚其驤

黃萬里嘗言，凡河流的上游必然遭沖刷，下游則出現淤積；「這是指一長段河流經過相當長的時程而言，分析用的是統計法。」這當然是水文科學。黃河之事，尤其泥沙與洪水的關係，非長程歷史說不清楚（「俟河之清，人壽幾何」）。史學家譚其驤以他的淵博，早在一九六二年就從史地角度論證了這一點。

問題起於「東漢以後黃河長期安流」，原因何在？近世史家皆言，「千年無患」，功在王景。譚其驤[18]卻不苟同，質疑一次「治導」工程何能「功垂千載」？他認為說通這件事，對整個中國歷史都很重要。

譚其驤是史地大家，他循上游土地利用方式的思路，從畜牧、農耕對水土流失程度的區別，梳理鎖定山陝峽谷流域和涇渭北洛上游，對黃河下游水患最關緊要，並舉史料追述這兩個地區千年以來的「人類蹤跡」：戰國以前那裡是畜牧區，農業很微弱，主要是涉獵活動。「這兩個地區與其南鄰關中盆地、汾涑水流域在地理上的分界線，大致上就是當時的農牧分界線。」他透視歷史，可達致如此細節：晉西北在春秋時代，尚產名曰「屈產之乘」的駿馬；直至西漢，善射騎的名將多數出身那裡。秦漢兩朝為逐匈奴而「戍邊郡」，「募民徙塞下」，大規模移民的目標正是上述兩地區。「先為室屋，具田器」，漢族到哪裡，農業就到那裡，而且那裡「地肥饒」，邊陲竟成「新秦中」。另外，秦漢還以「實關中」的政策，加強中央集權，關中盆地的邊緣「雲陽」、「雲陵」，都在涇水上游。「此二地區從此以畜牧射獵為主變為以農耕為主，戶口數字大大增加，乍看起來，當然是件好事。但我們若從整個黃河流域來看問題，就可以發現這是件得不償失的事……，這一帶地區的大事開墾，結果必然會給下游帶來無窮的禍患。」漢武帝以後，黃河下游的決徙之患遂越鬧越凶。

東漢王莽重開變釁，漢家放棄緣邊八郡，匈奴「轉居塞內」，變農為牧。黃巾起義後，「百姓南奔」、「城邑皆空」，邊陲成清一色的羌胡世界，蔡文姬的〈悲憤詩〉稱西河故地「人似禽兮食臭腥」。東漢以降，「歷史上的魏晉十六國時代是一個政治最混亂、戰爭最頻繁的時代，而在黃河史上的魏晉十六國時代，卻偏偏是一個最平靜的時代。」從此，農牧分

18. 譚其驤（一九一一—一九九二），中國歷史地理學科的奠基人，主持編輯出版《中國歷史地圖集》與《二十四史點校》，並稱為史學界兩大基礎工程。

界線南移至黃河中游，大致東以雲中山、呂梁山，南以陝北高原南緣和涇水為界，東南是農區，西北是牧區。這條分界線，直到北魏後才打破。之前黃河有五百年安流。再加隋唐三百年，情形雖破碎而紛雜（隋末離亂、安史之亂前後），黃河算是基本安流，河患遠不如西漢。由此可見，漢家靖邊，則黃河多事；匈奴南下，則下游安流。農耕與游牧的拉鋸，竟有如此非預期後果，天道實非人力可為。

譚其驤旨在「古為今用」，結論指出：「下游也不可能單單依靠三門峽水庫就獲得長治久安。因為三門峽水庫的容積不是無限的，中游的水土流失問題不解決，要不了一百年，泥沙就會把水庫填滿。」

五、「三門峽二世」

正在漲著伏秋大汛的黃河，帶著它那微微凸起的、紫銅色的軀體，從峽谷裡沉重但卻急速地滑過去，沒有浪花，也不喧囂，只有一種彷彿被壓抑著的深沉的「嘩嘩」聲，藉著空谷的共鳴溢向兩岸，給這並不偏僻但卻閉塞的山野平添了幾分曠遠、靜穆的情調……。

這段文字，引自我治黃採訪後寫的報告文學〈人生長恨水長東〉（《人民文學》一九八五年八月號），準確傳達了我站在小浪底岸邊，注目黃河的感受。那裡離古都洛陽只有三四十里，翻過南岸山坡就是孟津縣城長華鎮，也很熱鬧，這都不耽誤它一如黃河的許多野村小渡，閉塞貧窮。

「小浪底」這個地名，很怪，也曾有人寫「小浪地」、「消浪底」，但已無人說得清淵源，約莫是村夫野老胡謅，說黃河到這裡磨了個小彎，河床是個大下坡，水流急了點，激出浪花又跌落下來，那浪花就小了。另有一說是那裡人跡罕至，住了一個姓郎的，道光三年天下大饑，郎家沒吃的，殺路人吃。不知何朝，曾有大小兩個寺院，後來被大水淹了，寺院廢墟長出一片柿樹。抗戰時期這裡才有渡口。國軍從華北退下來，在南岸守河防，日本人逼過來，還在北岸跟日軍拚刺刀，黃河灘被炸成黑的。正常年景，這裡的人也玩船，把關中的棉花販運到下游去。但隴海鐵路修到潼關後，渡口就荒廢了。到了八〇年代，小浪底大隊二百號人口，十年九旱，靠著河灘也灌溉不上……。

然而，王化雲和黃委會看中了它。比起二十多年前那個神雄、險峻、晦氣的三門峽，它顯得平庸多了。一九八五年夏天，黃委會嚮導領我到「小浪底」看一眼的時候，它依然是安靜的。

黃河大辯論

三門峽跌了個大跟頭，水利界似有一陣子忌言水壩。但「七五八」豫南垮壩後，又估算出「萬年一遇」大洪水，水電部長錢正英竟提起黃河大改道來了：

「泥沙問題不解決，再修壩又是一個三門峽。咱們是不是考慮一下改道？從山東陶城埠的張莊閘開始，向北展寬三公里，以北堤為南堤，一直到海口。」

這是一九七五年九月在鄭州中州賓館，兩省（豫魯）一部的會議。不過王化雲比錢正英更懂黃河：

我也想過改道。但是，新河道橫穿齊河、濟陽、利津三縣，淹沒兩個縣城和惠民專區所在地北鎮，占去大量良田，移民一百多萬，工程巨大不說，實在是驚動太大、擾民太甚呵！自從三門峽回水淹了關中，我得了一個教訓，中國人多地少，用淹沒大量川地來換取大水庫，不得人心啊。也許這是一門新學問，有些專家管它叫「水利社會經濟問題」。再說根據陳炳榮他們的調洪計算，四萬五的洪峰在花園口就憋不過去了，你下游改道救不了中游決口。

王化雲的唯一主張，竟是「再建一座新的大水庫」。

我在前面引述過王化雲那句話：「發大水皇帝也要聽河官的。」豫南垮壩之後，人們發現在治河這件事上，王化雲的權威無人挑戰得了，這在中共的政治和國家管理的短暫歷史上，幾乎是空前的：毛澤東、周恩來和整個政治局、國家計委都對他俯首貼耳，更遑論水電部長錢正英？他惹了三門峽那麼大一個禍，讓周恩來操碎了心，國務院竟然還是得接受他的主張，在黃河上再築一座大壩！

（王長路，採訪中跟我談得最多的人，時任黃委會副總工程師，河官的首席工程顧問，小浪底水壩的設計者。）

七五年九月的兩省一部會議否決大改道，但是確定了一個新的防洪體系：幹流「上攔工程」，也就是再修一座水庫，壩址小浪底、桃花峪，任選其一；下游加固滯洪工程，包括兩岸大堤、兩個滯洪區（北金堤、東平湖）；整治河道。這個體系的靈魂，是一座新水壩。這其實還是化雲的方略，就像他自己說的，三門峽之後他翻來覆去想了十五年，對付洪水，除了「上攔（水庫蓄洪）下排（整治河道）」，別無良策。

小浪底和桃花峪，兩個壩址各有千秋，都控制了整個下游、整個黃淮海大平原。小浪底壩址偏上，在黃河最後一個峽谷段的出口，不能控制中游最後兩大支流伊、洛河，地質條件複雜，但它是三門峽以下唯一的峽谷型水庫，不易被泥沙淤死，也可防洪、發電綜合利用；相比之下，鄭州附近的桃花峪，是黃河中下游的分界處，可以擋住幹流支流的所有來水，但卻是一個湖泊型水庫，弄不好就成第二個三門峽。

所以我們黃委會第一選擇，總是小浪底，儘管它造價比桃花峪高。水利部看中桃花峪，國家計委也同意，但是河南省堅決反對，因為等於在鄭州頭上頂一大盆水，也要淹掉周圍各縣許多高產田，庫尾回水也可能淹洛陽。八〇年選定小浪底，專家們仍然擔心，認為還沒有研究透泥沙問題以前，不要急於上小浪底工程。

有能力質疑王化雲和黃委會的，只有社會上七零八落的水利專家們。社會一定要有餘力抗衡國家，否則體制一定犯錯、社會一定有病。但魏特夫早就預言，在「水利文明」中，國家「變得比社會強大」。事實上，人們歷來對治黃歧見眾多、七嘴八舌，而黃委會雖自謙「我們只是其中一家」，但王銳夫對我補充了一點：「專家們常常只看到一面，我們在黃河上年復一年，看得比他們全面。」這意思彷彿大家站的位置不一樣，「屁股決定腦袋」，想法自然不同。但究竟誰站得高、看得遠？

王化雲以防洪為第一優先，其他專家則可以跳脫這個利害，看黃河更冷靜、更客觀。三門峽決策的教訓，淺表地看，是不理睬黃萬里的忠告，後果慘痛——王化雲即便汲取三門峽教訓，也只看到所謂「水利社會經濟問題」（淹地、移民）；深入地看，乃是水利決策不能只顧眼前，要有資源、環境等大自然層次的眼光和考量，這恰恰需要超越河官和流域機構的短淺、利害位置。所以中國擋不住後來的三峽大壩，以及可能跟在後面的更多水壩。

王銳夫、龔時暘、王長路、汪祖忭，以及泥沙工程師涂啟華，都分別跟我興致勃勃的詳述兩場「黃河大辯論」盛況，乃是我治黃採訪中最精采的部分；日後策畫《河殤》的靈感，濫觴可能也在此。中華民族的千古夙願，與水文、地理、科技的碰撞和激盪，雖然最終受控於很低級的政治決策，但治水大方之家，畢竟得以一吐為快，彷彿個個深得黃河磅礴之氣，各家思路和方略雖每每南轅北轍，卻也頗有爭奇鬥豔之勢。中國人是應該有一門「黃河學」的，只可惜在這個既功利又短視、再配以領袖「拍腦袋」決策的社會裡，專家們只有「望河興歎」。

八五年我採訪黃委會時，他們很少提及早在一九五七年夏天就曾有過的「三門峽水利樞紐討論會」，後來讀到戴晴的〈忍對黃河哭禹功〉[19]，方知那次就有七十多名專家參加，由張含英主持，爭論焦點是蓄水位三百五十米，並且是在三門峽開工兩個月後召開的，而討論會還沒開完，「反右運動」開始，「黃河異見者」黃萬里被打成右派。

二十二年後，一九七九年十月中下旬又有一場大辯論，全國水利學會在鄭州北郊一座閒置的別墅（俗稱「三所」），召開「黃河中下游治理規劃學術討論會」，仍由張含英（時年八十）主持，與會者二百餘人，議題再次返回治黃方略和水壩的爭辯。四年後，一九八三年三月再有一場大辯論，是在北京復祐街水電部招待所召開的「小浪底」論證會。這兩次辯論的要害，皆集中於泥沙問題。

19. 戴晴的報告文學〈忍對黃河哭禹功〉，重寫了一九五五年三門峽決策盲目迷信蘇聯專家、否決黃萬里等中國水利專家合理建議的悲劇過程。

泥龍戲水泥

黃土高原水土保持不能奏效，則黃河中下游無論何處，築壩皆成禁忌，此乃中國水利界的「哥德巴赫猜想」[20]，引無數專家「競折腰」。然而，種種殫精竭慮的實驗、設計，無非是揣摩、試探，乃至違背自然界上游切割、下游造陸的地貌演變規律，是否徒然成了人力與天道的嬉戲？

七九年鄭州的「黃河大辯論」，各路專家治黃方略大致分中游減沙、下游釋沙、水庫調沙、分流分沙、引清刷沙等類別，其中國家（黃委會）感興趣者，唯中游減沙和水庫調沙兩項，皆出自中國泥沙界一位不同凡響的俊傑錢寧。

任教清華大學的泥沙專家錢寧，首創重點治理黃河中游粗沙來源區的思路，是對黃河泥沙難題的一大突破。一九五九年他在花園口一座唐代古墓中偶然發現，歷史上淤積下來的泥沙，顆粒比現在要粗得多，萌發了「粗泥沙」概念，不久之後勘察陝北、隴東山區時，發現確有大約五萬至十萬平方公里的粗泥沙集中產沙區。但這與下游河床淤積之間的關係如何，當時尚無資料可分析。文革中他被構陷「敵特嫌疑」，一九七四年才得以從三門峽建壩後十九年一〇三場洪水的水文泥沙資料，分析證實了其中十三次洪峰來自上述粗泥沙產區；造成的下游河道淤積量占洪峰總淤積量的百分之六十到八十。

錢寧也是「高含沙水流特性研究」的開創者。他發現黃河高含沙水流具有強大的輸沙能力，原因是細顆粒的存在使流體黏性增加，讓粗顆粒的輸送變得容易，但河床對水流的阻力並沒有增加。這個水沙的特性，為水庫進行調水調沙運用，提供了有力的根據。

錢寧的貢獻巨大，水利界特為設立「錢寧泥沙科技獎」。我想更重要的是，他的科研對中國在多泥沙河流上築大壩，減輕了負面效應。這是國家對他感激的地方。

（涂啟華，黃委會泥沙工程師，大辯論中黃委會的發言者，他向我詳細解釋了這種複雜的「調水調沙」設想，彷彿是黃委會「小浪底工程設計」的一項祕密武器，亦可知錢寧有「點泥成金」之功。）

三門峽教訓出來後，我們都很害怕，在多泥沙河流上還能不能修大型水庫？過去三門峽的深水孔太小，依照「緩流落淤」[21]的規律，泥沙排不出去。一九七三年底第二次改建，打開八個施工導流底孔（據戴晴說，打開每個底孔的代價是人民幣一千萬元——筆者注），洩量由六千增至九千零六十秒立米，帶走大量淤在庫裡的泥沙。這一來，得出在峽谷型水庫有較大洩洪排沙規模的認識，汛期沖河，水庫不至淤死，可長期運用。

---

20. 哥德巴赫猜想：德國人哥德巴赫於一七四二年提出的一個著名的數理問題，八〇年代在中國常被人用為「難題」的隱喻。
21. 指水流慢速，則泥沙易沉澱的特性。

一九七〇年我和清華大學教授夏震寰等五個人，從潼關到三門峽，一百多公里，走了五六天，觀察庫區淤積情況。沖積性河流，河床組成是泥沙，水流是要挾帶一定泥沙的，這叫挾沙能力。錢寧教授在七〇年代就研究高含沙水流的挾沙能力，再結合下游河道的沖淤規律，就可以在水庫運用上實施調水調沙。我們黃委會就是想把他的這個概念，運用到小浪底。

河口鎮以上，黃河基本上是清水。河口鎮到龍門是粗沙區，黃河經過這裡帶沙。三門峽六〇年九月蓄水，六一年瀉下清水，結果在河南河段，發生河床沖刷，使得水中含沙量恢復，到山東河段又成泥河，這叫「河南沖，山東淤」，也就是「沖淤規律」。上游來水大，含沙量高，這時水庫攔一攔；來水小，來沙也大，更要攔，下游就淤得少；來水大，來沙少，水庫不攔，讓水帶走庫裡的泥沙。

這是只有黃河這種多泥沙河流上才會產生的概念，國際上還沒有，有些專家懷疑效果；也有人認為操作複雜，來水來沙的預報準確度怎樣？八三年我曾呼籲在三門峽做調水調沙、人造洪峰實驗，看下游減淤如何，但怕一蓄水，潼關以上就要淤積，不敢實驗。

畢竟黃河是所謂「水沙異源」，即大部分徑流（清水）來自蘭州以上（占花園口站百分之五十八），而泥沙的集中產區，在河口鎮至龍門之間。「調水調沙」設想忽略的一個大前提，是梯級開發的後果，讓上游兩大樞紐龍羊峽、劉家峽，已經吃掉大量清水，汛期進入中游產沙區的水量大幅度減少，使得河口鎮至龍門之間的含沙量增高，無疑也使得小浪底的「調水調沙」效果減弱。黃河下游河道的嚴重淤積，原因就是水少沙多，修了一批水庫的結果，讓洪峰流量減小，洪水造床作用減弱，水少沙多的矛盾反而加劇。這條泥龍，先是想把它捺在黃土高原上洗一洗，不成功又想在河道裡調教它一番，竟也沒成！

二〇〇六年，黃委會副主任石春先發表「小浪底水庫建成後黃河下游防洪形勢及治理對策」，稱該樞紐工程二〇〇一年投入運用後，對大洪水確具顯著的削峰作用，但仍存有問題：其一，九〇年代以後，由於黃河來水偏枯，主槽淤積嚴重；二是此壩不攔一萬秒立米以下的洪水，使下游堤防受損嚴重；三是泥沙問題沒有根本解決，「地上懸河」局面仍長期存在。一句話，河仍未治。

把「中國的憂患」拎到人民大會堂

返回二十年前，小浪底工程可行性研究，在八〇年代中期實際上遭遇了「決策」困境，泥沙問題、地質隱患、財政吃緊，中國一貫的說法是「中央下不了決心」；但這個「中央」是「拍腦袋」決策型，你需要「幫助」它下決心。這在「三門峽」已經發生過一次，王化雲深諳其道。採訪中他曾對我說：「我這個人看起來很軟，在其他方面我是很軟，但在這個問題上很硬，逢人便講，四處遊說。」他又笑瞇瞇的，像個老太太了。這方面，他是一個厲害的角色，把黃河氾濫這個「中國的憂患」，從歷史記憶中一下子拎到了人民大會堂。

一九八二年九月黨的十二大上，我在河南代表團做了一個發言。胡耀邦總書記講了二十年內國民經濟翻兩番，我得提醒大家別忘了黃河。先說分洪。花園口出現兩萬二的洪水，就要往北金堤分洪，但是這個滯洪區現在還能用嗎？因為出了勝利、中原兩個油田，去年投資二十四個億，你還敢朝那裡搬洪水？勝利油田在入海口，黃河尾閭來回滾動，固定它實際上辦不到，關鍵是必須減少泥沙量。

再說決堤。首先威脅南北交通，三門峽以下有八座鐵橋，只能防一萬五的洪水；洪峰過八千，就要沒過山東老津浦線鐵路橋，京廣、津浦、隴海三條大動脈都受威脅。懸河每年淤高一公寸，十年加高一米，下面的城市都受威脅，鄭州在河床以下四至五米、新鄉二十五至三十米、開封十二米、濟南北郊三至五米，兩岸的渠線、湖泊都會被淤塞。豫魯兩省沿黃土地，過去都是鹽鹼地，現在成了豐產田，靠的都是引黃澆灌，一旦決堤又都鹽鹼化。而且整個北方都嚴重缺水，每年汛期卻有三百億立米黃河水，白白流進渤海。不論除害還是興利，我們都需要修建小浪底水庫。我也算過一筆帳，黃河決口無論朝南朝北，都是二百億以上的損失，一場黃河大洪水，可能沖掉四化！

我這個發言，上了簡報，趙紫陽總理看到了，給河南代表團打電話，叫我去他辦公室談談。第二天上午我們談了兩個小時。四十年前，我倆都是冀魯豫行署的黨組成員，那時紫陽是四地委書記，我是行署民政處長。

他先問我「引黃濟京」的可行性。我說元朝忽必烈那時，就通過運河把水送到通縣了。他又問，黃河水少，是不是「以匱乏濟不足」[22]呢？我說因為中游缺一個調節水庫，明朝永樂年間，在東平湖旁的汶河上修了一個滾水壩，溝通南北大運河，大部分水送到北京，餘下的送江南，叫作「七分朝天子，三分下江南」。紫陽又問我引江如何，我說，明清兩朝的漕運，就怕被黃河潰決打斷，終於在一八五五年因黃河改道而廢除運河，這個教訓就是，不治黃何能引江？談完趙總理要我給他一份報告，陳述小浪底重於南水北調的理由。到十一月，趙總理把我的報告批給宋平、杜潤生，接下來就開了八三年的「小浪底」論證會。

（王長路對我講了後續的故事。那是中國「決策模式」的一個生動範例：已經被專家論證否定的重大決策，可以在國家行政層次，靠私人說項而起死回生。）

一九八三年三月，宋平、杜潤生主持的論證會，給趙總理的最後報告稱，「難以滿足立即作出決策的要求。」只確定進一步研究可行性。小浪底又擱置了，化雲有點傷感，閉幕時說毛主席把黃河這副擔子交給了我，我感覺對不起主席和周總理。會場一片默

22. 意謂黃河水量並不豐沛，引黃河水解決北京缺水危機不是辦法。

然。其實二月份，化雲已經從黃委會主任位置上退下來，當顧問了。

來年四月，胡耀邦總書記來平頂山視察，化雲帶著我，趕到平頂山簾子布廠的外賓樓去彙報，總書記說：「王老希望盡快看到小浪底上馬，我也希望看到。趙總理最近也要來河南，還要他來拍板。」

一個星期後，化雲又帶我趕到中原油田去，趙紫陽總理正從東明，順黃河鐵橋過長垣這邊來。這塊土地下面的「東濮凹陷」冒出了石油，而這裡正是那二百五十萬畝的北金堤滯洪區，所以趙總理就說，化雲哪，現在中原、勝利兩大油田都在你黃河洪水威脅之下，我賺外匯就靠它們，你不用這個滯洪區行不行啊？化雲答，總理，我沒法打這個包票。如果出現萬年一遇的大洪水，總洪量是二百億立米，河道頂多瀉一半，剩下那一百億，就是把所有滯洪區都用上也不夠。一定要修小浪底才行。趙總理說，我兜裡就那麼多錢，顧東顧不了西呀，你那三十四億預算能不能再減下來一些，先搞第一期工程？

我瞅準機會，從旁插話，告訴總理，推遲發電可以省六七個億，移民費用也可以壓縮幾個億，第一期工程只需二十四億；修了小浪底，還能省下原定第四次修復黃河大堤的那十個億，國家等於只拿了十四個億。趙總理終於拍板了。

所以，為保北金堤滯洪區裡的油田，才是修建小浪底大壩[23]的真正原因，而不是怕黃河決堤。事實上中國當時的財政，也顧不上黃河決不決堤。畢竟，決堤就像地震一樣，只是一種可能性，機率有百分之多少，也沒人說得清。採訪王化雲時，他對我描述過黃河決堤的毀滅性：在濟南以上，無論朝南朝北決口，洪水波及範圍將達到一萬五千至三萬三千平方公里；受災人口七百萬到一千八百萬，他認為將「沖掉四化」，而中國脆弱的社會結構，能否承受得起一場黃河決口，他有沒有想到？反正他沒說。

中國很少有人對黃河決口有想像力。

王力雄《黃禍》的「二黃」意象

當我從加拿大《新聞自由導報》上讀到《黃禍》的頭幾章時，便知道那不相識的作者和我心心相印。今天終於讀到全書，中華民族那結局之慘烈，幾度令我掩卷，直讀得一身冷汗。我猜這書作者大概在「六四」以前就動筆了，並且做了長時間的醞釀。有一種強烈的崩潰感一直在衝擊他，「六四」對他來說不過是一個現實的驗證罷了。

這是一九九一年我在普林斯頓為《黃禍》作序裡的一段文字。當時明鏡出版社的何頻，

23.「小浪底」大壩，一九九一年十月大河截流，二〇〇一年十二月竣工。

從多倫多寫信來請我作序。他把書稿託人先帶給劉賓雁讀，然後轉給我讀。賓雁認識作者，跟我說：「你在北京一定認識他，但我現在不能跟你說他是誰。」我讀完後，怎麼也想不起來，這樣的文字會出自誰人之手？

小說主線是，中國在中共強人辭世、法西斯青年軍人搞暗殺搶班奪權、大軍區司令們見風使舵、東南裂土、少數民族獨立等一系列崩潰程式中解體，一直引向核子戰爭、大饑荒、瘋狂的民族大遷徙；中國的滅頂之災，擴散為世界性的大劫難。人類文明整個崩潰了。而這個大崩潰的源頭，正是黃河決口。

解體是雪崩式的。黃河決口之後，黃泛區兩千萬流民開始流竄，引起了全國農村兩億四千萬隱性失業人口大流動；水災造成糧荒，農村破產田畝也荒蕪，徵購不來糧食則城市饑荒，流民愈眾；北方糜爛，東南沿海受威脅而自保，內戰遂起；小說設計的人口是十三億，而中國的生態托架頂多維持五億人；另外八億必須死掉，否則這五億也別想活。所以，唯一出路是，大家往全世界逃難！

我稱《黃禍》是「政治寓言小說」。中國政治很殘酷，卻一直很初級（低級），所以斷難有人寫得出「政治寓言」。未料「六四」慘案後蹦出一本《黃禍》來，把這種崩潰，像科幻一樣作大膽奇詭的想像，作者真奇人也。

《黃禍》出版時，作者署名「保密」。九〇年代末，王力雄來普林斯頓拜訪劉賓雁和我，我才知道「保密」就是他；是個走遍西藏、九進新疆的邊陲探險者，而且「八四年曾一個人在黃河上漂流三個月」。

在他筆下，「黃河決口」寫得很專業，說七月底十七號颱風在「三花間」造成特大暴雨，伊洛沁三河並漲，花園口出現兩萬一千秒立米的特大洪峰。因公社制度瓦解，沿黃地區已失去「人海戰術」護堤搶險，終於高村險工決口了，豫東魯西成澤國。接下來，山、陝兩省又下來大洪水，三門峽大壩開閘洩洪，下游山東人吃不消，炸了河南長垣縣的河堤，黃河大溜北去，淹了安陽。接著又有一次洪峰沖垮洛陽附近的陸渾水庫，一過鄭州，就在南北兩岸決開二十八個口子，南至徐蚌，北至津薊，屍漂四野……。

他在小說中給中國的十億「黃種人」安排的三條遷移路線，也令人暈眩：第一條，北方接壤的西伯利亞，比整個中國大三分之一，可以吸收三、四億人，且可步行達至，是最主要的遷居地；第二條，沿絲綢之路，經西亞、中東入歐洲，可養活兩億人；第三條，跨越太平洋，渡向北美、澳洲，是最後的三億人。

這已經超越了慘烈。難道「六四」鎮壓後江澤民、朱鎔基開始推行的資源耗竭型發展模式，最終會將中華民族推入滅頂深淵？《黃禍》作了這個未預期的寓言。

「莫使禹功墜如此」

黃河在上中游流域裡匯集了大量降水，流到鄭州桃花峪。從此以下，除大汶河外再沒有水流進黃河。兩岸地貌是一個隆突圓錐體三角洲，洲上散布著向下游分流放射的許多流派，成為派域，而不再是匯水的流域。

凡是在這種淤積得隆起的三角洲上繼續通過天然水沙流，全河在長期內是一定要繼續淤高並延伸的。……這些淤積的泥沙在史前經過河槽淤塞、自然堤決口、河道遷移或分流等過程，輪流散布在三角洲上。三角洲以桃花峪為頂點，堆成隆突的圓錐體，面上留有放射式的低水窪道，面積達二十五萬平方公里。洲面淤高著、擴展著，進行較慢。

在這樣的地貌上援用古今中外任何治河法，如束水攻沙、寬河守堤、淤灘刷槽、集流沖沙等，除非另施機械能抽水放淤兩岸，而欲使河槽自動維持不淤，是不可能的……。黃河在兩堤約束下應令泥沙「下排」的設想，認為全部流水應派給輸送泥沙盡量出海的任務，不得分送兩岸。這種想法殃成了目前黃淮海平原缺水、缺肥、華北

深得黃河磅礴之氣者僅黃萬里一人耳。

水道不通航的現實。歷來學術上普遍的錯誤認識使國民經濟蒙受莫大的損失，未有甚於此者！[24]

在中國水利界，深得黃河磅礴之氣者，僅黃萬里一人耳。上引他以地貌演變規律，評說國家治黃方略之誤，就是明證。他不是一個匠人（工程師），而是一位「通天人」的哲人（詩人）。「王景桓桓擅工巧，潘馴瑣瑣近蟲雕。區區末技奚堪耀，何用高頜郢雪調？」他這詩句，並非徒然傲慢。他拿大禹對比後世工匠，唯有「忍對黃河哭禹功」了。馬列「唯物史觀」，有人類社會逐級「進步」的概念，僅就水利事功而言，硬跟地球對著幹，明明今不如昔，哪來的進步？黃萬里的「利河說」，古老得不能再老，卻有普世性。

世界上凡治理三角洲，沒有不是分流淤沙的，有之，其惟黃河。廣東三水下的珠江、埃及開羅下的尼羅河、羅馬尼亞土耳其下的多瑙河、印度孟加拉的恆河，巴基斯坦蘇庫爾的印度河，無不多道分流出海。我們祖先為了防洪而修堤，堵住分流口，是必要的，但這樣就加快了河槽淤積。或問當時何不設閘分流，須知當時黃河上看不到一塊石頭，堵口只靠高粱梗和麻繩捆廂。怎敢築閘於口門以控制洪水？到今天，用鋼筋混凝土和鈑

24. 黃萬里《水經論叢・治水原理》第五篇〈治理黃河分流策總結〉。

椿築閘，能有把握地節制水沙分流，就該從桃花峪以下打開二十幾個口門，設閘分流，使水沙廣鋪在各流派灘地上。其流只會很淺，每年淤出薄薄一層泥沙。

分流不僅疏水分洪，枯水期也分流。閘口底檻要設得低於河底。河堤臨背高差五米以上，陡坡分流會以高濃度拉沙出槽，刷深大河，使其過水能力大增。從此毋須培堤，永無水患。歷史上已成為高堤，足使大河安全過洪，改用作高速公路的路基，並不白修。注意惟有河身懸高，才能刷出深槽，分流排沙。由此觀之，當年必先有鯀之堤塞，禹始分流有成。古今治水，其理一也。[25]

黃萬里的治黃方略，順乎自然，納水文、人文、環境、科技、經濟、社會於一體，貫通古今，融匯中西。他視黃河為一條「利河」的境界，乃是一九四九年從黃泛區出來的、受洪水之「害」的人們無法企及的。所以，不必迫害黃萬里，他的治河主張也不會被國家採納。這甚至不是一個政治問題，而是文明程度的差異。

八〇年代末，中國拉開「水壩爭議時代」的序幕。八八年，長江三峽大壩的論證，遭到全國政協幾位老資格委員調查後的質疑，戴晴領銜的十幾位首都大報記者，聯合採寫《長江長江》一書出版，中國終於自發產生了一場民間「抵制三峽大壩」的運動，黃萬里是靈魂人物。他寫道：

作者曾在修建長江三峽高壩前後，六次上書中央建議勿修此壩。此壩建成蓄水後將使金沙江與四川盆地下來的河槽中的礫卵石和部分懸沙在重慶沉積下來，形成一水下堆石壩，堵塞重慶港，其壅水將淹沒合川、江津等城鎮，殃成數十萬人民淹斃的慘劇。此壩永不可修。[26]

我在八五年的治黃採訪中，沒有見過黃萬里。兩年之後製作《河殤》時，請他來演播室講他的治黃方略，才聽到他那一口吳儂軟語。一九九九年，他發表〈論江河淮海綜合治理〉，其中有段文字評說四九之後的五十年治水之成敗，並道出一個治水人「愧對蒼生老益悲」的悲涼。

近年來江河淮海迭受災害：黃河從來以洪患著名，七二年來警聞有斷流兼洪災之惡耗。海河素賴黃河分流淤灌，今已斷航多年。淮河一九三七年導流入海方完成，即遭黃河破堤重淤之災，其後改導入江初非長計。在一九八三年漢水安康洪災之後，一九九八

25. 同上。
26. 黃萬里〈關於長江三峽修建高壩的可行性問題〉。

年長江中下游又遭特大洪災，接著冬春九江又以基本斷航問世。江災受害人口三點三三億，死亡三千餘人，淹地三百九十二萬畝，資金三千萬元以上。

這些災難絕非全由天然造成。看到軍民合作捨身救護的壯烈，自己一介老書生，無能為力。除了捐助些資金衣物外，只有悲痛與慚愧。記得少時父親說：「我國自有歷史以來耕作的農民從來沒有對不起過統治階層的！」自度身受國家教育十七年，獲得各級學位，七十多年來從事水利工程的教學、研究和實踐：舉凡查勘、規劃、測量、設計、施工和行政莫不曾經親自操作，培養過四十幾個工程人員，教課五十整年，然而對於我國治水大計未曾有過多大有效貢獻，乃有上列「愧對蒼生老益悲」的詩句。[27]

我在〈引子〉裡說，豫南「垮壩」將我吸引到黃河治理領域，指的就是一九八五年春我對黃委會的採訪，是那場淮河洪水將我吸引到黃河上來。王化雲和黃委會工程師們的執著，其實當時頗打動我，而他們對洪水的憂慮，被我想當然地視之為「中國的憂患」，除此之外，我對治水皆茫然不知。不久寫成報告文學〈人生長恨水長東〉，發表於八五年八月號的《人民文學》。正是這篇關於黃河的文字，兩年後將我牽引進中央電視台的「河流片」熱。到《河殤》播出時，我才開始意識到水壩的爭議性，再回首追憶我採訪過的黃河「小浪底大壩」爭議，恍然悟到我竟是一個環保意識的後知後覺者。

---

27. 《黃萬里文集》二〇三頁。

第二章 躁龍

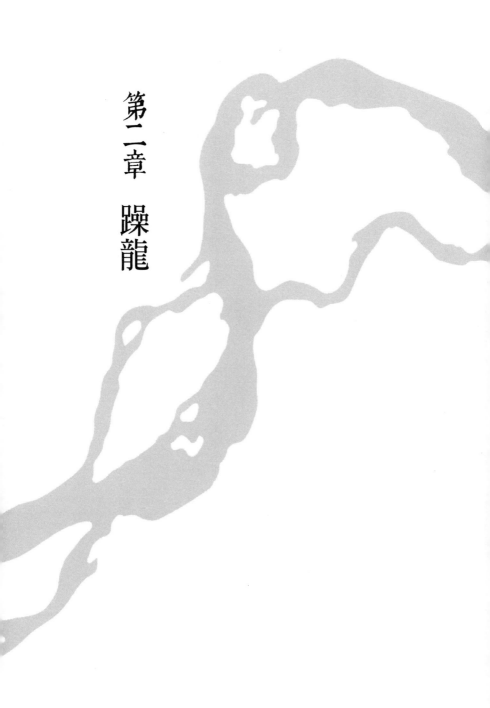

六、「東亞病夫」摘帽記

八〇年代如果有一個晨昏交割的點，我覺得就在一九八五年。天際剛剛露出魚肚白，黃昏又蔓延起來，根本就沒有讓白晝開始。鄧小平那年五月二十日接見台大教授陳鼓應，發表了「反對資產階級自由化」的談話。或許只有知識分子有點感覺。

前一天，五月十九日，香港足球代表隊在北京工人體育場擊敗中國隊後引發的球迷騷亂，才是令市井黎民熱血沸騰的大事件。而且《人民文學》反應迅速，七月號就發表了理由[1]的報告文學〈傾斜的足球場——五一九之夜〉，以及劉心武[2]的紀實小說〈五一九長鏡頭〉（後一篇更為轟動）。同一事件，在全國頭號文學月刊上，同時發表兩位頂級作家的相同題材作品，恐怕也是空前絕後，可見這個事件之備受關注與嚴重性。以下是理由在結尾處的一段：

> 據香港報刊報導，鬧事者推倒治安亭一座，交通亭一座，工體場和地鐵通道有若干玻璃被砸碎，垃圾桶四個被砸毀。另外有塔斯社記者，南斯拉夫駐華使館、加拿大使館、盧森堡使館、朝鮮民主主義人民共和國使館二祕、烏干達使館二祕的汽車被砸。被拘留的一百二十七名肇事者，有幹部六人，工人七十九人，技術員三人，學生二十六人，個體商販一人，臨時工一人，無職業者七人，他們的平均年齡二十五歲。

今天去看，那場騷亂並不大，含義卻不易釐清。至少，在當時，有幾人讀得出其中的「雪恥」意味、國家想像、民族主義？甚至，這些意識形態最初並不囂張，在民間都較為羞澀地以「落伍」、「遲到」的焦慮呈現。

「五一九」北京「工體」騷亂時，我正在豫皖交界的「洪水之鄉」練村，眼裡唯見豫南災民的悲戚，對足球場釋放的資訊充耳不聞。一個月後，八月號《人民文學》發表了我的黃河報告文學〈人生長恨水長東〉。接下來的八六、八七兩年，我進入「社會問題報告文學」的創作興奮期，連續發表了一批作品，描繪社會上被丈夫拋棄的妻子們、橫行霸道的基層幹部們、清貧執著的中小學教師們、精神分裂者們等等，頻頻引起社會轟動……。

直到八七年夏天，中央電視台找上門，我才回到「黃河」，八五年「工體事件」也才對我變得有吸引力。

北京工人體育場

球賽在中國是政治行為，如毛澤東跟西方的媾和，就是從乒乓球開始的。文化大革命禁

1. 理由，報告文學作家，八〇年代末棄文從商。
2. 劉心武，小說家，其〈班主任〉為「傷痕文學」開山之作。

絕大部分門類的藝術，獨尊京劇，搭配體育，跳起寂寞的雙人舞。不知道是不是秦始皇焚書坑儒那會兒還沒體育，所以它能在兩千年之後倖免？這竟然構陷了世界乒乓球男子單打冠軍莊則棟有染「紅都女皇」江青，成為文革後期膾炙人口的黃段子。

新中國的體育，是一枚「雪恥」的溫度計。中國近代思想史，原本是近代恥辱造的孽，委實延續出一段新中國續篇，或可稱一部《「東亞病夫」摘帽記》，卻絲毫沒有引起理論界的重視。要知道，「東亞病夫」這四個字構成的恥辱，藏在歷史記憶並不深遠處，卻控制著近代以來華夏民族的潛意識。這個詞的出現，最早據說是一八九六年在上海的英文《字林西報》上，乃西人泛指「落後國家」，其意與「個人體魄」原本無關；卻是我們的「如椽大筆」梁啟超，一九〇三年發表〈新民說〉，首次用它來說國人；一九〇四年曾樸用它作筆名，開始發表、出版《孽海花》（至一九四一年止），也跟體質虛弱相聯繫。顯然，這是國人給自己扣的一頂帽子。

「解放後」，中國要出「東亞病夫」這口惡氣，所以前十七年的國家體委主任是元帥級的賀龍，他同時兼任軍委常務副主席，掌兵權的管體育，可見其功能。中央領導人對足球賽都很情緒化；六四年國家隊輸給巴基斯坦，賀龍一怒之下竟將其解散；「八一足球隊」出征前，外長陳毅（也是元帥級）對隊員說：你們要贏巴西隊，「我陳毅就給你們磕頭！」鄧小平要看電視轉播足球賽，下令中央電視台晚間八點不准插播新聞；九〇年亞運會中國輸給泰國，鄧竟打電話責問萬里：「怎麼搞的，我們這麼個大國連泰國都打不過啦?!」

政客（國家領袖）不一樣，中國球迷跟英國球迷絕對不是一個種類。北京學生鬧事之前，早有球迷鬧事；中國政治危機的先聲來自球場，只是沒人讀得懂。八五年北京工人體育場的「五一九」球迷騷亂，我們不妨把它當一個起始點，生發出兩條平行的軌跡：一條是從這綠茵地，延伸到幾年後的天安門廣場，空間變得更闊大，模式則從球迷騷亂轉變為街頭政治抗議；另一條則是銜接到「鳥巢」[3]，空間沒有廣場闊大，但是「雪恥」的含義濃烈到了頂點，幾近凱旋式。

「北京工體」（工人體育場）自五九年建成以來，它的空間意義，首先不是中國最大的綜合性體育場，而是一個政治場所，僅次於天安門廣場，說它是古羅馬鬥獸場，或「你方唱罷我登場」的屠宰場，皆不為過。文革前這裡即有多少次「聲援亞非拉」的反帝集會，某次舉行支持「多明尼克人民反美鬥爭」大會，陳毅主持，郭沫若發言；這位毛澤東的弄臣剛念了幾句就說：「錯了，這是另一個會的發言稿。」學生們的笑聲在體育場上空迴盪。

文革時期，大戲多在「工體」上演（只差毛澤東親自蒞臨，他最愛天安門），不知召開過多少次「捍衛毛主席的革命路線誓師大會」，周恩來、陳伯達、江青、張春橋、姚文元、謝富治、汪東興；當然也少不了「王關戚」[4]那伝，粉墨登場多少趟，恐怕連他們自己都記不清。

---

3. 為二〇〇八年北京奧運會打造的主場館，後為國家體育場。

深深打進歷史記憶的，要算以下兩場血腥集會。一是一九六七年，首都紅衛兵批鬥陸定一[5]、羅瑞卿[6]等人，一聲吆喝「把羅瑞卿帶上來」，全場驚愕；我至今記得文革新聞紀錄片裡的一個鏡頭：羅大將雙腿斷掉（據說葉劍英[7]曾賦詩「將軍一跳身名裂」），被放在一個大筐裡，由幾個紅衛兵抬到工體跑道上；他們把那筐子往地上一扔，羅瑞卿半個身子竟翻到筐外，任人羞辱。二是一九七〇年，在「一打三反」高潮中，十萬人在這裡開公審大會，宣判遇羅克[8]、王佩英[9]等二十名「現行反革命分子」死刑，並立即執行。毛澤東的股肱之臣，和抵抗暴政的卑微草民，都可在此成為階下囚；其間不過隔了三年。

比較戲劇性的是一九六六年底，首都各界一萬五千人在此盛大集會，歡迎六十五名被莫斯科限期離境的留蘇學生。另有一場群眾批鬥會，大約七萬名男女青年，在此觀看十餘名「小流氓」被毆打，主持者是中央文革小組副組長王任重。

還有一道諷刺的景觀：歡呼鄧小平垮台，以及擁護他「復出」，都在這個有八萬座位的「工體」集會。

早有研究者指出，納粹和布爾什維克，都嫺熟大眾集會操作，善於誘發「群眾催眠狀態」（mass hypnosis）。中國的文革大型集會則更進一步，施展仇恨、虐殺、折磨、歧視等等的公開教唆。

一九八五年，長期被馴化的民眾，突然在「工體」跳出來自己發言。二〇一〇年才有人以所謂「重讀八〇年代」的視角，鉤沉劉心武的〈五一九長鏡頭〉：

> 這一天也被一些球迷稱為「國恥日」。我們不難理解這種在足球賽事中所包含著的國家想像和政治無意識……。事實上，當菁英知識分子進行維新和革命變革在展開現代國家和民族的想像同時，民眾的自發民族化行動也在展開，並帶有明顯的排外性質。……一九〇一年由聖約翰大學的中國學生組建的第一支足球隊，所包含的動機就是「以圖和『洋大人』們一較高低」。中國現代足球邁出的第一步，就摻雜著民族主義意識，和武術的擂台賽一樣，是以一種民間的方式展開共同體想像的。」[10]

民間何曾有過獨立的「國家想像」？毋寧我們需要釐清的是體制的霸權，如何把私人的

---

4. 指王力、關峰、戚本禹，三人皆中央文革小組成員。
5. 陸定一（一九〇六—一九九六），文革前中共中央宣傳部長。
6. 羅瑞卿（一九〇六—一九七八），文革前解放軍總參謀長，大將。
7. 葉劍英（一八九七—一九八六），元帥，文革中未受衝擊。
8. 遇羅克（一九四二—一九七〇），工人，文革早期寫《出生論》，駁斥「血統論」，因而被判死刑。
9. 王佩英（一九一五—一九七〇），保育員，文革中反對毛澤東整肅劉少奇，被判處死刑。
10. 張偉棟〈足球賽與新的國家想像〉，《當代作家評論》二〇一〇年第〇一期。

「國家想像」吞噬得一乾二淨？「民族國家」的建構，原本就是一個霸權過程，但在中國的語境裡，它把「霸權」奉還給西方，卻將它自己的那一頂，掩藏在「民族主義」底下。

電視轉播與體育煽情

中國是一個封閉的國度，電視常常使觀眾和控制者都被愚弄。強人的魅力會因電視的公開性而神話破滅，民眾夜郎自大的愛國情結也會被剝得精光而老羞成怒。電視裡的體育轉播，便是一項瘋狂行為，不斷煽動痛苦的愛國情結，同時立即把它宣洩掉。

用電視對民眾灌輸愛國主義之濫情是中國電視的一貫做法。一九六一年四月，使電視和乒乓球同時在中國暴得大名的一場國際比賽——第二十六屆世界乒乓球賽，至今令中國人記憶猶新，整個所謂「祖國話語」都是在那時被植進心靈的——莊則棟的勇猛、李富榮的穩鍵、徐寅生十二大板扣殺星野、丘鍾惠絕境一球扳成女單冠軍等，這些彷彿是命運的決戰，當年都讓中國人如醉如狂。

北京當時約有一萬架電視機，幾乎每架之前都擁擠著幾百人。一九八一年第三十六屆世乒賽，中國囊括了全世界七項冠軍，一時彷彿「拔劍四顧心茫然」，老百姓開始對乒乓「小球」沒興趣了，中國的乒乓球也由此從頂峰跌落。

同一時期，中國人正為他們的「大球」苦惱。足球不爭氣，連亞洲都衝不出去，讓球迷們痛苦萬分，電視台每轉播一次都要鬧事。突然，一九八一年中國女排在日本舉行的第三屆世界盃，奪得第一個中國大球冠軍，此後又「二連冠」、「三連冠」，成了民族英雄。一九八四年洛杉磯奧運會爭奪「四連冠」，最後一局即將決出勝負時，實況轉播突然轉為「新聞聯播」，觀眾勃然大怒，怨聲四起。後來中共「十三大」開幕新聞專題，同中國足球衝出亞洲的關鍵一戰轉播時間衝突，中央批准把時段讓給球迷。

一九八一年乃中國人的體育年。三月二十日，中央台通過國際通訊衛星實況轉播世界盃排球賽亞洲預選賽，中國男排反敗為勝，擊敗南韓獲小組冠軍，電視轉播之後，北大、復旦、科大學生立即在校園遊行，高呼「振興中華」——這個八〇年代最煽情的口號，便是一場體育賽事的電視轉播所引發的民間產物。那天還有人跑到復興門廣播大樓門前高呼「中央電視台萬歲」。

少年王丹的「體育熱」

記得一九八四年十二月十一日，中國足球隊在小組預賽中五比〇大勝阿聯酋隊，我在當天的日記中寫道：「今天我十分的振奮！二十分的自豪！三十分的驕傲！四十分的幸福！五十分的狂喜！」可見那時我對體育的狂熱。而我，其實並非一個體育愛好者……，這樣的全民體育熱，對於我的愛國主義情感起了奠基的作用……。

上述文字，引自《王丹回憶錄》。二十多年後，這位八九學運領袖仍不能忘懷「八〇年代的體育熱」，真實而坦率地描繪了那個時代，人民對國家的未來充滿樂觀，國家也利用體育運動員的成就，凝聚民心以進行政治操作。他也毫不諱言：「八九一代，後來會有走向街頭、去天安門廣場呼喚民主自由的熱情，是與這種由體育熱帶動的時代氛圍有很大關係。」[11]

事實上，正是前述一九八一年大學生喊出「振興中華」的口號，被中共意識形態的「頭號秀才」胡喬木[12]嗅出了別一番意味，讓中共的「政治操作」有了新的靈感。那次北大學生歡呼中國男排贏球而燒報紙、燒掃帚、敲飯碗、敲臉盆，在校園裡遊行，首次打出「振興中華」口號，折騰到凌晨二、三點鐘，卻沒任何一家首都新聞媒體報導——記者們自然視之為惡作劇，而八一年的大學生還昧於「學潮」——誰知胡喬木嚴厲批評「新華社」：你們太沒有政治敏感和靈活性了，對學生的愛國情緒，為什麼不懂得去「引導」？這個指示立刻傳達給所有新聞單位。我從中央人民廣播電台的渠道，也聽到這個傳達，當時只聳聳肩頭，卻想不到這個教唆伏筆於此，而埋線千里之外。

多麼反諷啊，「振興中華」的口號，竟然是學生娃娃們，送給中南海老人黨的一份餽贈，提醒他們可資利用的一個民意、一份合法性資源，令他們恍然大悟：原來「對外開放」若不搭配「民族主義」，一黨獨裁何能維繫？後來江澤民被鄧小平從上海提拔到中南海，頂替遭廢黜的趙紫陽，對這份餽贈最為心領神會。

《王丹回憶錄》二〇一二年出版後請我寫書評，也給了我一個機會，對八九一代的「理想主義」做個梳理：

王丹毫不諱言諸如「紅色經典情結」、建構於「國家主義」、「集體主義」的責任感、民族主義的體育狂熱、閱讀馬列經典等「理想主義」要件，引出一個頗具張力的問題：「八九一代」的理想主義，發育在中共意識形態背景下，集體、國家、民族等巨獸徹底壓倒個體，如何支撐他們自由主義的反體制立場？這個悖論，甚至導致了他們與體制之間關於「愛國不愛國」的滑稽歧義。我們其實很難判斷，距離所謂「喝狼奶的一代」只有幾步之遙的「八九一代」，未被洗腦的程度究竟有多少？

無疑，理想主義是任何政治參與的原初動力，王丹的客觀描述並不錯。「八九一代」未被解構的「民族國家」意識，具有悲劇性意義，透視了中國因背負近代「民族恥辱」，要實現個體自由的政治民主化談何容易。「後八九」時代，「關心國家大事」的舊式政治參與冷漠起來，社會貧富迸裂卻導致「個體」、「維權」等意識覺醒，雖然大規模街頭運動不再，這卻未始不是一種民間社會的成熟。

11.《王丹回憶錄：從六四到流亡》，時報出版，二〇一二年初版，第四十二頁。

12. 胡喬木（一九一二—一九九二），從延安整風時代開始，長期擔任毛澤東的祕書。

歷史恥感的把玩與教唆

震驚世界的「八九學生運動」，莘莘學子的戰場已不在「工體」，而是挪到了目標更顯著的「天安門廣場」；接著而來的就是「六四」鎮壓，長安街血肉橫飛。中國，「一覺醒來回到舊社會」，理想主義統統淹沒在血泊中，從此只有一個玩意兒更加亢奮：民族主義。

其後的故事人人皆知：「中國起飛」、「保八」（十幾年GDP增長率保持在百分之八以上）、外匯存底世界第一……；這些都是源於「低人權、低勞保、低工薪」的競爭優勢，但如沒有「愛國主義」罩頂，能成嗎？一九九三年江澤民一定要「申奧」、蓋「鳥巢」，甚至為此不惜釋放囚禁了十幾年的魏京生。但畢竟距離「八九」屠殺太近，那年申奧失敗，中國再掀仇外思潮，《中國可以說「不」》[13]風行。然而這都不妨礙中南海繼續大辦「中奧外交」，請國際公關公司包裝、策劃。劉曉波[14]曾如此評價二〇〇一年七月的北京申奧成功：

> 二戰之後，任何一個國家的一個城市得到奧運會的主辦權，都不會像此次北京申奧成功這樣，進行如此廣泛的政治操作和全民動員，投入如此鉅額的資金，掀起如此罕見的民族主義狂潮……。北京一百多萬人上街歡慶，全國主要大城市徹夜狂歡，國家最高決策層不但出席中華世紀壇的慶祝大會，並在民眾狂熱的感召下，臨時決定登上天安門城樓與民同樂。「實現百年夢想」、「中華民族的偉大復興」、「西方反華勢力的破產」等

口號鋪天蓋地。而在揮舞的國旗、激動的淚水、幾乎把嗓子喊劈了的歡呼的背後，支撐著這種狂熱的強國心態的，正是「百年恥辱」和「東亞病夫」的歷史所固化的雪恥情結、自卑心理和稱霸野心。

北京要把二〇〇八奧運辦成一幕「雪恥」大秀，國際社會是看懂了的。美國作家夏偉（Orville Schell）在美國《新聞週刊》的點評，便使用了一個字眼：humiliation（恥辱），並詮釋得甚為透徹：「中國終於可以自我陶醉於它的國家認同，從受害者轉為勝利者，全賴奧林匹克的點金術。一場盛大的象徵性的一舉成功的比賽，意味著中國歷史上的恥辱一筆勾銷，翻過它那受難遺產的一頁，這個國家走向了春天，在世界舞台上重生，儘管中國人可能還會不對勁地繼續尋找他們的自信。」

研究義和團運動的美國漢學家科恩（Paul Cohen）也指出，中國意識形態的監督者們，隨時隨地、從不猶豫將國家舊時之痛「用於政治的、意識形態的、修辭的和情感的需要」，放大其受難性質，獨占了所謂「往昔痛苦的道德權力」。

中南海非得抓住國際體育盛會的機會，來向世界宣布他們收復了國家尊嚴，自然涉

13. 一本標誌九〇年代中國民族主義、仇外思潮升溫的暢銷書。
14. 劉曉波，中國異議知識分子領袖，二〇一〇年諾貝爾和平獎得主，至今繫獄。

及到眾所周知的那個近代圖騰「東亞病夫」。這個精心設計是不言而喻的，但在民族心理上對「恥辱」的培育、教唆，應有一個二十多年的草蛇灰線可尋，這便令我不由得回味起一九八七年重返「黃河」、製作《河殤》時期，那「五一九」球迷的狂躁竟給了我第一個靈感：哦，我們中國人原來有「輸不起」情結。

趙瑜與《強國夢》

> 你看在這些體育競技場上，中國人是多麼狂熱呵。當五星紅旗升起的時候，大夥兒都跳、都哭。如果輸了呢？大夥就罵、就砸、就鬧事。一個在心理上再也輸不起的民族。中國女排的姑娘們已經是五連冠了。壓在她們肩上的是民族和歷史的沉重責任。假如下一次她們輸了呢？

《河殤》這個著名的開頭，既來自「五一九」的工體騷亂，也受了報告文學《強國夢》的啟發。心浮氣躁的八七、八八之交，我正在劇組裡熬磨《河殤》第一集〈尋夢〉的劇本，趙瑜[15]忽然出現了。我曾有一篇〈趙瑜剪影〉（一九八八年上海《文匯》月刊十二月號）這麼寫道：

一九八七年豐台青創會一別，我再沒聽到趙瑜的消息，不知他逛到哪裡去了。年底，他披了件牛仔夾克，拎一只破箱子來到《河殤》劇組，說：「蘇兄，來北京拍賣稿子啦。」那箱子裡裝著一部七、八萬字的《強國夢》。再沒那麼湊巧，當時我正在構思《河殤》第一集〈尋夢〉。《強國夢》這個題目便一下子抓住了我。

「你怎麼想起來寫體育了？」

「咱幹過運動員。咱也愛體育這一行。瞅著現在體育被歪曲成這副模樣，心裡有氣，手發癢，乾脆捅它一下。」

我留他住在劇組，白天各寫各的稿子，夜裡買些下酒小菜，每每侃到凌晨。他告訴我，去年春上，他決意寫體育，獨自來到北京，卻對天壇東側的體育一條街兩眼一抹黑，就憑一股不發怵的勁頭往運動員、教練員宿舍裡楞闖，捨得花錢買好酒好菸交接朋友，艱難地一點點搜集素材……。回到閉塞而又冷清的晉東南一隅，把自己關進小屋，對著牆上一張衝浪者的大幅圖片，一字字寫下去……。趙瑜事後對我說，當時他的確感到非常孤獨；「寫《強國夢》的那些日子，我像是在同整個中國較勁兒，有時恨不得把電視機砸了！」

15. 趙瑜，報告文學作家，以擅長體育題材著稱。

蘇曉康與趙瑜（右）。

《強國夢》的主調，是批評國家奧運戰略，冷落了群眾性的強身健體，社會上充斥了「半拉子人」，科學家們「英年早逝」；趙瑜也替運動員打抱不平，抨擊金牌至上，扭曲運動員精神，造成大量畸形人。他自己是運動員出身，不僅對體育內行，且有國際視野；他的報告文學採訪技巧，可謂獨步海內，一部《強國夢》的體育信息量之大，切中要害之深，非劉心武和理由的「五一九」可比擬。接下來他寫《兵敗漢城》，居然拿到國家體委最高機密，揭露了運動員使用違禁藥品的爆炸問題。他思考得很苦，最終抓住了要害：競技運動絕不能代替體育。

但是，「新中國」的趕超意識，就是一種競技，是要跟西方（國際）比快慢、高低、勝負、優劣，在所有的領域裡比試；體育是第一利器，豈能逃脫？所以，它是由一個元帥主管的、半軍事化的、「從娃娃抓起」的、「一條龍」的、仗著人口基數大「萬裡挑一」的、急功近利型訓練模式的、一將成名萬骨枯的……，總之，是和平建設時期的一支「雪恥」軍隊，戰略目標是用最短時間，衝到世界第一。這個戰略的最早模式，就是毛澤東的「趕英超美」，後來又直接成為鄧小平的「摸著石頭過河」。

這種「趕超欲」，被民族心理的自卑、嫉恨所驅使，也被梟雄玩於股掌之上，不僅在五〇年代鬧了一場荒唐的「大躍進」、餓死了幾千萬人；更在「開放時代」被來自西方的資本、文化所煎熬，仇外心智益趨褊狹愚昧。凡此種種，令晚近中國二三十年，瀰漫著憎羨交織的人格分裂氛圍，摘除了「東亞病夫」的帽子又怎地？

七、暮色：哲人李澤厚

如果沒有韋石之變或當時的北伐，太平天國革命本可成功。當滿清皇帝的個人權威還是至高無上的時候，倘使光緒是另外一個人，戊戌變法未嘗不可取得某些成果。如果慈禧和袁世凱都短壽早死，辛亥前後的局面恐怕也將很不一樣。然而即使那樣，在有著數千年封建重壓而又幅員廣大人口眾多的中國大地上，要邁進工業化社會和實現富強，也仍將百折千迴，歷盡艱險，絕不會那麼一帆風順，筆直平坦的。所以，太平天國盡可揮戈直下北京，但仍脫不掉農民戰爭歷史規律的制約，而終於沒有全力去打，也正是由這一規律所支配，是眼界狹隘，滿足即得勝利，停滯、腐化、分裂、爭權奪利等等封建的東西必然浮現的結果。譚嗣同不去找袁世凱，袁世凱不去告密，情況確乎將有不同，但改良派軟弱無力，最終只好依靠封建勢力，而封建反動派絕不會輕易容許變法改良，在新舊勢力懸殊的關鍵時刻，「有維新之名」的政客、軍閥必然背叛，如此等等……。

多麼迷人的歷史玄機！大概就是這些文字，誘惑我一九八六年去拜訪李澤厚[16]。那是他在文革後出版的《中國近代思想史論・後記》裡寫的一段文字。八〇代的人，常常並不迷戀思想，而是醉心「歷史的重複」，也即李澤厚一再感慨的「中國近代歷史的圓圈遊戲」。

在那個時代，我們不是也會這樣問嗎：如果羅斯福派給蔣介石的參謀長史迪威不是一個暴躁、尖酸刻薄的人，一九四九年中國或許不會江山變色。一九四七年六月，倘使國軍二十九軍軍長劉勘不是被胡宗南嚴令調開，他就在延安王家灣追上了毛澤東，那麼中國就出不了一個「大救星」了。一九五九年夏天在江西廬山的「美廬」，如果毛澤東那天沒有熬夜，而跟一早來訪的彭德懷見面並懇談，也許「廬山會議」繼續「反冒進」而不是突變為「反右傾」，中國就不會一下子餓死三千六百萬人。一九七一年九月十三日，如果不是林立果用那架「三叉戟」載林彪、如果林豆豆沒有向周恩來報告，則林彪也許不會倉皇出逃，那麼後來的鄧小平及其「改革時代」，連同「天安門學運」、「六四屠殺」、「中國盛世」都將一筆勾銷……。

我當然知道，其實李澤厚並不在乎這些「如果」，他只是為了引出他那句思想史的結論：「歷史的必然總是通過事件和人物的偶然出現的」。這是他的所謂必然與偶然的辯證法。這個必然，在黑格爾是「絕對精神」，在馬克思是「客觀歷史規律」；在李澤厚，則指明中國沒有經過資本主義，就從封建社會進入社會主義。他在稍後出版的《中國現代思想史論》中，又提出中國近現代根本沒有自由主義發展的空間，其緣故都是經濟太落後、社會未發育；總之，「經濟基礎」決定其他。

清貧、抑鬱、羅曼蒂克

（李澤厚當時住在和平里九區一號第二棟樓，一層左手單元，我騎自行車去採訪他，而他居然也樂意跟我這麼個剛嶄露頭角的報告文學作家——而非學者——聊了好幾天。輕微的湖南口音，苦澀的笑意，主要是談他的身世，那苦苦掙扎的少年和青年求學時期，一個家道中落、敏感左傾、極度苦悶的窮學生。）

我是長沙人，出生在漢口。父親是郵務員，在江西吉安市代理郵政局長任上病故時，還

16. 李澤厚（一九三〇—），中國思想史家，美學家。

上：李澤厚晚年返湖南，在瀏陽譚嗣同墓前。
下：五〇年代的北京大學西門。

不到四十歲。我隨母親扶靈柩回她的娘家湖南寧鄉鄉下，母親教小學養活全家。四九年春天，她病死在幾百里外教書的地方。父親、母親、祖母去世的時候，我都沒在身邊，創傷很重；還有個堂妹，才十四歲，從床上摔下來死了。所以我性格抑鬱，很少快樂。

母親病故時，我從師範剛畢業，也失業了。四年師範是在長沙第一師範讀的，我原想讀長沙一中，但要交學費，只好上了一師。那裡比較保守、黑暗，訓導主任很壞。一中開化，有「小湖大」之稱，我就老去那裡借了不少進步書，米丁的《歷史唯物主義》、《辯證唯物主義》，翦伯贊的《歷史學大綱》，斯諾的《西行漫記》等，幾個朋友在一起痛罵儲安平的《觀察》[17]。自己思想上選擇了馬列主義。我們也想搞學潮，沒搞起來，卻被校長訓話、挨打。怕死了國民黨。

四九年我教了一年小學後，考上武大、北大。我連去北京的路費都沒有，晚到兩個月，學校說「狀元」來了。我是第一名。但是我離家的時候，叔叔死了，留下三個堂妹，都給了人家當養女，我還要撫養其中一個，把三元錢積攢下來寄給她。我離開長沙時，祖母還活著，就買了許多米留給她。到了北京我也想找工作養祖母，找不到，後來祖母也死了。

那時候樂趣很少。「五．一」、「十．一」，就到天安門廣場，守一夜，很冷，很餓，但是等來黎明，還是很高興。可憐的羅曼蒂克。要不就去東安市場、隆福寺的舊書攤，消磨一天。八分錢買一本英文的《費爾巴哈論》。

我身體羸弱，在北大得了肺炎，被隔離。到五四年畢業時，肺炎也沒好，還惡化了，北大卻把我分配到上海，硬攆我上路。我在火車上還吐血。華東高教局不接受我，在旅館裡住了二十天，又把我退回北大。

中國近代歷史的「圓圈遊戲」

八〇代的中國大陸，從思想、文學、藝術、習俗諸方面，皆豔羨西方，是一個思想上「西潮澎湃」、市井裡「港風台雨」斑斕而膚淺的時代。有人梳理學界，以「圈子」界定，李澤厚已被歸入較保守的「中國文化書院」一派，另有「『走向未來叢書』編委會」和「『文化：中國與世界』編委會」等年輕的新潮派別，銳氣正盛。

但李澤厚「圓圈遊戲」的思想史說法，比其他新潮派更吸引我。大概因為它不太「思

17.《觀察》，一九四六年在上海創辦，主編儲安平，宣傳「第三條道路」，一九四八年被國民黨查封。

想」，更為形象，而且此說涵蓋到八〇年代，甚至還會更長遠。他指出，近代史上，農民造反（太平天國）、改良派（戊戌變法）、革命派（辛亥革命），皆未成功，袁世凱復辟，回到封建帝制，是一個圓圈。辛亥革命後的「五四新文化運動」，強調啟蒙、走出家庭、個性解放，很快被「民族救亡」所壓倒，國共兩黨分別又回到激烈的政治革命，又重複一個圓圈。

更諷刺的是，共產黨打敗國民黨，「解放」之後，馬克思主義的「集體主義」代替封建主義的「集體主義」，否定差別泯滅個性、政治上的家長制、排斥西方等等，實際上變成一場「農民革命」的勝利，封建傳統全面復辟。「四人幫」垮台後，「人的覺醒」、「全盤西化」、科學民主等呼喊，皆回到「五四」當年，不又是一個更大的圓圈嗎？

他在近代、現代兩部《思想史論》中，已經為我們畫了三個「圓圈」。我這裡不妨再續一圈。七〇年代末，鄧小平否定文革、「解放思想」、「改革開放」，未幾便「反精神汙染」、「批自由化」，八〇年代晚期激出學潮後，乾脆武裝鎮壓，此後高壓維穩、箝制言論、封鎖網路、特務統治，中國大陸倒退至比「文革」前還要落後的體制。

這當中的種種「圓圈」，大圈套小圈，荒謬驚駭，試列舉如下：

政治上從「廢除終身制」倒退至「八老拍板」、「垂簾聽政」；從「幹部知識化年輕化」倒退至一口氣指定「兩代接班人」、「太子黨」掌權；從廢除「反革命罪」倒退至「祕密羈押」合法化。

在占有制上，從全民所有制倒退至「權貴資本主義」；從四九年剝奪「一小撮」地主資本家，倒退至兩千年之後剝奪中國十幾億人民；從「解放」前抨擊蔣宋孔陳「四大家族」[18]、文革中毛澤東號召「打倒走資派」，倒退至毛的繼承人「八老」[19]家族的二十六個後代（紅色貴族）控制整個中國的經濟命脈……。

若再放大一點視角，這個「圓圈遊戲」，則是從毛澤東的「提前進入共產主義」，倒退至洪秀全的「天朝田畝制度」；而陳雲的所謂「江山交給自己的子弟才放心」，則不僅突破了毛澤東的「黨天下」，也倒退至封建王朝的「家天下」，甚至就是滿清「八旗制度」的「族天下」。

李澤厚強調的「必然性」（經濟基礎），邏輯地延續到世紀末他強調的「經濟為本」、「大家不愁飯吃」、「不要關心政治」（與劉再復對談《告別革命》）。其實，不是連西方政治領袖（如柯林頓總統）關於經濟發展必定給中國帶來「民主化」的預言也落空了嗎？整個西方的「現代化論說」，都套不上中國的發展模式。中國成為「世界第二大經濟體」、「外匯儲備世界第一」之後，竟未能產生一個有政治訴求的「中產階級」，而全國三十萬個

18. 「四大家族」：最早由陳伯達著《中國四大家族》一書，稱蔣中正、宋子文、孔祥熙和陳果夫、陳立夫兄弟四大家族，藉抗日戰爭斂聚民財二百億美元。
19. 八老：鄧小平、薄一波、陳雲、宋任窮、彭真、王震、李先念、楊尚昆。

「千萬富豪」只占總人口的百分之〇點〇二三，貧富差距從改革初期的四點五：一擴大到十二點六六：一，堅尼係數[20]突破警戒線。「吃飽飯」與「堅尼係數」，孰者保守激進？哪個更準確地描述「經濟基礎」？

下放、顧準、徐懋庸

在北大，兩年的《聯共布黨史》[21]聽得煩透了，我開始反感蘇聯那一套，蘇聯專家大罵黑格爾，水平很低。大家爭當蘇聯專家的研究生，選不上就苦惱，我很開心，自己另找一套來研究。

五四年從上海退回來，五五年才到哲學所，第一號工作證。七月份開始「肅反」，解放後第一次整知識分子，很厲害，我差點兒被打成「胡風分子」，禍從天降。後來公安局查證，我跟胡風沒有任何關係，但「思想反動」，我也寫了幾萬字的檢討，直到五七年反右前，才做結論。至今也沒給我平反。

我在哲學所總是被下放勞動。五七年冬天是第一次下放，勞動一年，到河北贊皇縣，是太行山區，很苦，但鄉親們對我們很好，晚上給我們柿子、核桃吃。接下來又調到太行山腳下一個更遠的村子王家坪，幹活不知道偷懶，擔一百斤能走兩里地。工資十八元，老百姓問是一年還是一個月的？

到五八年夏天大躍進開始了，別人都去大煉鋼鐵，我表現不好留在農村繼續改造。跟我一塊留下的還有徐懋庸[22]，就是那位跟魯迅有過交鋒的雜文家，武大副校長，打成右派後放到我們哲學所來。還有一位顧準[23]，八級幹部，也是右派，是經濟所的，一邊勞動一邊還在當地搞調查、做筆記。這次是最苦的，勞動太累就沒有思想了。也不能洗澡，棉毛衫被汗水結成馬糞紙一樣，那年我二十八歲。

六〇年又下放到山東兗州，一個叫大雨居村的地方，離曲阜很近。這次真正嘗到了飢餓，一天吃幾個生白薯，比老百姓吃得都差，一身浮腫，白天還要人拉犁。我帶了幾本詩詞，晚上躺在秫秸上琢磨阮籍的詩，耳朵裡也傳來火車隆隆聲。離鐵路很近。撤回城裡的時候，連路都走不動了。

救亡壓倒啟蒙

我進北大後，一年級就開始研究譚嗣同，後來轉向康有為，三、四年級寫成〈康有為和大同書〉；五五年六月，由任繼愈[24]推薦發表於《文史哲》。五〇年代，文章能上《文史

---

20. 堅尼係數（Gini Coefficient），判斷收入分配公平程度的指標。
21. 由史達林欽定的蘇聯共產黨歷史，蘇共意識形態的總綱。
22. 徐懋庸（一九一一—一九七七），三〇年代為「左聯」負責人，四九後任武漢大學校長，五七年劃為右派。
23. 顧準（一九一五—一九七四），三〇、四〇年代中共在江南的地下黨負責人，四九後為上海市財政局長，旋即被整肅，後長期獨自研究馬列主義謬誤，遺存《顧準文集》。

上：五四運動：救亡壓倒啟蒙。
下：一九八九年二月二十六日，美國總統老布希在北京長城飯店舉行訪華告別宴會，蘇曉康跟李澤厚一桌，這是這次德克薩斯烤肉宴的菜單。

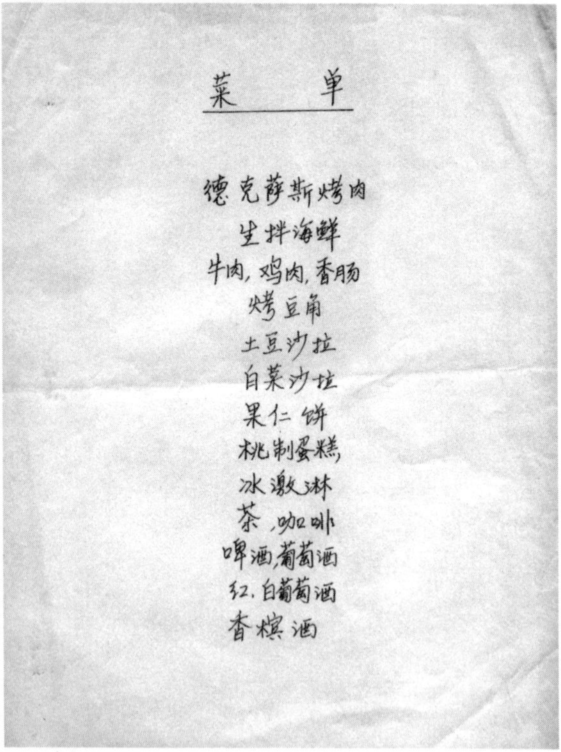

菜 單

德克萨斯烤肉
生拌海鲜
牛肉，鸡肉，香肠
烤豆角
土豆沙拉
白菜沙拉
果仁饼
桃制蛋糕
冰激淋
茶，咖啡
啤酒，葡萄酒
红，白葡萄酒
香槟酒

哲》、《新建設》很難的。

李澤厚談起他的學術生涯，才開始眉飛色舞。他說任繼愈是他的恩師，把借書證給他用，一次能借三十本書（學生只能借五本）；有時候還接濟他錢，五塊、十塊的，他寄給長沙的堂妹；「我一生敬重他。」

五五年「肅反」中他挨整一年，卻寫出七篇近代史人物論文，五七年合集交上海出版，「當時哲學所很多人，連文章都沒發表過。」蘇聯漢學家齊赫文斯基有一本關於康有為的書，在序言裡提到「中國年輕的史學家李澤厚」，而他當時只是一個二十八歲的「實習研究員」。儘管他的戊戌人物研究在中國已是最高學術水平，然而一九五八年召開的「戊戌變法六十周年學術討論會」，他根本沒有資格參加。五〇年代中國史學界，仍是范文瀾、吳玉章這些「解放區來的」史學家的天下。

李澤厚的思想史研究，顯然被限制在「歷史唯物主義」的框架內，但他達至的那個著名結論「救亡壓倒啟蒙」，在中國大陸史學界則顯然是「石破天驚」。他起步就從康、譚[25]拎出一條線索，真真是激盪近代中國百年的一個命脈——旅居美國的史學家余英時，也是從康、譚發端，梳理至「五四」以降，提出「中國近代以來的激進化思想」，在學界和民間均影響巨大。另一位旅美思想史家林毓生，從「五四精神」剝離出一個「全盤反傳統思想」，最終也追溯到康、譚。儘管李澤厚的「救亡」，在余英時那裡恰好是「狂飆激進」的淵藪；而他

---

24. 任繼愈（一九一六—二〇〇九），中國哲學家，曾任中國國家圖書館館長。
25. 指康有為、譚嗣同，戊戌變法主角。

的「啟蒙」，在林毓生那裡偏又正是「反傳統」的肇因。

每次從李澤厚家出來，我跌進北京的暮色裡，蹬著自行車，隨著車流往家趕，卻不免心潮澎湃。我這一代中國人，剛剛經歷了短促的三十年閉關鎖國、飢餓貧窮、運動折騰、冤獄遍地，到八〇年代天亮醒來，只覺得七十年前的那個「五四」，猶如一輪日出，乃是現代中國的一個清清亮亮的開端，卻被一撥又一撥軍閥、獨夫、梟雄輪番玷汙、遮蔽了！在天蠻地荒之後，五四巨靈們又豈是我們可以望其項背的？這是我們唯一搆得著的歷史遺產。我們拒絕得了「五四」嗎？

正是從「五四」那裡，穿越七十年時間隧道，神祕地傳來一股感應，八〇年代知識分子都開始談起「文化」來，隱隱地又彷彿是一種「救亡」的氛圍。而且，大家都覺得談「文化」正是一種「啟蒙」，啟「封閉」、「落後」、「病弱」之蒙，同時也是「救亡」，救文明之亡、人文之亡、人性之亡；不啟蒙才會「亡」呢！

這大概就是被稱作「思潮」的東西，但要到幾年以後，經歷了那次「文化熱」，以及接踵而來的一場政治流血，我才會明白。一九八六年，我寫了〈沉思在文明暮色中的哲人——李澤厚剪影〉，發表在《報告文學》雜誌六月號。

八、群雄割據

「五四」產下「新文化」和「反帝」這對孿生子。陳獨秀是新文化旗手兼中共創黨人一身二任。這個黨，鬧到「文革」已神話破滅、社稷傾廢，「五四」迎來的馬列主義也失靈，於是「道術將為天下裂」。八〇年代自此眼花撩亂、眾聲喧譁，也將是一個被後世反覆重讀的時代。這裡權且摘引幾段親歷者的描述。

「毛澤東破產了」

當道的意識形態崩解，才會出現另一個開端。中共愛講「解放思想」，就是「解放」他們自己。所以八〇年代的第一個思潮，稱「理論務虛會派」，由一場「非毛化」的黨內討論會（一九七九年一月八日——四月三日）引起。與會者張顯揚[26]的〈理論務虛會前前後後〉，是一份最為詳盡的記載，以下僅取其扼要：

胡耀邦在開幕會上作引言報告時這樣說的：「要從思想僵化或半僵化的狀態中解放出來，從小生產的習慣勢力中解放出來，從各種官僚主義的『管、卡、壓』下面解放出

26. 張顯揚，中國社會科學院馬列研究所研究員，胡耀邦時期著名理論家，一九八七年「反自由化」中被開除黨籍。

啟蒙者。包遵信（左一）、劉賓雁（中）、王若水（右二）。

來，衝破一切『禁區』，打碎一切精神枷鎖，充分地發揚理論民主。」胡耀邦的引言報告話聲剛落，周揚[27]就從鄧小平家裡匆匆趕來，傳達鄧小平的指示：「不要設禁區，不要下禁令」。鄧小平唯恐大家思想不解放，不敢講話。

我被邀請與會，可能和粉碎「四人幫」以後兩年多時間裡我的情況有關。早在一九七一年初從中國人民大學江西幹校回來，我對文化大革命已經有所覺悟。九月十三日林彪乘三叉戟出逃，摔死溫都爾汗，十幾天後，我得知這個消息，說了兩句話：「文化大革命破產了，毛澤東破產了。」從此我扔下自己的專業歐洲哲學史，轉而研究文化大革命，研究毛澤東。

會議第一個內容，當然是批判「兩個凡是」[28]。出席會議的，總共一百六十六人，分為五個組，每組三十三人或三十四人。為了便於揭發批判，每個組都分配有一兩個「凡是派」人物（熊復、吳冷西、張平化、李鑫、胡繩等）。胡績偉[29]宣讀了他和華楠、楊西光、曾濤、于光遠、王惠德六人長達兩萬餘言的聯合發言，揭露了「凡是」們抵制和反對「實踐標準」討論的種種行徑，闡述了反對「兩個凡是」鬥爭的意義。這是一顆重磅炸彈。出手以後，各組都據以向會上的「凡是」們發難。

第二，批判毛澤東的個人崇拜，同時涉及到關於華國鋒的新的個人崇拜。從個人崇拜的表現、危害、理論和歷史根源，直到個人崇拜的歷史觀基礎，一路掃蕩過去。什麼語錄歌，忠字舞，早請示，晚彙報，「萬歲，萬歲，萬萬歲」，「一句頂一萬句」，「句句是真理」，「幾百年出一個」，「頂峰」，「最最最」，「三個里程碑」，「四個偉大」，所有這些大家耳熟能詳的垃圾，統統被暴露在光天化日之下，真是痛快淋漓。

文化大革命中，個人崇拜成了一種極其殘酷的殺人利器，只要被指對毛澤東有所不敬，那就罪不容恕，不知道多少人死在這個罪名之下。個人崇拜是獨裁制度的意識形態，是獨裁者進行統治的工具。獨裁制度不滅，臣民社會不變，個人崇拜不會絕種。一

27. 周揚（一九〇八—一九八九），中共的文藝界總管，策動多次批判運動，文革淪落入獄，晚年有所醒悟。
28. 「兩個凡是」：毛澤東指定的繼承人華國鋒之語：凡是毛的指示，必須執行；凡是毛的決策，必須擁護。
29. 胡績偉（一九一六—二〇一二），《人民日報》社長，推動中國新聞立法和新聞自由的開拓者。

時間可能不那麼明顯，時間一長，定將故態復萌。對毛澤東的個人崇拜，批得比較透徹的，是王若水[30]、李洪林[31]他們。鄧力群[32]之所以攻擊王若水要「連根拔掉毛澤東和毛澤東思想」，一個重要原因，就是王若水尖銳地批判了對毛澤東的個人崇拜，並從道德上譴責了他。

第三、批判毛澤東晚年極左的思想、理論、指示和決策。

第四、對建國以後歷次政治運動提出質疑。認為反右派，大躍進，反右傾，四清，文化大革命，統統是毛澤東左傾路線的產物，造成的冤假錯案，都應該徹底平反。特別是文化大革命，被批得很凶……。關於政治體制改革，什麼一言堂，接班人，領袖是單數還是複數，廢除終身制，黨政分開，選舉、法治等等，都提出來了。嚴家其[33]講了廢除終身制問題，李洪林講了個人崇拜在制度上的危害……。

會內會外發生的一些事情，和這個會議的進程不無關係。第一件大事，是西單民主牆，它在理論務虛會之前就有了，大概是一九七八年四月開始的，第一是批判「四人幫」，其次是為鄧小平出來工作呼籲，第三是為劉少奇平反呼籲。他們的思想理論觀點相當前衛，比理論工作務虛會的人，超前很多。第二件事情，是上海發生知青遊行、工人遊行。還有人掛大標語，從九層樓上掛下來：「無產階級專政是萬惡之源」。這影響了會上的氣氛。

會議中途轉向。三月三十日鄧小平作報告，提出「四項基本原則」，標誌著思想上政治上的重大轉折：粉碎「四人幫」以後兩年多時間的解凍期結束了，冰河期又回來了。

四月三日會議草草收場。

五大「派別」，百花齊放

「理論務虛」／「非毛化」淺嘗輒止之後，緊接的卻是一場「文化熱」，其生成機制，至今未見有人分析，但描述文字不少。蘇煒[34]〈八〇年代北京知識界的文化圈子〉，未知是不是「始作俑者」；查建英[35]《八〇年代訪談錄》，對幾位「文化熱」重量級人物的口述實錄，誠為珍貴；徐友漁[36]在「三味書屋」講「中國三十年各派社會思潮」，從「圈子」進階到「思想文化山頭」、「派別」；陳子明[37]作〈關於八〇年代文化思想派別等的通信〉則是對之回應並釐清「五大派別」。以下摘錄的是陳的回應：

---

30. 王若水（一九二六—二〇〇二），理論家，《人民日報》副總編輯，「思想解放運動」先驅人物。
31. 李洪林，理論家，著有《中國思想運動史》。
32. 鄧力群，曾任中共中央宣傳部長，有「左王」之稱。
33. 嚴家其，曾任中國社科院政治學所所長。
34. 蘇煒，作家，現任耶魯大學中文講師。
35. 查建英，作家。
36. 徐友漁，中國社科院哲學所研究員。
37. 陳子明，因參與四五運動、八九學運而著稱的中國異議知識分子。

許紀霖[38]認為，知識分子的自由意識和獨立人格，這一訴求在八〇年代的思想界成為一個普遍的共識。他說：「這一獨立意識的關懷便催生了我所稱之為的思想界。在『文化熱』之前，中國除了專業的學術界，只有理論界，即便是思想解放運動，也是在理論界展開的。」知識分子「慢慢地從體制中心向體制邊緣發展、向民間發展」，便「開始建構起一個民間的思想界」。一九八六年底胡耀邦下台後，王若水、張顯揚被勒令退黨，

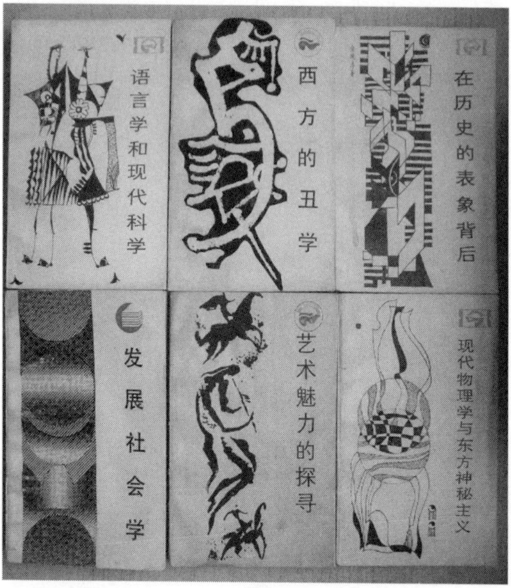

《走向未來》叢書。

蘇紹智[39]、孫長江[40]被撤職，也險些被勒令退黨……。到一九八七年，除了鮑彤成為趙紫陽的智囊，其他理論務虛會派成員均成為「資產階級自由化」的首要分子。但這也促使他們脫離「理論界」，進入「思想界」。如果要從思想的角度來給這個「派別」命名，最合適的應當是「異化派」。這表明當時他們還沒有脫離馬克思主義的羈絆，是馬克思主義陣營內部的反對派。當然，進入九〇年代以後，他們之中的許多人已經轉變為憲政民主主義者。

關於「走向未來叢書」，甘陽[41]說「他們基本上是和體制結合比較緊」，劉蘇里[42]說「一批文化菁英……開了民間出版的先河」，把兩句話加在一起，就道破了八〇年代的一種改革機制：要首先能夠被「體制」視為自己人，才有機會打缺口、開先河。這個「派別」與前一個「派別」、後一個「派別」都不同，它在一九八九年以前，一直具有政治「合法性」與「正確性」。

一批「四五英雄」，胡耀邦專門指示要從他們中間挑選團中央委員[43]（有周為民、王軍

38. 許紀霖，上海華東師大歷史系教授。
39. 蘇紹智，中國社科院馬列研究所所長。
40. 孫長江，曾任中央黨校理論研究室主任。
41. 甘陽，「文化：中國與世界」叢書主持人。
42. 劉蘇里，北京著名民營書店「萬聖書院」總經理。
43. 此處指共青團中央委員，實際上人選都是內定的，選舉只是做個樣子。

濤、韓志雄、賀延光、李西寧、王立山等。後來，這些人積極參與了中國政治民主化的進程）。他們之中有些人早在七〇年代初期就反對「文革」路線，在「四五運動」中，他們積極參與和推動這個運動，使運動具有了明確批判「現代秦始皇」的專制獨裁和要求搞現代化和政治民主化的特徵。他們隨後又投入了民主牆運動和高校競選運動，因此可以冠之以「民間政改派」。他們集反對「文革」極「左」路線、反對「四人幫」、反對「凡是派」等歷史責任和歷史榮譽於一身，在當時具有廣泛的影響。作為跨體制的以中國社科院、北大、政法大的眾多中青年研究人員和教師為研究基礎、以叢書編委會和民間研究所為活動平台的民間政改派，一直是與鮑彤、陳一諮[44]、吳國光[45]等「官方政改派」不搭界的「民間政改派」。

總結一下：第一個「派別」是中國文化書院，在思想傾向上是「新國學派」；第二個「派別」是「文化：中國與世界」編委會，在思想傾向上是「新人文主義派」；第三個「派別」是理論務虛會派，在思想傾向上是「異化派」，「新啟蒙」論叢是其標誌性出版物之一；第四個「派別」（或群體）是「青年菁英派」，就其靈魂人物而言，在思想傾向上是「新方法論派」，「走向未來」是該派從「青年文稿」到《河殤》之間一個相當重要的中間環節；第五個「派別」是民間政改派，在思想傾向上是「現代化派」，「二十世紀文庫」是體現出該派特別注重有別於「人文學科」的「社會科學」的代表性出版物。

INK PUBLISHING

讀者服務卡

您買的書是：______________________

生日：　　年　　月　　日

學歷：□國中　□高中　□大專　□研究所（含以上）

職業：□學生　□軍警公教　□服務業

□工　□商　□大衆傳播

□SOHO族　□學生　□其他 ____________

購書方式：□門市______書店 □網路書店 □親友贈送 □其他______

購書原因：□題材吸引 □價格實在 □力挺作者 □設計新穎

□就愛印刻 □其他 ____________（可複選）

購買日期：________年________月________日

你從哪裡得知本書：□書店 □報紙 □雜誌 □網路 □親友介紹

□DM傳單 □廣播 □電視 □其他

你對本書的評價：（請填代號 1.非常滿意 2.滿意 3.普通 4.不滿意）

書名______ 內容______ 封面設計______ 版面設計______

讀完本書後您覺得：

1.□非常喜歡 2.□喜歡 3.□普通 4.□不喜歡 5.□非常不喜歡

您對於本書建議：

感謝您的惠顧，為了提供更好的服務，請填妥各欄資料，將讀者服務卡直接寄或傳真本社，歡迎加入「印刻文學臉書粉絲專頁」：http://www.facebook.com/YinKeWenXue 和舒讀網(http://www.sudu.cc)，我們將隨時提供最新的出版活動等相關訊息與購書優惠。

讀者服務專線：（02）2228-1626　讀者傳真專線：（02）2228-1598

舒讀網「碼」上看

廣 告 回 信
板橋郵局登記證
板橋廣字第83號
免 貼 郵 票

235-62

新北市中和區中正路800號13樓之3

印刻文學生活雜誌出版有限公司　收

讀者服務部

姓名：＿＿＿＿＿＿＿＿＿＿ **性別：**□男　□女

郵遞區號：＿＿＿＿＿＿＿＿＿＿

地址：＿＿＿＿＿＿＿＿＿＿

電話：（日）＿＿＿＿＿＿＿＿＿＿（夜）＿＿＿＿＿＿＿＿＿＿

傳真：＿＿＿＿＿＿＿＿＿＿

e-mail：＿＿＿＿＿＿＿＿＿＿

INK

觀察五大「派別」的名單，可以發現一些把它們連接起來的名字。李澤厚、龐朴[46]是中國文化書院的導師，也是《文化：中國與世界》編委會的顧問，李澤厚同時還是「二十世紀文庫」的編委。包遵信[47]是「走向未來」叢書的第一任主編，也是中國文化書院的第一批導師。胡平[48]同時是「二十世紀文庫」與《文化：中國與世界》的早期編委。王焱[49]同時是「走向未來」叢書、「二十世紀文庫」、《文化：中國與世界》的編委。

「在淆亂粗糙之中，自有一種元氣淋漓之象。」

這場「文化熱」，基本上是細節遠未澄清，而對它的評斷已經很嚴重，說它在思想史上，乃是「回到『五四』激進主義」；在學術上，是「浮躁」、「野狐禪」；在文化上，是「反傳統」、「全盤西化」、「菁英主義」；在政治上，是繞過制度問題，拐彎去說「文化」，等等。我讀查建英《八〇年代訪談錄》中對陳平原[50]的訪問，觀點是較為中允的，摘錄

44. 陳一諮，國家經濟體制改革研究所所長。
45. 吳國光，加拿大維多利亞大學政治系教授。
46. 龐朴，中國社科院哲學所研究員。
47. 包遵信（一九三七—二〇〇七），曾任職中國社科院歷史研究所，「走向未來」叢書主編。
48. 胡平，一九七九年參與民主牆運動，現為《北京之春》主編。
49. 王焱，《讀書》雜誌執行主編。

幾段於下。

陳平原：九〇年代以後，我們會更關注論題本身，不見得非跟現實生活掛上鉤不可。好的方面是學科大為發展，學術日漸獨立，不再「藉經術文飾其政論」；不好的呢，學界越來越遠離現實生活，好多學者鑽進書齋，不願再抬頭觀看窗外的風景。當然，也有些始終在書齋和社會的邊緣徘徊。我是被人劃為「學院派」的，即便如此，我也認定，寫書時，必須有「壓在紙背的心情」，否則，只是熟練操作，意義不大。八〇年代的學術，有點像清初，雖然沒有出現顧炎武、黃宗羲那樣的大學者。當年梁啟超在《清代學術概論》[51]中有這麼一句，說清初的學問，「在淆亂粗糙之中，自有一種元氣淋漓之象。」我覺得，八〇年代也是這樣，有點空疏，但氣魄雄大，不該一味抹殺。或者用王國維〈沈乙庵先生七十壽序〉中那句話：「國初之學大，乾、嘉之學精，道、咸以降之學新。」一個求氣魄與規模，一個求專精，一個求新求變。這是我對八〇年代中國學術的基本看法。當然，我們可以說，這種「生氣淋漓」，是因為整個社會在改革，整個文化在轉型，在確立新規範的過程中，你有馳騁想像力的足夠空間。等到規範確定了，你有再大的才氣，也無法特立獨行。所以我說，我們其實是生逢其時的。在一個穩定的社會裡，各種規則都已經建立起來，而且牢不可破，即使你有心反抗，也沒有實現的可能性。

查建英：你講的是九〇年代以來的狀況。……

陳平原：對。在中國，八〇年代的知識分子，還能影響社會，影響社會的發展方向與具體進程。所以，中國的八〇年代，其實很值得懷念。那個時候，社會規範尚未真正確立，學者們一隻腳留在課堂裡，一隻腳踏進社會，將學理探討與社會實踐相結合。說話有人聽，而且實實在在地感覺到，這個社會的變化跟你的努力有關，這是很幸福的事情。在專業領域裡，整個學術範式在轉變，你的工作，很可能直接間接地促進了這一轉變的完成。所以，那一代學者，其工作雖有很多不盡人意處，但你從遠處看，再過幾十年、一兩百年後來看，他們基本上完成了學術轉型。在這個意義上說，他們其實是在創造歷史。所以，儘管有這樣那樣的毛病，但沒關係，歷史就是這麼走過來的。以後你的專業研究，會比他們深刻，你的著作也比他們精采，但他們影響社會的能力，以及對學術轉型的貢獻，還是很讓人羨慕的。

我說八〇年代的文化氛圍值得我們懷念，但我同時承認，那代人明顯的菁英意識、啟蒙意識，沒有得到很好的反省。還有一個問題，八〇年代的學人，因急於影響社會進程，多少養成了「藉經術文飾其政論」的習慣。這個說法文謅謅的，那是從《清代學術

50. 陳平原，北京大學中文系教授。
51. 《清代學識概論》是梁啟超的代表作之一，以思潮盛衰轉乘，縱論近三百年學術，氣勢磅礡。

概論》借來的。梁啟超說到他自己和他的老師康有為，早年為了變法維新，不屑於為學問而學問，而是藉經術文飾其政論。換句話說，表面上在討論學術問題，其實在做政論，真正的意圖在當代中國政治。這方面體現了我們的現實關懷，但另一方面，也會導致專業研究中習慣性的曲解和挪用。有好多人，八〇年代出名的人，一輩子改不了這個毛病。在專業研究中，過多地摻雜了自家的政治立場和社會關懷，對研究對象缺乏必要的體貼、理解和同情，無論談什麼，都像發宣言、做政論，這不好。

查建英：能舉一個例子嗎？

陳平原：（笑）我不想說。[52]

焦躁的一九八八

一九八九年五月二十日早晨，我扔下《河殤》續集《五四》兩千分鐘拍攝資料、五集解說詞草稿和無奈的年輕導演夏駿，自個兒沿著停滿軍車的北京翠微路，鑽進最近的一個地鐵站，開始驚恐慌亂的地下逃亡。一百天後獲得香港「黃雀行動」營救出境，九月中旬飛抵巴黎，從此流亡海外至今。

法國國家政治學院「國際問題研究所」的程映湘、高達樂（Claude Cadart）夫婦，當時常跟我接觸，也一道參加各種中國問題的討論和演講。一九九〇年春，他們對我有過數次系統的採訪，並把訪談內容整理成文字送我一份；以下摘錄的是「八九前夜」（以前從未發表過）。

程：前面你談到，學生運動之前知識分子的影響，也不是頂大，《河殤》也只能算是一個戲劇性的、爆炸性的、偶然的影響。現在比較有距離感了，能否請你對當時的知識分子影響做一個整體評估？

蘇：學生上街，歸根結柢是鄧小平的改革搞不下去了，經濟改革到了非解決所有制性質不可了。到了八八年，一切都卡在那裡，許多矛盾激化了。最突出的是物價問題，那時候我在國內到處跑，知道農民叫苦連天，賣糧食的錢不夠再去買化肥、農藥。上層改革派與保守派的矛盾也激化，整了胡耀邦，開除三個知識分子的黨籍[53]，趙紫陽其實已經面臨下台。大家都感覺要出大事，有一種「世紀末」情緒。然而很奇怪，知識分子又異常的活躍，各色各樣的沙龍、討論會整天在開。《河殤》是一個熱點，劉曉波也是一個熱點，他卻出國走了。對《河殤》的激烈爭論，其中一個議題是傳統應不應該否定？罵共產黨能不能移情罵祖宗？我記得李澤厚剛從新加坡回來，就在方勵之赴老布希晚宴被攔截的那一次，我們都收到邀請去長城飯店，我跟李澤厚一桌，他跟我說中國現在的危機是政

52. 查建英《八〇年代訪談錄》一三七—一四〇頁

53. 一九八七年一月十七日，中共中央以「參與自由化運動」的罪名，開除方勵之、王若望、劉賓雁的黨籍。

治問題，不是文化問題：文化問題就變成人人有份，中國落後人人有份，改革失敗人人有份；政治問題就是領導者有份，不是所有老百姓有責任。

程：這句話說得對呀！

蘇：我有茅塞頓開之感。他說我們不要把一個尖銳的政治問題，化成一個軟性的文化問題。連李澤厚都預感到要出事！還有一個討論是「新權威主義」。戴晴、楊百揆（政治學所的）他們到人民大學，去講美國杭廷頓的「新權威主義」。當時大學裡面討論幾個問題：《河殤》、新權威主義、共產主義，可能還有一個「球籍」問題。

程：為什麼講「共產主義」？

蘇：金觀濤[54]、戈揚[55]到北大講過一次嘛。金觀濤說二十世紀有兩個衰落：一是共產主義的衰落，二是「大一統」的衰落。

程：他們的膽子真大！

蘇：戈揚對大學生們說：我以一個有五十五年黨齡的老共產黨員的身分來告訴大家，共產主義不行了！

程：這也很厲害呀！

蘇：中國人從來沒有像這個時期那麼大膽、暢所欲言。文藝界也是。當時北京有兩場大的美展，一場是現代派，根本看不懂；一場是裸體展（行為藝術），也衝擊很大。方勵之也很活躍。他既參加北大的「民主沙龍」，也去「都樂書屋」，個體戶的一個書店，有一

上：法國學者程映湘（右）與蘇曉康在巴黎。
下：一九九三年七月中旬在紐約上州一風景區，右起：戈楊、司馬璐、王若水、蘇曉康。

次方勵之和吳祖光[56]一塊兒在那裡演講，第二天公安局就把書店封了。還出了許多新雜誌，都來北京搞開張儀式。同仁雜誌也出現了，《人民文學》的小說編輯朱偉，承包了江蘇一本虧損雜誌叫《東方紀事》，又分欄目承包給文學界的朋友們，比如「封面人物」有李陀、「文革研究」有戴晴、「知識分子」有劉再復、「感悟與人生」有蘇煒、「自然、災禍、人」有錢鋼等等，讓我承包的欄目是「人與歷史」。沒辦幾期就封掉了。

程：在八九運動之前，實在是有一個思想啟蒙運動。

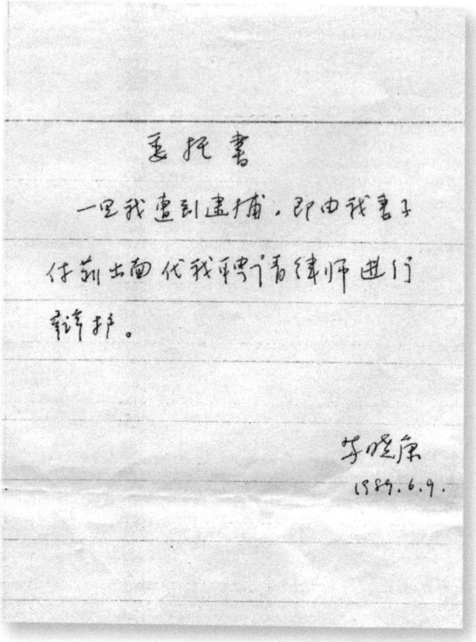
委托書

一旦我遭到逮捕，即由我妻子付莉出面代我聘请律师进行辩护。

苏晓康
1989.6.9.

上：蘇曉康逃亡期間留給太太傅莉的委託書。
下：一九八九年春北大學生自治會的第一次遊行，抗議新華門暴行。圖片來源／六四檔案網

蘇：思想相當寬鬆、活躍。

程：那麼，假如沒有政治壓制的話，這種情況會繼續下去嗎？

蘇：會繼續下去。但我要說一點，就是危機一定會爆發！遲早要爆發，一定是大規模群眾運動的形式爆發，無法遏制的。你有辦法遏制胡耀邦去世嗎？只要發生一個事件，就嘩地起來了。

程：爆炸性太大。裡面壓力太大，乾柴烈火。

蘇：你可以對照「四五」運動，周恩來一死，老百姓怎麼會不起來？八九學潮，它是從學生伙食問題爆發的，但也無法避免。這是共產黨治理社會的失敗。

程：有沒有可能從新聞媒介找到緩和的辦法，避免爆發？

蘇：中國社會內部的壓力太大，一定要給它一個宣洩口，但這個社會沒有，一直緊緊地捂著，捂得八八年急躁不堪。

程：八五年我在中國印象特深，到處都在吵嘴打架。

蘇：所以八九學運最後為什麼失控？因為情緒化的東西太多。我剛才講了，中國的大學生，

54. 金觀濤，「走向未來」叢書主持人，其詮釋中國歷史之「超穩定結構」說頗具影響。
55. 戈揚（一九一六—二〇〇九），中國名記者，《新觀察》主編，後因六四鎮壓而退黨。
56. 吳祖光（一九一七—二〇〇三），劇作家。

我們一般認為他們比較個人主義，不認同共產黨文化，也不認同傳統，或者混為一談，所以知識界談什麼現代化、傳統問題，他們根本不感興趣；麻將、橋牌和「民主沙龍」一樣時髦。大家反而擔憂的是，這一代大學生不太關心政治，而且個個都很精明，早就開始考慮我將來畢業後找個好工作，怎麼賺錢，有的學生開始做生意。我也在大學教書嘛。我開採訪課，還給我的學生出題目，去採訪大學生怎麼做生意。另外一個是出國風，大批人想出國，根本不想待在中國，言必稱美國、歐洲，西方怎麼好，中國一錢不值。我當時以為，這批學生出現的頹廢傾向，是因為一九八六年學潮的失敗，他們對政治厭倦了。

程：而且是他們把胡耀邦搞下台了，有種自責感？

蘇：我感覺他們不是真的厭惡政治，是一種失敗後的消極。其實他們還是很關心政治的，但他們會以一種什麼樣的形式出現，我很擔心。因為《河殤》的轟動，很多大學請我去演講，我都不敢去，我怕人家說我挑動學生。一件事我忘說了，有一次我在政協禮堂碰到北京市副市長陳昊蘇，他是陳毅的兒子，他把我拉到旁邊，很懇切的說：「我受胡啟立的委託，找你轉達他的一個建議，目前形勢比較微妙，請你是不是盡可能不要到大學裡面去演講？請你配合一下我們的工作。」我當時滿口答應陳昊蘇。事實上我一次也沒去過。總的來說，知識分子當中很多人是擔心學生上街的，雖然我們也搞簽名信呼籲釋放魏京生等等名堂，但就是怕學生上街，怕他們上街後沒法控制。我們的顧慮很大。

程：但是你們不太了解學生心裡在想什麼。

蘇：我了解。我在大學教書，成天跟學生在一起。我總的印象，他們是一代有新價值觀的人，從個人來說他們比我們更加懂得自己的利益，但政治上很幼稚，沒有任何中國式政治的訓練。結果胡耀邦一死，他們忽地一下起來了，他們藉他之死發洩，寫了很多對聯、輓聯。

程：跟「四五」一樣。

蘇：形式跟「四五」一樣，但內容不一樣；挖苦、調侃、幽默，比如「該死的不死，不該死的死了」……。

程：有點像法國六八年「五月風暴」年輕人一些調皮的東西。

蘇：所以我當時沒覺得很嚴重，以為他們鬧一鬧，等胡耀邦追悼會辦完了就下去了。沒想到完全不是這麼回事。學生開始的確是無組織的、自發性的宣洩一種怨怒激憤情緒，但共產黨抓住不放，說他們鬧事；李鵬他們更是故意挑釁、激怒學生，「四二〇」派員警到新華門打學生，是故意的，他們就怕學生的情緒冷卻下去……。

中國社會「不安定因素」的七種人

「六四」鎮壓後，據說《讀書》雜誌主編王焱說了四個字：蕩平群雄。

他這句話，簡潔而生動地描述了兩層意思：八〇年代思潮、文化的淋漓盡致、飢不擇食，卻也支解了意識形態的死屍，大家一時間似乎都忘了還有一個共產黨在那裡；第二層便是，還沒等大家回過神兒來，那屍體死灰復燃，輕而易舉便滅了眾神，天下再歸於死寂。

其實，一九八八年底我就被告知，公安部給中央書記處的一個報告，列了中國社會「不安定因素」的七種人：

1、台灣特務
2、「四人幫」餘孽
3、社會犯罪分子
4、以方勵之[57]為代表的持不同政見分子
5、以劉曉波為代表的全盤西化的自由化分子
6、以蘇曉康及「『河殤』派」為代表的文化政治勢力
7、以王軍濤、陳子明為代表的有危險政治傾向的青年知識分子

這當然不是公安情治系統對「文化熱」的評估，而是中央政治局的界定。六四鎮壓之後，這份名單又被順延為一串「長鬍子的人」[58]。兩份名單，顯示了一貫的僵化思維，只讓我覺得「中共」實在是太缺乏想像力了。

---

57. 方勵之（一九三六—二〇一二），天體物理學家，中國「持不同政見者」領袖人物。
58. 此稱謂最早出現在八九學運期間，學生代表團與政府對話談判時，國務院發言人袁木等，指學生背後有「長鬍子的人」在操縱利用他們。此後它便成為中共用來指控「知識分子操縱學運」的代名詞。

第三章　衰龍

九、「大型系列片」時代

「西鐵城領導鐘錶新潮流。」

這句電視廣告，是劃時代的，含義多重：

一、商業性。一九七九年十一月，中宣部批准新聞媒體承辦廣告，中央電視台接受的第一條外商廣告，是日本西鐵城手錶廣告——這句話在中央台播一年的廣告費只有五萬六千八百美元；日本人心計深，眼光也長遠，竟說服不諳此道的中央台在他們最單純的少年兒童節目裡播出帶廣告的卡通片，第一部五十二集的《鐵臂阿童木》（台譯《原子小金剛》）就征服了中國兒童，收視率極高，繼之是《森林大帝》（台譯《小白獅王》）等等。有人說，中國電視台成了「日本台」。

二、市場化。無論體育轉播還是春節晚會，都所費甚鉅，中央台哪有錢去租通訊衛星？全靠外商看上中國的巨大市場，肯予「廣告贊助」。像中央台這樣的全國性電視網，經費靠國家撥款，一九七九年中央台改全額預算為差額補貼，一九八四年又改為「財政包幹」[1]，每年四千萬元節目製作費中，國家撥款僅一千三，餘下的兩千七都得依賴廣告，而且兩千名職工的獎金也要靠它。中央台唯有靠提高節目收視率來賣廣告。（一九八四年榮毅仁[2]曾提出辦商業台，中央不批准。）

三、收視率。用什麼好節目來填滿每晚的黃金時段（一般在晚七點「新聞聯播」之後），成為中央台頭頭的心病；他們對投資巨大的電視劇、紀錄片是否有「轟動效應」，開始有「回收本錢」的觀念。電視台各級官員、編導人員都要設法製作和購買那些最吸引觀眾、但也最容易引起爭議的節目，以增加黃金時段的收視率，這甚至成為他們審查節目的一個重要標準。所以「語不驚人死不休」，乃是八〇年代的一個「審美標準」和優質等級，遍及文學、影視、綜藝、新聞、美術、圖書等等領域，叫一個言論壓制的體制吃不消。

這些都衝擊了中共的電視審查制度。三十年前毛澤東每天要看晚上七點的電視新聞，錯過了就要打電話讓電視台專門為他重播一遍。中央任命的廣播電視部長，通常比較年輕，因為他每天必須做一件很繁重的事情：下午四點鐘，到電視台主控室審查當晚七點要播出的電視新聞。

受市場衝擊，中央尚能控制新聞節目，對其他的文藝性或專題性節目，一般只審查項目計畫，製作完成後才送審，根據政策口徑剪掉有問題的鏡頭即能播出。恰是這個漏洞，讓許多好片子出籠。但播出後還是會有麻煩，變成一種隨意施加的「後審查」：可能是幾個觀眾

1. 財政包幹，解決中央與地方的利益分配的一種財政改革，即地方在完成預定的上繳之後，結餘歸己。
2. 榮毅仁（一九一六—二〇〇五），中國國際信託投資公司董事長。

的批評電話，最要命的是中南海那些老人們的電話，就可能槍斃一部片子，使它的製作者丟掉飯碗。

阿波羅登月與《加里森敢死隊》

一九七九年一月三十日，為配合鄧小平訪美，中央電視台播放了「阿波羅」登月飛行的綜合紀錄片[3]——中國人在十年之後才看到這一奇觀，仍然興奮至極。文革十年裡中國視美國為「頭號敵人」，國人能看到的外面世界只有越南叢林，「抗美援越」是電視最頻繁的主題，《椰林怒火》[4]、《南方風暴》[5]，連篇累牘。北京電視台（中央台的前身）只有一個駐外記者站——河內記者站，從那裡發出的電視新聞，的確是全球獨家新聞：一九六五年關於美軍轟炸義安省痲瘋病院的新聞，引起世界公憤，北越總理范文同說「不亞於一個師的戰鬥力」；同年發出的另一條電視新聞，是西貢的美國大使館被炸，中國觀眾看到詹森副大使血流滿面的鏡頭時，竟然高聲歡呼。這就是中國人所受的「國際形勢教育」。

文革後，電視攝像機隨著鄧小平出訪而周遊世界，為老百姓打開了國門，看到昔日「水深火熱」之資本主義的富裕和繁榮（雖然也是表面現象），頓時心態傾斜，敏感而狂躁起來。一九七二年尼克森訪華時，美國電視攝影隊帶來全套彩色攝錄轉播設備，大大刺激了周恩來，當即要買這套設備。中國電視事業，便因國家大量投資而迅猛發展：一九七五年底彩電信號接通全國，中央電視傳播網形成，一九七六年底有大約三億人處於電視網覆蓋之

美國電視劇《加里森敢死隊》在中國大出風頭。

下，一九七八年五月一日北京電視台正式改稱「中央電視台」，至此，中國在電視的意義上已經是一個沒法被封閉的國家。

但是，當時全國電視機只有大約五十萬台，只是一個象徵意義的覆蓋率。儘管如此，電視畢竟不再是中南海的「戲園子」；電影界也開始保護自己，不讓電視當「微型電影院」了，於是電視節目之荒，逼得中央電視台飢不擇食到香港買回十部港片，一部美國連續劇《大西洋底來的人》，「麥克鏡」也隨即風靡大陸。

從八〇年代起，外國影視作為替代品暫時充斥中國螢屏，其中卻也有精品，如電視劇《安娜・卡列尼娜》、《這裡的黎明靜悄悄》等，讓中國人看傻了。不過，很多人罵安娜是「破鞋」，同情她的丈夫卡列寧。電視台也漸漸摸出了觀眾的欣賞力，老百姓不大愛看劇情片，最受歡迎的是那種搞懸念、吊胃口的多集連續劇。於是一部《加里森敢死隊》，典型美國佬的鬧劇，亂七八糟的好萊塢電影，在中國大出風頭，不過這部二十六集的連續劇只播

3. 美國首次登月飛行的太空船是阿波羅十一號，時間是一九六七年七月十六日。
4. 《椰林怒火》是八一電影製片廠一九六五年出品的一部舞蹈片，反映越南以游擊戰對付美軍。
5. 與《椰林怒火》同類題材電影。

了十二集就停播，中央電視台的理由是：這部打鬥胡鬧的純娛樂片，沒有多少藝術價值。但據說播放此片時，社會上犯罪率接近於零，過後犯罪案劇增。一個叫布林斯坦的美國人為此作了一個調查，有些中國青年認為這部好萊塢電影表現了一個哲學問題：一時被社會看成罪人的人，後來可以成為英雄。這種看法讓美國人大吃一驚：「一套快被遺忘的一九六七年系列片在一個電視剛剛興起的國家盛況空前深入人心。」不久，《姿三四郎》，一部充斥道德說教和矯情的日本武打片，征服上海後又進軍北京，弄得北京萬人空巷，連計程車司機和飯店服務員都找不到。此後，巴西、墨西哥的那些所謂家庭倫理片《女奴》、《誹謗》、《卞卡》等等，嘮嘮叨叨不厭其煩地滿足著長久乾枯的小市民需求。

國產電視劇始於一九七九年，中央台的第一部實景拍攝的單本電視劇《有一個青年》，講文革中失學青年的奮鬥故事，開始有了一點生活氣息。國人漸漸愛看國產片，產量也大增，一九八〇年全國播出一百三十一部電視劇，大多是英雄落難，好人受屈等所謂正面題材。那時國產片還不會「哭哭笑笑」，也不會調侃幽默、嬉笑怒罵，總是一副正經面孔。安徽台拍了一部《最後一幅肖像》，主題是中日戰後和解，備受觀眾批評。國產的第一部連續劇《敵營十八年》，大概是也想學點商業味，專講共產黨對敵使用「美男計」的故事，還搞了一點「床戲」，頗為創新，卻引來一片指責：「別說潛伏十八年，要不了十八天就得暴露！」——此片還被引為「精神汙染」的例證。

一九八二年以後，電視連續劇迎來了所謂「巨片時代」。山東台率先製作《水滸》，改編古典名著一時成風，中國電視劇製作中心又耗資巨萬拍攝《紅樓夢》和《西遊記》，雖然劇本和演技都欠火候，拍得非常勉強，但總算也美女如雲，氣象萬千，提升了國產電視劇的製作水平。不過，此時各地瘋拍電視劇，已經成了「不好不壞，又多又快」的盲目局面，一九八五年國產電視劇竟高達一千三百多部，只有一部《四世同堂》[6]尚能雅俗共賞。原本沒沒無聞的太原電視台，那時外請導演和演員，投資三十萬，只用一百天就拍成《新星》[7]，爆出一個大冷門。

黃河的「拍攝權」與「首漂權」

八〇年代中期，中央台的紀錄片主要以山川風光為題材，並且大多與日本合資。所謂合資，其實無非把「大好河山」的拍攝權賣給外國，如絲綢之路、長江、黃河等，每一部的「協拍費」大概百萬美金。一九八三年八月播出的《話說長江》，擺脫畫面加解說的老套，採用章回結構，還引進兩位主持人陳鐸、虹雲，娓娓道來，頗得好評，在兩個頻道交替播放，連續半年之久，在全國引起一場「長江熱」。一九八七年又有兩部大型紀錄片播出，一是《話說運河》，三十多集，採邊拍邊播的方式，讓運河旁的老百姓走進電視，也講了許多

6. 根據老舍同名小說改編的二十八集電視劇，表現北平小羊圈胡同祁老太爺一家及街坊們，在日本占領時期的雙重性格。
7. 電視劇《新星》，根據柯雲路同名小說改編，講述縣委書記李向南推動農村改革的故事，產生轟動效應。

歷史、文化和民俗，很有文化味；另一部是十二集的《讓歷史告訴未來》，雖然不過是一曲「暴力革命史」，出自寫過陳毅傳記的南京軍區女作家何曉魯，但在敘述當中穿插了不少人物傳記資料和紀實性手法，仍是紀錄片的創新。這些片子的經驗，如所謂「河流片」的廣闊視野和文化意識，「歷史片」打破時間和空間的跳越、聯想及鏡頭的快速切換，都對提升中國電視水準貢獻頗大。

當國家把江河的「拍攝權」賣給外國時，完全不懂跟江河有關的還有另一種權利——「首漂權」。一九八五年國家體委以三十萬元的價格，將長江「首漂權」賣給了美國漂流探險家肯・沃倫，民間譁然。成都西南交大電教室攝影員堯茂書，決意趕在沃倫之前搶先開漂，由中國人完成「長江第一漂」。六月二十日，堯茂書獨駕孤舟「龍的傳人」號漂筏，北上長江源頭「姜古迪如冰川」，但在人跡罕至的長江上游漂流了一千二百餘公里後，不幸壯志未酬，七月二十四日在長江上游金沙江通伽峽段遇難。

兩年後，受「長江首漂權」出賣的刺激，更受堯茂書受難的激勵，三支黃河漂流隊，要「趕在外國人前面搶漂母親河」[8]。北京隊隊長桑永利拍著桌子喊道：「中國母親河絕不能輸外國血！」一九八七年六月十九日，河南隊的朱紅軍、郎保洛、張寧生、雷建生四人，不幸在青海拉加峽翻船遇難……。

二十年後回看這些歷史細節，發現如今民族主義熾烈的中國人早已忘記，在所謂「民族國家」建構的歷程中，那個「國家」其實並不很「愛國」，也總是不經意地「傷害中國人民的感情」。相對來看，人民從來都比「國家」更「愛國」。

黃河的「拍攝權」，其實是最晚賣掉的。

一九七九年，日本放送協會（NHK）先從中國買了絲綢之路的「拍攝權」，跟中央電視台（CCTV）合作，兩家都派出各自的攝製隊，一道拍攝《絲綢之路》。日本的《絲綢之路》還請喜多郎作曲，一九八四年四月七日首播即轟動一時，是日本電視史上評價最高的紀錄片之一。中央電視台《絲綢之路》導演屠國壁，很多年後在「中國電視五十年名家談」節目裡回憶那段歷史：

當時世界上很多國家提出來合拍絲綢之路，法國提出來了，你需要多少錢我花多少錢，需要什麼設備我給你多少設備。英國提出來我給你二百萬美元，日本也提出來了，日本是給廖承志寫來的信，法國是給鄧穎超寫來的信，當時大概有十七個國家要求要拍絲綢之路。後來我們一研究，試試日本，就和日本駐東京局打了招呼，如果在三月三十號之

8. 一九八七年四月，河南、北京、安徽三支黃漂隊從黃河源頭出發。六月十一日，安徽隊在龍羊峽先死兩人；六月十九日至瑪沁縣拉加峽，河南隊翻船死四人；七月五日北京隊在尕馬羊曲翻船死一人；九月初，三支隊伍皆闖過最險峻的壺口瀑布，完成這次黃漂。

前要是來的話，三百萬美元，三月三十號之前不來就不談了我們給別人了。三月三十號之前他們就來了，同意三百萬美元。這就是比誰的都多了。後來又提出來要七輛車，膠片攝影機全是你的，後期製作全在你那兒，國外採訪費用全部你出，都答應了。雙方聯合拍攝題材公用，各編各的，你發行也是百分之五十給我，我發行也是百分之五十給你。

鑑於《絲綢之路》的成功，NHK又提出買黃河「拍攝權」，願意再跟中央電視台合作一次。雙方在一九八四年簽署合作協議，也都派出自己的攝製隊，一道從黃河源頭出發，走遍流域全程，記錄地理風貌、文物古蹟、風土人情，日本方面也首次採用全境空中拍攝（航拍）。前期攝製完成後，後期製作各搞各的，日本製作的《大黃河》，成為電視風光片的經典，發行全世界，他們請宗次郎（Sojiro）配背景音樂，後者一炮而紅。

日本NHK《大黃河》CD 封面

中央電視台這廂，「拍攝權」好像也賣了

一百萬美金，仍由屠國壁擔綱後期製作，全台上下皆期待自《話說長江》、《話說運河》之後，再打響另一部河流片《黃河》。那時已是八六年夏天。

黃河攝製隊拍下的膠片據說有九萬尺。從中剪出一部多集電視片來，要靠一個事先設計的「文本」，就像電影劇本，但電視界稱「解說詞」。在電視普及以前，因為「政治灌輸」（洗腦）的需要，說教式的廣播語言非常發達，中央人民廣播電台的那些著名播音員，如夏青、葛蘭、雅坤、林如等，名氣比電影明星還要大；但是從來沒人知道他們背後的那些撰稿人是誰。中國的電視雖起步很晚，但廣播語言可以從電台那裡承接一個成熟的模式。

所以電視面世以後，電影紀錄片的電視化，走了一條解說為主、畫面為輔的聲畫分離的路子，但有「聲畫不搭界，聲畫兩張皮」的缺陷，原因當然是「說教」造成的，因為畫面（影像）不會「主動灌輸」，必須從畫外添加上去。這種「把死畫面說活」的效果，一九六六年即出現，是將一組泥塑群像拍成電視紀錄片，片名《收租院》，反映四九年以前四川一座大莊園「地主欺壓農民」的故事。未知是「文革」前夕的「階級鬥爭」火藥味已濃，還是「解說詞」寫得好，總之全國反響強烈，這部三十分鐘的電視紀錄片竟發行了一千六百個電影拷貝，在中國連續放映八年之久。有人說，中國最早的「政論片」就是這部《收租院》。很晚我才知道，它的解說詞撰稿人，正是後來風靡天下的《話說長江》的撰稿人陳漢元；八六年他已是副台長，主管電視紀錄片。

三十集《黃河》拍砸了

八七年夏天，《黃河》總導演屠國壁正缺一部「解說詞」。河流片一再轟動，這次拍到「母親河」是所謂「中國第一主題」，不「轟動」如何交代？但要再「轟動」，又談何容易？邀請知名作家參與，以增強電視片「解說詞」的文學性，是電視界正在嘗試的新路子。屠國壁是攝影師出身，大概更偏愛畫面，據說不大情願讓「解說詞」奪了風采，但他還是邀請了幾位作家。關於黃河的文學作品不多，我因《人民文學》刊登那篇〈人生長恨水長東〉，遂也在邀請之列。世事常常難以逆料，恰是這個電視界的邀請，將我牽進日後掀起巨浪的《河殤》危機中。我在「引子」已寫道：

「垮壩」跟我的私人互動，乃是將我吸引到黃河治理領域，並依次將我引入水利、文化、政治諸領域，不期然建構了我的八〇年代，一個雄嘆悲放的「屠龍年代」。

我第一次到白雲觀《黃河》劇組見屠國壁時，他給我播放了一些黃河的航拍影像資料。高空俯瞰之下，雲霧繚繞的青海河源地區，大地是墨綠的，黃河則是淡黃的，緩緩蜿蜒，溫柔極了，像血管一樣細膩。航拍具有某種天外的視角，當場就叫我彷彿渾身毛孔都呼吸起來，很受震撼。然而，同時也迸發了複雜的思緒：這條黃河，跟我在中原看到的那條沉甸甸的泥河、在晉陝峽谷裡憤怒咆哮的黃河，是同一條河嗎？她當然是一個母親，但分裂成了溫柔與暴虐兩者；那流動的僅僅是水嗎？四千年文明，不就是這麼流到我們跟前來的？……

屠國壁已經有他的現成架構：三十集，從發源地一路說到出海口。他只需要我們這些作家給他往這三十集裡「填詞」而已。我直言道：你的處理，不能突破「河流片」的既成模式，剪出來的《黃河》斷難超越前面兩個「話說」（長江、運河）。我知道那是他的困境，但我忽略了他的理解力。他問我該怎麼辦？我說，黃河不是長江、運河，拍黃河不侃「文化」，怎麼可以？他問怎麼侃？沿黃一路的文物古蹟，歷史名勝，難道不是文化？哪一個漏掉了？我說那不是「文化」，你知道凡是最古老的文明，都稱作「大河文明」嗎？你沒見眼下的「文化熱」嗎？文化是要談我們的文明為什麼落後了？封建社會在中國為什麼如此漫長？「得得得，咱拍的是風光片，通過介紹錦繡河山和建設新貌，進行愛國主義教育，弄你說的那些玩意兒，還不砸鍋？我可不想惹麻煩！」屠國壁一口拒絕。後來，我還是按自己想法，為這部《黃河》寫了河南境內的五集解說詞：中州、洛陽、開封、懸河、大禹，但被屠國壁刪去所有跟文化有關的議論，只採用我對黃河的那些抒情描寫。後來我看到片子時，還真有點憤怒。（順便說一句，當年自覺維護中共意識形態底線的，唯有這位屠導，而從中央電視台、廣播電視部，直到中央書記處的各級領導都不是，卻未知「《河殤》危機」塵埃落定之後，他們嘉獎他沒有？）

我倆掰斥的時候，旁邊坐著一個小夥子，二十來歲，老是笑瞇瞇的。據說是從台裡剛分配到劇組來不久的一個研究生。他只旁觀我跟屠國壁的爭論，一言未發。然而倘使這小夥子當時沒有坐在那兒，日後就斷然不會有那部《河殤》。

小夥子叫夏駿。一個愛思考、藏抱負、有眼光、廣交友的少年老成的電視專業碩士，八〇年代不多見的一種青年，也是中央電視台的一個異數。他對黃河這個題材的把握和領悟，以及跟時代的呼應，甚至都在我們這些《河殤》撰稿人之上。他孕育、催產、製作了《河殤》——那些靈感，都來自他見到黃河的第一眼，後來他回眸這感受：

我作為匆匆過客曾在橋上數度經過黃河。但我並沒有看到黃河。而現在，我來了，看了，感受了。我被黃河震撼了。但不是為它曾被千年詩化的氣勢所震撼，而是被它的醜陋、貧困，和它所潛伏的危機所震撼。在花園口附近，我曾一直走到河床中心地帶。那時那裡的黃河不是一般人想像中水流滾滾的大河，而是一塊沼澤，一片泥地，一個又舊又大、變化無常的怪物。我感到我從來沒有像當時那樣為它激動、焦慮、壓抑、悲觀、振奮……。黃河太「大」了，太豐富了，也太沉重了。[9]

說實話，夏駿的這些感受，正是八五年我採訪黃河治理的那些日子裡反覆咀嚼的滋味。這是一種幻滅。我們曾被灌輸的、跟黃河有關的那些宏大含義，如「哺育」、「文明發祥」、「華夏象徵」等等，會在看見真實黃河的那一瞬間破碎。這幻滅，由黃河這麼巨大的載體負荷而來，就斷然不會僅僅是一條河了，而是在我們的話語中跟這條河附著在一起的所有東西，因而你所破碎的，也是巨大的東西。醜陋的究竟是什麼？危機又從何談起？……

在白雲觀初見，我跟夏駿雖未交談幾句，但我們注定不會失之交臂的。

那個夏天，我剛把妻子傅莉從鄭州調到北京，家也才搬過來，暫時居住在北海再稍往西一點的西安門大街附近的一條老胡同裡。一個並不燥熱的晚上，夏駿忽然來敲門，被我讓進狹小的屋裡來，他便開始動員我：

「《黃河》播出後，台裡從上到下全失望。怎麼辦？主管電視片的副台長陳漢元問我，我跟他說，蘇曉康有很好的構想，從文化上切入黃河，但老屠不敢。老陳說，那你找蘇曉康來合作，再搞一部『黃河』如何？」

八七年我正徐徐進入報告文學的瘋狂期，《陰陽大裂變》、《自由備忘錄》先後發表，全國大小報刊爭相轉載《陰陽大裂變》，我筆下的那些離婚故事，也正成為市井巷弄裡茶餘飯後的談資；八五年讓我夢魂縈繞的黃河，那時已悄然消退了，我怎還回得到黃河上去？我跟夏駿說不行，我無分身術。見夏駿失望地告辭走後，傅莉忽然說了一句：

「剛才聽你跟那小夥子聊。其實我覺得，你也別回絕。報告文學有的是你寫的，電視卻是一條新路子，多試試沒壞處。」

---

9. 夏駿〈河殤創作過程回憶〉，《河殤論》（崔文華編）。

叫她這麼一說，我倒睡不著了。起身坐到窗前燈下，拉了一張紙，略一沉吟，寫下一部六集電視片的提綱，分別是：

華夏尋夢錄——〈尋夢〉
命運的黑洞——〈命運〉
消失的靈光——〈靈光〉
藍色的黃土——〈新紀元〉
中國的憂患——〈憂患〉
長河落日圓——〈蔚藍色〉

靈感一旦湧動，你想擋也擋不住。（後期剪接時，夏駿簡縮每一集的片名；有的經錘鍊，也找到更好的意象，如第六集撰稿人謝選駿、遠志明，突破我原設計「文明落日」的局限，走向「海洋」。）總片名呢？我眼前浮現那個宏偉的航拍鏡頭，對，就叫《大血脈》。

十、大血脈

國慶剛過，夏駿來找我，給我一份列印好的《大血脈》提綱，我由此知道，一個我一直企盼的電視節目的計畫，實際上已經醞釀成型了。這是一份了不起的提綱，目前大家看到的《河殤》六集的結構，在提綱中完整地體現出來了。這份提綱讓我激動了一晚。第二天，我到軍事博物館招待所一間簡陋的平房裡，參加中央電視台領導對《大血脈》提綱的審查，我的任務是以一個理論工作者的身分，論證《大血脈》提綱在文化、美學、電視建設上的價值和意義。參加審查會的有中央電視台副台長陳漢元、對外部副主任王宋、軍事部副主任劉效禮。一致通過，寄望甚深，要冒風險——可以用這十二個字概括審查結果。會後蘇曉康和夏駿正式邀我參與，我欣然同意。[10]

王魯湘，另一位總撰稿人，後來如此回憶他跟《河殤》的結緣。魯湘是個才子型文化人，剛從北大哲學系拿到碩士學位，專業是美學，專長是對繪畫、文學的美學評介。他在研究生期間，寫了一篇評張賢亮[11]小說《綠化樹》的論文，題目叫《一陰一陽之謂道》，得了「馮友蘭文學獎」，據說張賢亮讀後感慨：「哎呀！我寫《綠化樹》之前無緣見到這個人。」

回頭再說說三十集《黃河》。屠國璧怕我「侃文化」砸鍋，結果他自己砸了鍋。並不是

10. 王魯湘〈回憶與思考〉，《河殤論》。
11. 張賢亮，小說家，暢銷作品尚有《男人的一半是女人》。

說他把《黃河》剪得多麼差，而是中央電視台和全國觀眾的期待太高了，那些年大夥兒的胃口被《絲綢之路》、《話說長江》、《話說運河》等「大型系列片」吊起來了，你要不出新花樣就要挨罵。那也是「電視文化」的一種常理，或者說商業化娛樂的德行，大夥都是票房和收視率的奴隸嘛。中央電視台被「市場規律」勾去了魂兒，它往《黃河》這個節目裡砸進一百萬美金，結果你屠國壁沒整出來一個「動靜」，沒讓聽個響兒，那就算這投資賠本了！有個電視行家，當時在廣播學院電視系教書的王紀言[12]，也是夏駿的老師，曾很感慨地寫道：

> 在《河殤》所產生的令人瞠目的播出效應面前回顧《黃河》，不免讓人

《河殤》劇組部分成員，王魯湘（左二）、謝選駿（左三）、蘇曉康（左四）。

黯然神傷。十幾個人的創作、幾年的經歷、逾百萬甚至更多的投資，把可以說是中國第一主題的「黃河」收入三十集篇幅之中，用「CCTV特別節目」的形式推出，但得到的卻是每一位電視工作者所最不期望的平靜、沉悶、冷落的低效應。原因何在？

也許緣於近年來電視台大型系列片上馬過多、控制失當……。

也許《黃河》沒有找到有別於《絲綢之路》、《話說長江》、《話說運河》的新形式……。

也許《黃河》沒有捕捉好歷史的閃光點和現實的興奮點……。

也許觀眾不願意接受這個時機推出的、用這樣一個面孔出現的《黃河》……。

也許《黃河》攝製組缺少一點創作班子最寶貴的真誠火熱和諒解無私……。

也許這些都不是，責任應在電視台本身。為什麼同樣是黃河內容，日本NHK同時製作的、幾乎並不比我們高明多少的《大黃河》，卻在日本社會造成了以「黃河文明」為內容的大效應呢？形成了在世界七個國家（美、英、德、義、法、澳大利亞、南韓）聯合播出的大趨勢呢？[13]

《河殤》編導夏駿（右）。

12. 王紀言，現任鳳凰衛視中文台台長。
13. 王紀言〈河殤引起的思考〉，《河殤論》。

當時最焦心的人，是主管紀錄片[14]的副台長陳漢元。在王魯湘前述的那個審查會上，我第一次見到他。他說話的幽默和機敏，一如他的文字。他對夏駿說：「《黃河》預算剩下的三十萬全給你，還有前期拍攝的那九萬多尺膠片隨你用。我這兒就這麼多東西了。」然後他再轉向我和王魯湘，說：「你們比我有學問，我相信年輕人一定會超過我們，否則中國就沒盼頭了。我沒別的要求，只有一點體會，供你們參考。在中國搞電視，你得掌握一個分寸，就是要讓『兩老』滿意。一是中央的老同志，二是全國的老百姓。有『一老』不滿意，就得出麻煩。」真不愧是《收租院》和《話說長江》的撰稿人，一出口即「點睛之筆」——不幸而被他言中：後來果有「一老」不滿意，《河殤》釀出了大風暴。

但我當時對他說：「可能我連一老滿意都做不到。」

我是第一次「觸電」，心裡完全沒數，從一開始我們的挑戰就不是誰滿意不滿意，而是怎麼讓人家聽得懂我們在說什麼。我跟陳漢元著急的，其實不是一樣的東西。但我知道，中央電視台上上下下被《黃河》的平庸氣懵了，急著尋找應急方案，而這卻給了我們——夏駿、王魯湘和我——一個機會。說實話，八〇年代是一個機會滿地流淌的時代。

那也是我第一次見王魯湘。他寫我的一幅肖像，至今沒有人比他好：

就是在這次審查會上，我認識了提綱的設計者、報告文學作家蘇曉康。他個頭不高，腦門和五官給人的初步印象很深，眼睛深陷，雖然戴上眼鏡，仍然很亮，很有些精氣逼人。高而直的鼻梁，鼻翼很薄，這是聰穎過人的表徵。嘴角稍往下拉，使嘴的線條呈拱形，說話時張闔都異常肯定有力——他很自信。然而極其隨便，笑便仰天而笑，手舞足蹈，不拘形跡；罵起來也比我放得開——這是我在學者圈中難得見到的一種自在的人。

我很喜歡這樣的人。[15]

「木樨地」蒙太奇

八七、八八年的冬春之交，大約有半年，我大部分時間待在北京西長安街木樨地的軍事博物館。夏駿在軍博招待所租了幾個房間，搭起劇組。我也必須避開各種打擾，如雜誌約稿、媒體採訪、民間苦主的造訪，躲到這裡來搞電視片，吃住都在招待所；做醫生的太太要值夜班時，我把兒子也帶來這裡睡覺。

那時候木樨地一帶還很空曠。西長安街寬闊得大而無當，路面上稀稀拉拉地跑著汽車；周圍沒什麼建築物，「首都十大建築」之一的軍事博物館顯得相當宏偉，但總也沒修完似

---

14. 八〇年代中央電視台領導人的分工，台長直接分管最重要的新聞節目，餘下幾位副台長，分別管電視劇、紀錄片和行政部門。
15. 同註13。

的，老有一片工地。它的招待所很簡陋，大概軍隊系統在八〇年代還不懂「鋪張」二字。一個房間裡擺著四張單人床，一張小桌子。我和王魯湘各占一個房間。有朋友來聊天，盡可以通宵，然後捲一床被子蒙頭大睡，常常到吃午飯才起來。招待所也有食堂，很清淡的大鍋菜。所以夏駿時不時會藉各種理由，請我們下菜館「搓一頓」[16]，當時叫「吃大盤子」，還能喝上二兩。我記憶裡，這大概是我一生「吃大盤子」最多的一段時間。

報告文學的寫家，都是「單幹戶」，天馬行空，獨來獨往，寂寞也熬得住，沒人給你管後勤。如今這麼叫夏駿伺候著，太舒服了反倒不出活兒。見我們整天胡侃神聊，夏駿乾著急沒轍。卻有一事，刺激我的靈感，也跟趙瑜有關，我們倆多少都跟太行山沾點邊。

我當記者在太行山東麓的林縣、輝縣一帶轉悠時，他也恰在太行山那一邊的上黨盆地[17]裡苦掙。我們都很熟悉太行山的險峻、雄渾和太行山人的淳樸、愚鈍。推而廣之，我們都沾染著北方這塊貧瘠之地的沉重而蒼涼的韻味。有一次趙瑜對我說，山西的朋友們讀了《洪荒啟示錄》，覺得很對味兒，說是沒在中原之地生活過的人寫不出來。這點緣分，叫我同趙瑜頗投機。

前面「趙瑜與《強國夢》」一節已寫到，趙瑜來《河殤》劇組找我，也帶來一股「水」的資訊，一年後我寫進〈龍年的悲愴〉[18]裡：

此時恰逢趙瑜從山西來京修改他的《強國夢》，我邀他住在劇組，每晚徹夜長談。那晚，他邀我和魯湘、夏駿等去看電影《老井》，那是他的好友鄭義[19]的扛鼎之作。太行山人同水的那種力量懸殊、幾近絕望的搏鬥，使我忽然明白了，水對於我們這個民族來說直到今天也難以擺脫的特殊文明意義。我們被深深的震撼。

「你找到一個不用翻譯的『世界語』——水。」在趙瑜慫恿下，當晚我給鄭義寫了封信：「在西方人看來——馬克思就是這樣看的，東方那悠久的專制主義實際上同水有關係。大河流域民族的全部文明就建立在與水搏鬥的生存偉力和被水制約的悲劇命運的兩難基礎上。民族的心態和性格，便在這兩難中被扭曲和異化……。」

從《老井》裡，我再次讀出曾在河南的太行山林縣看到的那種「治水社會」特徵，其實就是馬克思稍稍涉獵的「亞細亞生產方式」社會。我膩歪透了這個大鬍子的所謂社會發展「五階段論」[20]，跟中國歷史毫不相干——不過被共產黨拿來硬套在幾千年歷史和幾億人頭上，毛澤東還拿其中的「共產主義」當作一根鞭子，抽打人民搞「大躍進」，餓死幾千萬人

---

16. 搓，北京方言「吃」之意，後延伸為下館子稱「搓一頓」。
17. 上黨，位於山西省東南部，為太行山、太岳山所環繞，有盆地之稱，其行政中心是長治市。
18. 蘇曉康〈龍年的悲愴〉，上海《文匯》月刊，一九八九年一月號。
19. 鄭義，小說家，另有一部關於文革期間廣西吃人狂潮的長篇紀實《紅色紀念碑》，列為禁書。
20. 也稱「五種所有制形式」，最早由馬克思提出：原始社會、奴隸制、封建制、資本主義、共產主義。

——及至發現共產黨的老祖宗竟然另有「亞細亞」一說，且非常契合中國，就有點偏愛；況且當時西方的種種「後現代」、「新馬」論說尚未引進中國；如今要談黃河文明了，難道還找得出其他更相宜的「理論資源」嗎？

過了十多年之後，我才知道經濟學家顧準也曾認為，欲知中國問題本質，需先認清中國的「亞細亞」特徵。他指出，中國從大陸式部族公社[21]，發展成東方型「專制務農領土王國」，沒有西方奴隸社會中的「自由民」及其精神遺產；而且，中國從來沒有產生「商業本位的政治實體」，政治權威與國家機器具有超常的統治力，經濟、文化均受制於政治。所以，若循他的思路探下去，中國封建制漫長、大一統、明清資本主義「萌芽」未成，乃至中國文化中「人」的權利意識微弱等等，都跟這個「亞細亞」有關。

這位思想先行者，甚至在黑暗中清理了「十月革命」衝擊資本主義之後卻走向自己的反面，又進而對未來中國簡單仿效西方資本主義懷有隱憂：「通過資本主義來現代化，必然要鼓勵創業精神和牟利動機，必然要把資本主義的積累看作人類的福音。可是資本主義把社會積累『委託』給資本家，這種積累，資本家有權無限制地加以動用，……人類比二百年前聰明一些了，殘害兒童已經不能容忍了，所以，新興國家怎樣現代化，資本主義老路走得走不得，已經成為一個嚴肅的問題了。」（《顧準文集》，三三〇頁）回眸這種先見之明，對照兩千年以來中國的「權貴資本主義大躍進」，夫復何言！而我們當年在木樨地呼喚「工業文明」沖刷黃河淤泥的時候，亦絲毫沒有覺察自身的幼稚。

當年的顧準，後來哲學界的李澤厚、史學界的金觀濤等等，其實也都沒觸碰文化或思想史中的權力制衡問題，大致上都是「繞過制度談文化」，乃八〇年代頗遭詬病的一個特徵。我們在他們的覆蓋之下，即便在思考「黃河文明」的「亞細亞」陰影之際，也完全忽略了「亞細亞」的政治特性——權力的支配欲，高於一切。共產黨靠暴力奪來的江山（政權），一如中國歷史上的任何一個王朝，無論漢族還是外族，終究還要以暴力（槍桿子）維繫，沒得商量，其間一絲改革（和平演變、制度轉型）的空間都沒有。

我們在木樨地「侃大山」的時候，豈能逆料竟然就在外面的西長安街上，一年多後將有一場血肉橫飛的驗證。中共也只有舉行了這個殺戮「儀式」之後，才徹底完成從「列寧黨」轉型到赤裸裸的利益集團，也完成陳雲所謂「還是我們自己的子弟靠得住」的權力轉移，並為「奴役廉價勞力」、「世界大工廠」、「全球訂單」、GDP持續高速增長，做了血的奠基。

這場血戰，正是以木樨地為戰場，由北京市民、學生與解放軍作為對陣的雙方，一方是赤手空拳的肉體血魄，一方是坦克開路的鐵甲火器，在人類歷史上是空前的。

21. 這種理論認為，決定中國「亞細亞」特點的，是一種區別於開放性海洋環境的半封閉的大陸環境。

哈佛大學教授傅高義（Ezra. F. Vogel）所著《鄧小平時代》，二〇一二年四月由香港中文大學出版社出版。（二〇一三年一月北京三聯書店的簡體字版刪減了一萬多字，但仍保留〈北京：一九八九〉近三萬字，沒有迴避軍隊在首都的鎮壓過程。）香港版第二十一章〈天安門悲劇〉也提到木樨地，特摘錄如下：

> ……在六月二日即星期五，進城士兵的數量增加了。尤其是一大批士兵逐漸集結到了天安門廣場以西約四英里的軍事博物館，這裡將成為部隊和裝備的重要集結地之一。很多受過特別良好訓練的部隊也開始通過地下通道到達天安門廣場旁邊的人民大會堂內，他們將以訓練有素的方式幫助天安門清場。還有一些穿便裝的士兵被布置在全市一些重要地點，負責提供有關道路封鎖狀況和示威者動態的情報。

「六四」清晨的木樨地。圖片來源／六四檔案網

……

最激烈的抵抗和暴力發生在六月三日夜晚到四日凌晨天安門以西四英里的大街上，這裡離木樨地不遠，附近的高層住宅樓居住著很多退休的高幹。三十八軍的部隊在晚上九點半到達木樨地時，看到數千名市民聚集在這裡阻止他們前進。公車被拖到木樨地的路中央，擋住了裝甲車前行。解放軍先是放催淚瓦斯和橡膠子彈，但沒有多大效果，人們大膽地向部隊投擲石塊和雜物回應。有個軍官用擴音器命令人群散開，也沒有奏效。由於三十八軍軍長徐勤先[22]以身體抱恙為由拒絕帶兵，這支從西面開過來的軍隊就像在中國內戰中向解放軍投誠的國民黨軍隊一樣，承受著需要證明自己忠誠的特殊壓力。大約十點半前後，木樨地附近的部隊開始朝空中鳴槍，投擲眩暈手榴彈，但並未造成死亡。

夜裡十一點時，仍然無法前進的部隊開始直接向人群射擊，使用的是每分鐘能發射九十發子彈的AK-47自動步槍。有人中彈時其他人就會將傷者搬離危險區，把他們抬上救護車或放在自行車和三輪車上，迅速送往最近的復興醫院。解放軍的卡車和裝甲車也開始全速前進，壓過任何敢於擋路的人。即使開始使用真槍實彈、以致命武器對付同胞，部隊仍然用了大約四個小時，才走完從木樨地到天安門大約四英里的路程。

22. 徐勤先，少將，因拒絕執行六四戒嚴命令，被軍事法庭判處五年徒刑。

傅高義雖然不避諱寫出「致命武器」，但似乎很「同情」解放軍的速度緩慢。網路上有一個現場目擊者署名林彬，他的〈木樨地是「六四」血案一個熱點〉則呈現了珍貴的詳實紀錄，讓人驚心動魄：

> 眼前的情景使我震驚，成千上萬的人簇擁在幾十米寬的馬路上，形成了厚達二三百米的人牆，與距橋還有三百米左右的部隊對峙著。這人群一會兒向前湧一下，一會兒向後退一下，迸發出震耳欲聾的口號聲。
>
> 站在部隊最前列的是防暴隊，大約有近百人，後面緊跟著的是坦克，再往後是滿載士兵的卡車、裝甲車。
>
> 與軍隊對峙著，站在最前列的是學生，其中不少是女學生，他們手挽手組成人牆，與軍隊約有三十米的距離。
>
> 大約在晚上十點左右，部隊推進到木樨地橋西頭，但被橫在橋中的車輛擋住。一輛坦克開足了馬力向橋中的車輛撞去，企圖撞開車輛。數千人在幾個站在高處的年輕人的指揮下，在坦克即將撞到車輛的剎那，喊著「一、二、三」的號子也同時潮水般地衝向車輛。由車輛組成的車牆在雙方巨大力量的合擊下，發出轟然的巨響，但仍然屹立在橋中，坦克的撞擊被抵銷了，人們發出了勝利的歡呼聲。

這不僅是人民群眾用身軀同現代重型武器的力量較量，也是人們對當局採取軍事手段對付學生而產生不滿的一種發洩。

突然坦克發動機的馬達聲停了。近百名頭戴鋼盔手持衝鋒槍的軍人從橋上人行道上走了過來，在橋頭散開形成一個半圓形，並不時地向前方盲目地射擊著。接著上來兩輛坦克，一字排開，同時撞擊車牆，大約撞了三五下，就將車輛完全撞開，為部隊前進打開了通道。這時大約是晚上十點四十分。這支由三十八軍為主組成的西路第一梯隊開始過橋，殺氣騰騰地向城區推進。

大約在凌晨一點多鐘，浩浩蕩蕩的部隊全部通過了木樨地。我被眼前的景象驚呆了：約有上千人抬著屍體、扶著傷員從四面八方奔向復興醫院，這些傷亡者有的是用平板三輪車拉著，有的是幾個人抬著，有的是用自行車馱著，有的是靠人扶著……。

北京—延安—開封

黃河是所謂「水沙異源」，蘭州以上是清水，河口鎮至龍門之間才變成泥河；這一段就是黃土高原。

我發現，這個「異源說」，用來區分「地理黃河」與「人文黃河」竟也恰如其分；即地理上的黃河源頭在青海，而文明、歷史、水文上的黃河源頭在黃土高原。從文明起源上說，北方中國的一個獨立產生農業的中心（Independent centers of origins of food production），一向認為是在黃河流域的中游，即黃土高原的南緣。華夏先民據說是順北洛水南下至渭河流域的。中國文字史的開端夏商周三代，夏的疆域有爭議，但不出豫陝間；代之而起的商朝，建都豳，則在涇河流域；後來被來自西部岐山下的周所滅。總之，華夏起於渭水之間，已是農耕文化，黃河源頭則尚在「化外」之境。

黃萬里認為，黃河沖淤造地的偉力比長江大一倍，他的「利河說」苦口婆心的證明，在水文上，黃河也以黃土高原為源頭：

> 假使人們細想何以黃河能淤出如此大量的土地，正是由於其水少沙多，其含沙濃度極高的黃河水已淤成二十五萬平方公里土地，我們要盡力據以淤灌它，而且希望它繼續淤出更多的土地，以適應我國人口之眾多。我們希望黃河有更多的水土沖下來，而不是保持在上中游不下來。水土保持的目的是保持那裡肥沃的表土，是應該的，合理的。但是已落在河槽裡的黃土盡可沖下來，兩者並不矛盾。
>
> 必須提醒大家：就在這塊黃河快速淤成的三角洲上曾發揚了我國固有的文化，引起了漢滿蒙三族的中原逐鹿與文化混和。僅在六千年以前，西安半坡村遺址顯示了祖先還在黃土高原上過著用石器和陶器的簡陋生活，只有在四五千年前黃帝來到這塊平原後，才有服裝、車馬和宮室。我們不能忘本，一定要端正對於泥沙的態度，要承認黃河大量挾帶泥沙的好處。[23]

當然，我們也不會忽略一個更迫近的「源頭」：六十年前打造出「新中國」的，是來自黃土高原深處的一個征服者，並攜帶著一整套所謂「延安精神」的意識形態。設若此處再借用一次李澤厚「歷史做圓圈遊戲」說，則一九四九年的江山易幟，頗可視為歷史遽然回到暴秦，那個嬴氏原在「秦谷」（甘肅天水），後被周室封地在關中，漸次強大，遂滅六國、一統天下……。

受到一種克制不住的「源頭」誘惑，我們一行五人的攝製小組，在夏駿帶領下，八七年十一月從北京直飛延安。我們當然不再對青海河源地區感興趣，因為在我們的期待中，「黃河」已然在人文之境，甚至更在短促、迫近的當代史中。

黃河上下五千年、東西一萬里，說什麼不行？我們偏要去說最忌諱的。從一開始我們就不想「繞過批判現實的險灘去安全地鞭打祖宗」（事後有人作如是批評），毋寧我們是故意多拉點「祖宗」來做擋箭牌。黃河流經山陝峽谷就變「黃」了，而中國經過「延安」就徹底「紅」了。——事後證明，我們一開始的「延安衝動」就犯了大忌，捅了誰的心窩子，叫陳漢元最擔心的「一老」暴跳如雷。

王魯湘也敘述了飛往延安途中，從飛機上往下觀察的景觀：

---

23. 黃萬里〈地貌演變與治河原理〉。

飛機掠過晉陝大地，這是最典型的黃土高原地貌，然而使我驚訝的是人類在地表上留下的痕跡。山西的地貌，很像軍事地圖，到處是等高線，說明坡地改造成了水平梯田——我強烈地感覺到山西人的勤奮，並想到大寨[24]，儘管我在飛機上看不到大寨。一過黃河，地貌突變，等高線消失，大地突然變得容顏醜陋，到處是坡度很大的坡地，鬆散乾燥的黃土像掛在坡上隨時都可以流失，由於重力流失（也叫垂直流失）形成一根根土柱、土塔，像雲南的石林，七零八落，矗立在溝豁和梁峁之間，像千年古宅塌圮後的朽柱，像大火過後的森林枯木。[25]

我們要來陝北尋找什麼？延安已不再神聖、莊嚴，而是貧窮、破舊。延河在冬季是乾涸的，一河床的碎石。寶塔，那個革命象徵物，形單影隻地站在光禿禿的土山上，俯視著破破爛爛的延安城。棗園[26]人去樓空，山坡上落葉淒涼。塗了白灰的窯洞，偉人們的名字還都一個個掛在那裡：毛澤東、張聞天、劉少奇、周恩來……，卻每一個名字都向遊人暗示著一個

蘇曉康與攝影師曹志明（右）在陝北拍外景。

血腥的故事。

夏駿要拍一些陝北的外景，我們又在周圍的子長、安塞跑了跑。那些曾經演出過革命壯劇的梁梁峁峁、溝溝豁豁裡，如今仍然是破敗的窯洞、守著幾隻羊的木訥老漢、生育過度而病怏怏的婆娘，只有雜糧餵飽肚子但很壯實的孩子們……。我們還走進一個莊戶人家的院落，採訪一位陝北老漢，我問他有幾個孩子？他說三個兒子、五個女兒，生養了十四個孫輩；鏡頭裡他的婆娘就坐在旁邊，摟著一個孫子。夏駿拍下的這個簡潔鏡頭，生動揭示了中國現代化的可怕瓶頸和生態危機：資源與人口的巨大緊張，一個無解的發展死結。在安塞，我們還遇到一群年輕娃們，《黃河》中日聯合攝製組拍攝「千人腰鼓隊」時，他們曾是臨時演員，可他們說，攝製組給每個人一塊錢酬勞，卻被縣政府貪汙去了。腐敗也不會漏掉最窮的地方，因為它是制度性的，水銀瀉地似的流向所有角落。

我家住在黃土高坡，大風從坡上颳過，
不管是西北風還是東南風，都是我的歌……。

24. 山西省昔陽縣的一個村子，五六〇年代以在山坡地修築梯田而著名，被毛澤東立為農業先進典型。
25. 王魯湘文，同前。
26. 陝西省延安西北一農家莊園，中共中央書記處曾駐紮此地，領導「延安整風」運動。

就在《河殤》旋風颳過，還在「六四」屠殺後的恐怖中，中國大陸彷彿在血腥中飄蕩起一股「西北風」[27]。甚至我逃亡到一個邊陲小鎮，那商業街上的所有商店、飯館、旅社中的各種喇叭，都在吼叫一曲〈黃土高坡〉；這旋律伴隨著我離鄉背井初期的感傷。

「西北風」就像上個世紀八、九〇年代之交的一支過渡插曲，至今對它沒有到位的詮釋。一說它是以「草根」的陽剛，抗拒「鄧麗君」的悱惻纏綿。又說大陸流行樂壇擺脫模仿港台的第一步，是回歸西北的「黃土情結」；好像那裡是一個充沛的源頭活水。「西北風」也總拉上崔健的搖滾，然而崔健對採訪他的查建英說，「西北風」不過是一種「商業的東西」，他自己的搖滾則是「模仿西方」；因為「他們那種追求自由的個性，正是我們東方人缺乏的。」——這小子不只有音樂細胞，觀念上也絕對先鋒前衛。

年齡最小的「老反革命」王軍濤

在我們下榻的延安賓館，居然遇到大名鼎鼎的王軍濤[28]，帶領一個團隊前來協助「老區」開發經濟。我從他那裡聽到一個新名詞：「宗法情感」。他說，從延安去到北京的這個政權，一直以「宗法情感」，向「撫育」

過他們的老區——如延安、贛南、大別山、沂蒙山、蘇北等地「經濟輸血」，這卻慣出了一種惰性，抑制了這些地區自身的發展內力；如今「宗法情感」開始淡化，這些「老區」就被拋棄了。這無疑是對中共內部機制的一種政治學解讀。我們也就此議題採訪了他。

王軍濤是一個標準的民間政治家。早在文革晚期，他已是一個年齡最小的「老反革命」，並成為「四五英雄」，胡耀邦指示從他們中間挑選團中央委員。王軍濤一路參與民主牆、民刊社團與高校競選等體制外運動，卻在鄧小平發動「改革」以後選擇了「體制內」路徑，以「民間智庫」形式，向當局獻策。

八八年底我曾接到一個電話，說中直（中央直屬機關）招待所有個會，值得去聽聽。我去了，是一群年輕的「民間政改派」在那裡「侃大山」，其中我只認得王軍濤。那個場合的言說，在當時是驚世駭俗的。他們直言不諱執政黨正面臨嚴重危機，搞不好會發生動亂，出現大家都不願看到的「軍管」後果；他們手中已為執政黨備好幾套應急方案，只要中南海肯採納。我當時都聽呆了，看來所謂「文化熱」並非幾個文人在那裡耍嘴皮子，民間有心的「政治人」已經應運而生，且相當成熟。不到半年，果然「天安門運動」爆發，接著就是大屠殺，然後王軍濤入獄。他的朋友謝小慶九〇年撰文說：

27. 八〇年代大陸歌壇的一股流行風潮，代表作有胡月的〈黃土高坡〉、崔健的〈一無所有〉等。
28. 王軍濤，參與四五運動、八九學運而著稱的中國異議知識分子。

> 陳子明、王軍濤認為民主進程包括傳統專制、開明專制、菁英政治、民主政治四個階段。去年六四之前，中國的問題是防止向傳統專制的倒退和促進向菁英政治轉化的問題，不是實現民主政治的問題。軍濤認為，在中國文化背景下實現民主政治只會導致「痞子上台」，菁英由於受到個人道德的約束經常敗於痞子。他提出的「菁英要與痞子賽跑」的觀點，在知識界中很有影響。

離開延安，下一站奔向開封。我向夏駿建議去開封，只因為這座古城比「懸河」河床還低九米。另有一個原因，是劉少奇死在開封[29]。我在河南當記者時，大概一九七〇年就聽過一個陰森的傳聞：從開封一家戒備森嚴的舊銀行抬出一具屍體，說是「一個烈性傳染病患者」，運往東郊火葬場火化了。此人即前國家主席。我跟夏駿說，假如我們能找到那個舊銀行，在劉少奇罹難處拍幾個鏡頭，這部片子就「無以替代」了，我們也可以真實體驗一下什麼叫「專制主義」。從後來中國的演變來看，抓拍「劉少奇罹難處」確實具有記錄歷史的意義，是我們那次拍外景最傳奇的一幕。一九八九年初，我在〈龍年的悲愴〉中對此作了詳細的回顧：

> 極巧，當我們在開封市政府的會議室裡聽崔市長介紹完開封情況後提出這個要求時，

他沉吟片刻，說：

「好吧。少奇同志去世的地方，就在這間會議室的隔壁。」

攝影師曹志明扛起機器、劇務黃敏舉著點鎢燈，我們魚貫走進那座舊銀行的天井。此刻已是深夜。我抬頭看看四周壁立的黑黢黢的高牆，覺得人像站在井底，有一種插翅難逃的感覺。

劉少奇被囚禁的房間，在西房的左手裡。迎門掛著他的遺像。屋內還保存著當年的舊物：一個寫字檯和一張單人床，床上的枕頭據說是他從北京隨身帶來的。就在這張床前，不知為什麼，我沒有竭力去想像當年他躺在這裡是一種何樣的痛苦狀（據說他的白髮有一尺長，嘴和鼻子已經變形，下頷一片淤血），卻想起了延安棗園山坡下他的那間窯洞來。那裡好像也是擺著一個寫字檯和一張床。只是那裡有一股聖潔而崇高的意味，

劉少奇死難處：河南開封市北土街10號，原為「同和裕銀號」，後為市政府，一九九三年闢為「劉少奇在開封陳列館」。

29. 一九六六年八月，毛澤東發動文革，在八屆十一中全會上，以林彪代替劉少奇在黨內的第二把手位置；十二月正式成立專案組進行審查，組長周恩來；一九六八年在十二中全會定劉少奇「叛徒、內奸、工賊」的罪名；一九六九年十月，林彪下達戰備疏散的「一號命令」，將身患重病、失去自理能力的劉少奇，赤身裸體裹在毯子裡，用擔架抬上飛機，送往河南開封；十一月十三日因感染急性肺炎，劉少奇在囚禁中去世。

這裡卻瀰散著壓抑和恐怖。……

這個悲劇，可謂一個壞制度的極致。後來我在解說詞裡寫了這麼一句：「當法律不能保護一個普通公民的時候，它最終也保護不了一個共和國主席。」

後來發生的一切，卻證明劉少奇承受的這場苦難，是徹底枉然了。緣於中共不肯「非毛化」，劉少奇遺孀王光美，二〇〇四年居然親自擺「寬容宴」，跟毛澤東後人「一笑泯恩仇」——

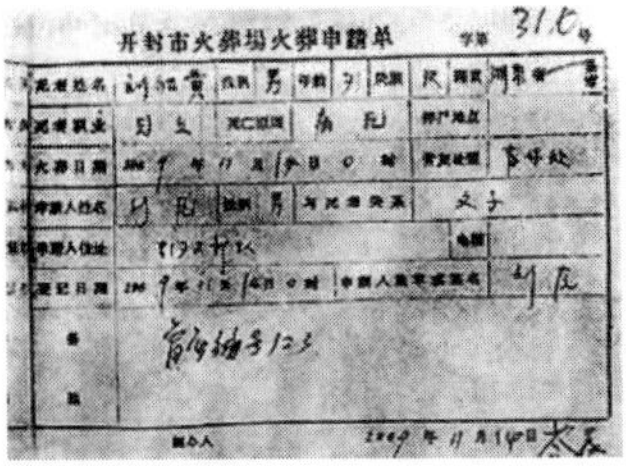
开封市火葬場火葬申請单

劉少奇火葬申請單

為了換取兒子劉源的仕途，她竟然藉助中國習俗裡最垃圾的「人情」伎倆，去配合中央繼續「寵毛」的既定方針；幾年後劉源又親自授銜晉升毛的孫子毛新宇為少將。他們母子做的都不是「私人行為」，而是具有社會示範效應的重大政治舉動。

然而歷史的紀錄是白紙黑字——「骨灰寄存證」。骨灰編號：一二三；申請寄存人姓名：劉源；現住址：×××部隊；與亡人關係：父子；死亡人姓名：劉衛黃；年齡：七十一；性別：男；職業：無業；死因：病死。

在〈龍年的悲愴〉中，我還寫道：

死在開封、以假名「劉衛黃」被火化的劉少奇，加上同樣是死於囚禁中的、也以假名

「王川」被火化的彭德懷，再加上死於半軟禁中的、同樣是只能用假名「張普」而安葬的張聞天——這一切都說明了中國政治曾黑暗到什麼程度，而一旦政治失去透明度，政治舞台上的人物竟然會落到以自己的姓名去死的權利都被剝奪、連死都是渾渾噩噩的……。

從理論到電視：象徵符號

在巴黎，法國「當代中國中心」的麥港（華裔）、伊莎白（Isabelle Thireau）夫婦，一九九〇年春也約我長談關於《河殤》的種種。當時我對製作該劇的各種細節尚記憶猶新。幸虧他們的這次訪談，幫助我將整個事件留下一份翔實紀錄（以前也未發表過）。

麥：能不能談談你們當時創作《河殤》的具體過程？

蘇：一開始，我們把八〇年代文化界關於政治、經濟、文化、社會、道德各方面的討論，歸納起來，放到一個「文明出路」的總架構裡面，分成六集來談。但是我知道，電視跟文字不是一回事，是個大得多的東西，怎麼轉換過來？

後來思考的結果，是每一集都要找一個大的象徵，找到了，這一集就成立；找不到，這一集就成立不起來，或者比較弱。第一集找到了「龍」，第二集找了「長城」；第三集找到什麼呢？我們稱為「靈光」，其實就是靈感、創造力，背後是知識分子。第四集是談經濟，太抽象，最費勁，主要說了個「所有制」問題。第五集，「黃河」本身就是一個象徵。第六集的象徵是「海洋」。

電視的傳播方式，要求把理論問題形象化，那個中介就是象徵物，找到它，一下子就轉過來了，但你也失去了學理上的嚴謹，我們也受到很大的局限，很多問題不能像寫文章那樣從容不迫、有條不紊了。

其實第一集，談了一個總體性的看法：中國文明衰落了。第二集講我們的文明形成、歷史和地理的關係，也就是說，在西方人的「地理大發現」之前，這個內陸文明一直是有優勢的，但只要海洋上出現新的文明來挑戰，它就無可挽回地衰落了。當時我們能讀到的書很有限，而且學術著作是不會談這個問題的。出國後我才讀到一本《大國的興衰——一五〇〇～二〇〇〇年的經濟變遷和軍事衝突》[30]，作者是耶魯大學歷史學家授保羅・甘迺迪，他就是這個觀點，此書第一章第一節「明代中國」，對「鄭和下西洋」的分析，幾個段落，跟我們的看法一模一樣。但中國人不願承認，後來批《河殤》也批判這個。

第三集講衰落的重要原因，是缺乏外來文明的挑戰和補給。我們以佛教輸入中國產生的結果作例子，分析中國文化如何吸收佛教文化，以及後來如何排斥基督教文化，做這兩大對比，到後面引出知識分子被忽視的現實問題。第四集講經濟問題，突出一個「共產主義」烏托邦問題，從馬克思批私有制、蘇聯和中共的慘烈試驗，一直說到中國農民素質、人口負擔。第五集講古代中國的社會結構，崩潰與修復，跟黃河氾濫一樣，有週期性的規律，這主要是金觀濤「超穩定結構」的觀點。第六集講打開閉關自守，面向海洋，面向工業文明。整個結構就是這樣。

麥：至少從觀眾看來，你們上下幾千年的說古論今，給十幾億人的一個民族指點出路，這股氣魄是從哪裡來的？很想知道。

蘇：沒有、沒有、真的沒有。我構思的時候，內心的渴望是面對現實問題，融入大量的信息來解答，古今中外都有，一下子變得龐雜起來，我們也沒想到，思想的介入，會使整個片子變得那麼沉重，我們自己也控制不住。你說的那種氣魄，可能是藝術的效果。理論問題轉化為視覺效果，已經擺脫邏輯推理，而且容納觀眾的思考、思維活動進來，想像力膨脹，作品的內涵也變得非常闊大。

片子剪出來一看，我都目瞪口呆。我們本來寫的時候，沒有畫面，也沒有音樂，文字還沒成為聲音，這些都沒有嘛，起初只覺得自己的解說詞寫得還不錯，滿有力度。結果，播音員（張家聲）朗誦得好，有感情，再加上音樂、畫面，形成藝術的綜合效果，一下子很震撼人。第一次放給金觀濤看，把金先生給打懵了。他一開始是不願參加我們這個片子的，他說：「你們這些傢伙，想把理論問題用電視來表達，這是不可能的，沒辦法過渡！」後來做

---

30. *The Rise and Fall of the Great Power, Economic Change and Military Conflict From 1500 to 2000*, By Paul Kennedy, Random House, New York, 1987.

出來一看，他看呆了。

麥：說實在的，你們對現實問題的討論，從海外去看反而給人一般化的感覺；但是你沒有刻意營造的那個氣氛，卻呈現得極為強烈，假如不是設計的追求，怎麼會有這種效果？

蘇：這個我想有個結構上的效應，六集拼在一起形成的。《河殤》這個片子，你一口氣看下來，跟你一天看一集的觀感完全不同。很怪的！我們寫的時候，是幾個人分頭去寫，最後由我統一潤色，保持風格上的一致。每一集又是相對獨立的，但與上下集有呼應。每一集都寫社會困境，到歷史文化中去找原因。一集接一集的下來，效果就逐漸遞增，中國文明出了問題，就這樣。

至於出路，我們寫的時候倒真沒有刻意想指出什麼。從八〇年代起，知識分子心裡都清楚一條路，在中國已形成了共識，就是要和西方文明相結合。這個思想早在七十年前的五四運動已經提出來了，中國要向西方學習，中國要現代化。到這次改革開放之後，只不過又清晰起來。我們在片子裡不用怎麼寫，人們還是會朝那個方向想的。

麥：我明白你說的結構。你們在片子裡用一種先知的筆調，用耶穌在宣告不言而喻的真理的口吻，評說中國文化、歷史，並且宣示出路，很唬人，在你們寫作時，這股力量是從哪裡來的？

蘇：我想呢，可能有幾個方面。第一，我們請的幾位撰稿人，學識、寫作功力，都是不錯的，像王魯湘和謝選駿，都很年輕已經出了書的，有思想，也放得開。王魯湘這個人很富有詩人氣質，也是個學哲學的嘛，能高屋建瓴。他們的參與，使我們在處理那些話題時，資訊、理論資源都很豐富，左右逢源。

另一方面，是一個批判的傳統。我們受「五四」全盤性反傳統思潮的影響，再加上共產黨四十多年的灌輸，它的意識形態，有很特殊的一種否定傳統的獨斷性，不僅視傳統為「萬惡之源」，而且把傳統看成一個整合的有機體，所有成分都要拋棄。我的感受是，我們可以自外於傳統，把它當作身外之物去進行評判。我想，這在傳統尚存的港、台，學者們很難辦到的，甚至是不可能的。但是傳統對我來說，在感情上，並沒有把它看成是什麼神聖的東西，我可以把它放在對面，大膽地剖析它；有時候完全不懂它，照樣數落它。《河殤》的問題，也出在這份大膽上，氣魄來自它，偏頗也因為它。

還有一個東西，好聽一點叫「憂患意識」。如果援引文革的說法，就是「關心國家大事」、責任感、使命感。文革是一場天大的劫難，一個煉獄，但對我們這一代人，不論正面還是負面，都影響劇烈，難以磨滅。大規模的政治運動，在「國家話語」籠罩下的觀念，喪失私人的所有向度，可以關懷大的命題，不管是迷狂的「保皇」、造反，還是民族主義、沙文主義、國家主義，都可能獲得一種很大的能量、氣魄。

不過就我個人而言，曾面對媒體要我解釋「責任感從何而來」的問題，這也是所謂「文革一代」，跟其他世代很不一樣的地方。我覺得呢，我們這一代人，都曾迷失在文革中，直到林彪事件之後，整個一代人都有一種極大的被愚弄、被欺騙的感覺，我感到自己的青春，和一切美好的東西，都被一種瘋狂席捲而去，醒過來之後，就有一種自我拯救的衝動，我們都曾如飢似渴地吸收所有我們可以找得到的來自西方的知識、養料；而反觀我們自己的傳統，尤其是在毛澤東時代的封閉、愚昧、無知的大背景之下，就很容易產生一種文化的自卑感。這是特定歷史情境中的情懷。

解構中華圖騰

麥：可不可以說說，你們對中國文化的基本評價？

蘇：我們在幾個方面感到中國傳統是有問題的。一個是它的政治文化，所謂東方專制主義，這一點呢，我們認為它妨礙了中國的現代化進程，晚清是一個顯例，也是這種政治傳統，後來跟中國共產黨結合，貽害整個民族。第二點，是它的平均主義觀念，當然也有人認為這個很難說是好是壞，只是說它阻礙了個人主義、自由經濟的發展，但是它預留了「烏托邦」空想的通道，曾在四九年後的中國發生極其荒唐的悲劇。第三點呢，我想比較隱晦，也是《河殤》遭到激烈批判的，就是「大一統」。我們特別對比歐洲，說羅馬帝國崩潰以後，歐洲的政治、文化都出現多元局面，是後來歐洲領先的重要原因。第四是儒家的泛道德傾向，人皆可為堯舜，不僅使道德虛偽化，也阻礙法制的建構。等等，還有一些枝節問題。

麥：你們有一個觀點：中國文化沒有自我更新的機制。

蘇：這個觀點是湯因比[31]說的。他有一個很著名的觀點，文明的機制是對外界打擊的應對，不論從自然界還是另一個文明來的打擊。他認為，一個古老文明要受到外來因素的打擊和挑戰，刺激起她內部的力量，這個文明才有可能再生。但是如果這個文明太熟太老了，外面的打擊一直把她打垮，她也再生不了。

問：另外，你們顯然也深受「超穩定結構」說的影響，這個理論在西方還很陌生，你可以介紹一下嗎？

蘇：「超穩定結構」是金觀濤、劉青峰夫婦的觀點。這個觀點被很多人批評。然而，我們特別欣賞的是，它提出的「修復機制」，是個很靈巧的想法。中國社會之所以「超穩定」，是因為它不斷地崩潰，又不斷地修復，恢復到原來的狀態，板結成一塊！在他們夫婦合著的一本書《興盛與危機》中，提出這個理論。中國是一種觀念、社會、文化高度整合的文明，她的一切都是配套的，她的政治必須整合到她的道德系統之下來治理。金觀濤指出，每一次皇權的擴張、官僚的腐敗，引起民間反抗，農民起義，造成無組織力量氾濫，社會大破壞，原來積累的社會生產力降低到零。由戰亂中殺出來的新王朝，對農民實行讓步，社會很快得到修復，又從零開始，逐步上升到盛世；再從盛世很快到末世，社會再一次被打碎。如此循環下去。到一八四〇年以後，面對海上來的文明挑戰，它的破碎是不是還能再修復？

31. Arnold Toynbee（一八八九—一九七五），英國歷史學家，其十二巨冊《歷史研究》，涵蓋世界二十六個主要民族之文明興衰。

他的觀點背後，還是指出要尋找打破「超穩定結構」的途徑，打破這種無益的朝代循環，中國要走多元化的路。他這個理論，據說是用「三論」（系統論、控制論、資訊理論）轉化過來的。

麥：對長城、龍、黃河這些象徵，一直有一套既有的解釋，而《河殤》提出了新的解說，這使批判者很惱火。對這個問題你們怎麼解釋？

蘇：這些象徵物，其實都是一些圖騰，中華民族是一個偏愛符號的民族。就像你說的，我們不過是對這些符號、圖騰，提供了一番新的詮釋，其實也並不新，而是被主流話語的霸權詮釋壓抑了、掩蓋了，大家從來沒那麼去想過，被我們一說出來，居然非常的驚世駭俗，我們不過是解構了霸權話語，所以《河殤》的這一塊，其實有點像現在開始流行的所謂「解釋學」[32]。我一個個地講。

龍和黃河是一個東西，龍不過是黃河的一個符號，一個圖騰。在中國，不論是教科書也好、宣傳品也好，都告訴我們：黃河是中華民族的母親，她永遠賜予你生命、幸福、這個、那個。再往更早梳理，抗日戰爭時期，又拿黃河做民族精神的象徵，如《黃河大合唱》。黃河成了一個神聖不可侵犯的偶像。可是它另一面的含義，完全被遮蓋了，那是一些完全相反的意義。黃河自古氾濫成災，在下游形成懸河，一決口就是天下塗炭，毀滅性的。我在河南生活了很久，我到黃泛區採訪過，我也寫過一篇描寫黃河治理的報告文學。我熟知黃河兩岸人民對它的恐懼和敬畏，一種無奈。所以黃河在這一面是一個暴君。更重要的，是人民對它又恨又愛的態度，一種精神分裂的文化，而且你可以聯想一下，中國人對很多大事物、大權威、貌似神聖的東西，都持這種心態。

那麼龍呢？其實它是一個複合圖騰，多重含義疊加在一起的怪東西。前面說了，它有一義與黃河重疊。第二義更經典，它是皇帝奉天承運的符號，做皇帝是「登龍位」，「真龍天子」嘛，代表最高權力。第三義最奇怪，它獲得中國人的「種族認同」，所謂「龍的傳人」，這老東西什麼時候忽然成老祖宗了，還不大好考據呢。最近的記憶，好像就是八〇年代香港歌手張明敏，把台灣歌手侯德健寫的一首歌〈龍的傳人〉唱到中國大陸來，這種認同就流行起來了。一些敏感的學者一開始就意識到它的負面性。例如一九八八年三月二十一日上海《世界經濟導報》發表戴晴〈中國不再是龍——訪嚴家其先生〉一文，引用嚴家其說法：

> 張牙舞爪、金碧輝煌的龍的形象給我的直覺仍然是皇帝的權威或不受限制的權力的象徵，就算把它說成是象徵了中國文化，也是傳統中屬於糟粕的一部分。把一個以高度民主、高度文明為目標、正奔赴現代化的共和國比做龍，我感到很不恰當。中國不是什麼龍！

---

32. 又稱詮釋學，Hermeneutics，解釋和了解文本（社會文本）的哲學技術。

我們為什麼只嚮往做「龍的傳人」？以為大家都是「龍的傳人」就萬事大吉？海峽兩岸、包括遍布世界的中國人的共同基點只在龍？且不要以為大肆宣染「龍的文化」和「龍的傳人」就是為中國的統一做出了貢獻，中國一定會統一，其前提在於整個中國的文明進步、民族富強。

嚴家其是政治學家，他極清晰地從「龍」表面堂皇的民俗含義中，剝離出被掩蓋著的兩個隱晦的政治含義：不受限制的權力和統戰工具。關於「龍認同」，他特別指出其所含「偏離世界文明發展大道」、「將自己處於世界特殊地位而不是人類大家庭一員」的種族優越感意味，這一點，要比《河殤》深刻。但是嚴家其此說，因為發表在報紙上，其影響遠不如以電視傳播的《河殤》。海外華人楊振寧（物理學家），就指《河殤》「是個大錯」。（從八〇年代的「龍認同」，可以一路梳理到今日氾濫於中國的民族主義、愛國主義、大一統、偶像崇拜。這四樣，因背離普世價值，恰成專制統治的隱形支點。——作者增補）

嚴家其（右前）：「我們為什麼只嚮往做『龍的傳人』」？左一為趙紫陽。

至於長城，其實是一個很淺近的圖騰，在歷史上找不到什麼描述。對它大概只能追溯到抗日戰爭時期，它成為從歷史上借來的「抵禦外寇」的一個符號。可是如果你梳理一下歷史，會發現完全不是那回事，是個錯覺。滿清八旗就是踏破長城，滅了朱明。這個明長城，還比早先那個秦長城，退縮了一千華里，哪裡談得上「抵禦」？黃仁宇說「十五英寸降水線」是農耕文明的邊界，正好跟明長城重合。最妙的是，一部關於長城的電視片裡，又在陝西的長城拍到了「華夷天塹」四個字！謝選駿寫過一本書《神話與民族精神》，其中分析長城，剝離它的精神是「保守防禦」。這並不是說，我們主張擴張、侵略，而是說中華文明對挑戰的應對，是防守型的。

王魯湘在引入選駿的觀點時，又表現出異常謹慎的學究氣。他翻閱了大量關於萬里長城變遷的考證史料，對比了秦長城與明長城在建築時的截然相反的動機和時代背景。他其實還在遵循著「大膽假設，小心求證」的治學態度。當我告訴他，史學家黃仁宇有一驚人發現：原來長城恰與十五英寸降水線重合，從而證實了李約瑟論斷長城是農耕民族的最後疆界時，魯湘似乎並不激動。忽有一日，他如獲至寶地大聲叫道：「夏駿，趕快去借一部新拍的長城電視片，我從那裡看到陝西紅石峽長城上有『華夷天塹』四個字，真是鐵證如山。」——〈龍年的悲愴〉

麥：還有一個令人驚訝的是，《河殤》大談中國歷史，卻沒有給予中國革命很高的評價。你們把它當作中國歷史上歷次動亂中的一次，而當局竟然允許你們這麼講，為什麼？

蘇：「文化熱」有一個特點，就是盡可能不去招惹制度問題，《河殤》其實要算一個例外，我們是用曲筆。比如你剛才說的那一點，我們在講述中國的歷次農民起義時，朦朧地提了一句共產黨，明眼人一看就知道，它不過是農民起義中的一種而已。曲筆之二，我們諷刺了延安那個寶塔，暗示共產黨和秦王朝一樣，是從西北興起的一股勢力。說延安，我們也不直接批評，而是從道德上說共產黨「忘本」，你來自黃土地，卻把黃土地拋棄了。這刺痛了那些從延安出來的「革命老前輩」。

我們把延安放在「黃土高原」裡講，是雙關的含義，你這個農業文明枯竭了、你這種制度也危機重重。從農民起義講「階級鬥爭」的惡性循環，貪汙腐敗、道德瓦解，特別是在開封拍攝到劉少奇死難處的那一幕，我們花了不少力量，很多觀眾哭就哭這一幕！

一陣抽泣傳出，莫言哭了

後期視覺處理的編輯、剪接鏡頭，由編導夏駿率領一個班子沒黑沒夜地趕工。我雖然採用了「大象徵」手法，使解說詞富有畫面感，但如何用一套視覺語言來表現這些大象徵，則完全要靠夏駿的本事。夏駿的碩士導師、中央戲劇學院教授田本相寫了一篇〈《河殤》論〉，對他的得意門生頗為誇讚：

《河殤》畫面構思的特點之一，就是追求同《河殤》的主題、基調、情緒的整體和諧，而不只是局部的同步跟隨……。為了尋找同具有理性的解說語言的匹配，在畫面上採取了「模糊表達」的方式，即用大體相對應的但又是非確定性的畫面表達抽象的思想；有時是象徵性的，有時是隱喻性的。[33]

夏駿後來接受《中時晚報》記者郭力昕採訪時，對此說得更為具體：

當初，我很懷疑這樣大規模的撰稿方式是否能「電視化」。一般製作這類電視片都是先拍好了影片資料，再根據已有的影片配寫解說詞。我決定盡量不讓撰稿人改動解說詞去配合畫面，而是自己絞盡腦汁，以象徵隱喻的畫面來配合文字，並且想辦法以影像和音樂去再創造，去進一步豐富文字的內涵思想。

為此，我常因其中一句文辭的視覺處理而苦思，並反覆調整構想，以索求涵義最飽滿的視覺內容。例如，第一集〈尋夢〉中有句「文明衰落了」，如何處理這句模糊、抽象又具有批判意味的語言呢？我先想到圓明園廢墟裡的一堆石頭，隨即感覺這個畫面的概

33. 田本相〈《河殤》論〉，《河殤論》。

念過於老套了，之後，我找到了長城一處廢墟枯草的影像，又嫌太具體了，意思平鋪直敘，未能與文字的含義同步。

最後，我將「文革」的大標語畫面，疊印犁頭耕地的特寫鏡頭，顯示了一種衰落了的農業文明的悲劇結局。這種時空的自由跨越，本來屬於電視的特長，但傳統紀錄片忽視了對這種能力的發掘和利用。[34]

文字盡可信手拈來，任你天花亂墜，影像資料卻不然，王魯湘描繪了夏駿他們「眾裡尋他千百度」的那種艱辛：

幾位資料編輯，尤其計冰和吳曉波（他們一位是林業部的，一位是北京廣播學院的），翻遍了北京所有資料庫（中央電視台的資料翻了兩遍）和圖書館，抱回幾十盒錄影帶，往往只能挑出幾個鏡頭。為了選出最理想的資料鏡頭，真正是大海撈針。如布哈林肖像，找遍了一切公家資料館與圖書館，不是沒有就是不中意，最後由社科院介紹到中央編譯局研究布哈林的專家鄭異凡家裡，從他的私人藏書中找到了這個還布哈林本來面目的肖像。第一集作為〈尋夢〉片頭的龍和其中一些中國歷史與故宮的鏡頭，甚至第五集〈憂患〉中毛、劉、周開國務會議的鏡頭，都是從將要抹掉的舊錄影帶中偶然地撿回來的。由於時間太緊，實際上到《河殤》開播時，我們只剪輯出兩集，剩下的四集是邊播邊剪輯的。夏駿在最後剪輯的一個月裡，天天晚上工作到凌晨，每天晚上就睡在剪輯機房的地板上。[35]

這裡再交代一下，後期製作中片名從《大血脈》改成《河殤》的來由，這是王魯湘的靈感，他這麼解釋：

> 《大血脈》是個暫定的片名。後來要剪片頭了，必須拿出正式片名。此時曉康已去廬山寫長篇紀實文學《烏托邦祭》。夏駿將取名的事交給我。我也無奈，只好請來選駿。兩人關在屋裡，桌上擺上卡片和筆，說想不出名來不出屋。卡片上記下了不下十個片名。最後定下我想出來的《河殤》。關於片名我不想做太多解釋，不過我希望人們不要死摳字義。[36]

其實，魯湘當時心裡怎麼琢磨的，並不重要；但他無疑極準確地捕捉到了一九八八年的中國靈魂，一個「殤」字，凝聚了多少惆悵，又豈是它的古意所能涵蓋的？而《河殤》一旦

34. 郭力昕訪《河殤》編導夏駿，原載一九八八年九月十一日《中時晚報》。
35. 王魯湘文，同前。

進入歷史長河，就有了她自己的生命。

魯湘提到先剪出的那兩集，是〈尋夢〉和〈憂患〉。有了它們，夏駿琢磨如何過送審關。他計畫請中央電視台的台長們、總編室和電視劇部的編輯們來，搞一場預演，也邀幾位文化界「名士」到場，這些人開口說幾句，氣氛和調子就定局了。夏駿和我去接來金觀濤，製作初期聘請他做《河殤》顧問的情形我曾寫過：

> 記得我們搞出腳本後去拜訪金觀濤、劉青峰夫婦，邀請他們參與時，夫婦倆都面有難色。他們恐怕也是不相信電視能搞菁英文化的。我當時心裡著急，衝口激將了一句：「金先生，您如今也是名播海外，著述甚豐，但不知道您想過沒有，您那個『超穩定結構』說，中國有幾人知曉？如果到電視螢幕前對著幾億觀眾，您親口說上幾句，那會是什麼效果？」
>
> 金觀濤眼神裡顯出了掩飾不住的興趣。——〈龍年的悲愴〉

夏駿要接下一位「名士」，叫司機朝後海方向駛去，開到總參謀部那一大片樓群附近。這是接誰？我有點納悶。夏駿狡黠地笑笑。在一間單身宿舍裡，坐著一個黑臉矮墩的軍人，原來是莫言，《紅高粱》的作者，正當紅呢。我不知道夏駿怎麼會認識他？而我也才知道，解放軍總參謀部居然也養著一位專業作家。

中國有所謂「專業作家」制度，每個省都有，幾位十幾位不等，通常從省的「作家協會」領工資，表示國家的一種承認，一種待遇，未入流者便是「業餘作家」，等而下之；而幾乎每一個大軍區（不是省軍區），都至少養著一個「專業作家」，通常也是全國知名的，每一個軍種（比如導彈部隊、武警部隊）也養一個。這大概是「延安精神」順延下來的一種「傳統」，如丁玲所言「黨管作家」，而小說是「革命文學」。但是總參謀部這樣的最高軍事指揮系統也養專業作家，我是那次接莫言去開會才得知的。我問莫言怎麼單身住在這裡？「老婆孩子都在山東農村哩。」他很直率地回答。那個時代，作家的知名度和影響力，不知為啥要高出其他名流幾分，常常比影星歌星、哲學家之流更唬人。莫言當時尚青澀，名氣剛剛竄起。接來他，我們的預演就開始了。

「你曉得，天下黃河幾十幾道彎……。」高亢的開場曲起時，燈暗了……；片尾音樂起時，燈又亮了，場內一片靜默。人們還沒從驚悚中掙扎出來。難挨的沉默中，一陣抽泣傳出，眾人皆尋聲去找，竟會有人哭，哭者是誰？原來是莫言！我看到他抹了一下眼睛，示意讓別人先講。好像金觀濤先大讚幾句；莫言平靜了一會兒才說如何受感動。沒人知道他是真的動情，還是為了幫夏駿。但中央電視台領導們已經看懂了，又有一部片子要轟動天下。

---

36. 王魯湘文，同前。

十一、龍年：《河殤》震盪

最叫我感動的是中學生們，南方有個應屆的高中生給我來信，說他爸爸一向不准他看電視，怕耽誤學業考不上大學，「最近爸爸一反常態，忽然批准我看一個節目，原來是《河殤》」。一些偏遠地方的農村高中，全班集體給劇組來信，說他們看不全六集，老師就在課堂上給他們朗誦報上刊登的解說詞。河南有個農村高中生，村裡沒有電視，每週二、五跑很遠的路到外村去找電視機，往往深夜而歸，村裡人都說他「瘋魔」了。……——〈龍年的悲愴〉

全國播放三遍，觀眾一億人

麥：有人說《河殤》在中國引起的轟動，是中國電視傳播史上僅見的。蘇先生，你是總撰稿人，並因此而遭政府通緝，流亡法國。請介紹一下播出情況和各界反應。

蘇：《河殤》是一九八八年五月底由中央電視台播出的，每星期播出一集，六集一直播到六月底。播出時我已到海南島去參加一個筆會。播到第四集〈新紀元〉時，中央宣傳部發出一份〈內部情況〉，對前四集提出質疑，主要是說我們批評了列寧，讚揚了普列漢諾夫的觀點；還有我們批評中國教育的落後，等等四五個問題。

這份〈內部情況〉有個背景：《河殤》播出時，教育部正在北京召開一個大學校長會議，大家都留意看了《河殤》。部分校長認為，這部電視片會對學生造成衝擊，有可能引起另一場學潮。八六、八七年之交，中國不是爆發了一場全國性的學潮嗎？它被強壓下去了。這些校長們就打電話給政治局常委胡啟立，說「這部電視的社會效果可能不好」，胡當時分管文教宣傳。胡一聽，他還不知道什麼是《河殤》呢。他馬上給廣播電視部長艾知生打電話問：「什麼是《河殤》？講了什麼東西？有人打電話告訴我，它會造成不好的社會效果。」艾知生也沒顧上看《河殤》呢，他馬上把導演夏駿叫了去問：「怎麼回事？已經引起上面關注了，是不是馬上停播？」夏駿給我連發三封電報，稱「大事不好，速回京！」那時我已離開海口市到外面去轉了，一個禮拜後回到海口看到電報才打電話給他，他卻說事情過去了。怎麼過去了呢？原來，夏駿很聰明，他對部長說：「這個片子的確轟動，街談巷議，要是現在中途停播，可能造成的效果更壞。不如把它播完之後，你再徵求各方面意見，向上面彙報。」艾知生同意這個意見。後兩集也播出了。

片子播完，不到一個星期，中央電視台收到兩千多封觀眾來信，絕大部分來信說：我們沒看到前幾集，要重播！——中央電視台播這個片子沒有做任何廣告，播出頭兩集時很多人都不知道，是聽別人說了，才去看的，人們互相傳誦到第三集才真正引起了轟動。中央台不作預告試探反應。一般他們是大做廣告的，比如電視劇《紅樓夢》、《西遊記》。但《河殤》沒有廣告。絕大多數觀眾來信是讚賞，少數認為政治傾向有問題，也有的學者對觀點表示疑義。

《河殤》播完，部長艾知生指示中央電視台總編室馬上召集兩個座談會：一個是以電話號碼隨機抽樣的方式邀請一批觀眾；另一個是中央廣播系統的三大台——中央電視台、中央廣播電台、國際廣播電台的負責人座談會。兩個座談會分別在廣電部大樓的兩個會議室同時召開。觀眾那個座談會反應很好，都要求重播；另一個座談會就有不少批評，與會者都是黨的宣傳人員，他們的意見和中宣部的〈內部情況〉差不多，說有一些問題提得不夠穩妥啦，有的部分有影射的嫌疑啦，在理論上有許多問題是這兩年爭論很大又沒有結論的啦，等等，總之，他們認為不能再播了。

正在座談的時候，艾知生大概是從中南海回來，他先去了幹部的那個座談會，拿起討論紀錄一看，很快就發言：「你們的看法不對，現在看來《河殤》這個片子是為改革鳴鑼開道的，怎麼評價都不過分。」還說：「它提出了很多新觀點、新的思想，可以對人民有啟發，也有爭論。我們應該多拍這樣的片子，對改革有好處嘛！」座談會上的很多幹部一聽都懵了：艾部長今天是吃錯藥了還是怎麼的？他從來不是這種態度！後來聽說，他是先到中央書記處去，胡啟立向他傳達了趙紫陽的意見，「《河殤》是為改革鳴鑼開道的」，這句話是趙紫陽說的。

全國各地對《河殤》的反應十分強烈。播完這個片子的時候，正好學生放暑假了，中國大中小學在七月至八月底放暑假，武漢團市委在暑假搞了一個大學中學生的「《河殤》周」

活動，辦了個大型討論會，老師、學生都就這個片子提出的問題作準備，然後發言；總撰稿人之一王魯湘被邀請前往參加了開幕式，並報告了《河殤》的製作過程。廣東也搞了一個《河殤》活動，他們稱為「藍色行動」，有一百萬人參加，都是年輕人。

在北京，中央電視台、《文化報》、中國電視學會、《人民日報》，四家聯合搞了一個座談會，嚴家其、金觀濤都參加了，有一個「紀要」。他們認為，《河殤》提出了一些值得深思的問題，提出了改革的困境，會產生一次比較大的衝擊。

我們前後大概收到好幾千封信。這些來信，後來都交給一個搞社會學民意調查的課題組去做分析，可惜後來《河殤》被封殺，分析結果沒做出來。來信各個階層都有，大學教師、大學生、機關幹部、軍人、公安人員、武警，都有。軍人來信的，級別也不低，有團長、政治部主任、連排長，也有士兵。

蘇曉康在《河殤》演播室。

我記得，北京市公安局黨委下了一個紅頭文件，組織全北京市幹警學習、討論《河殤》。他們派了一個宣傳處的幹部，到我家裡來找我，要我去市公安局給中層以上幹部講話，做學習《河殤》的輔導。我說我去不合適，他說：「我們政委說你應該去！」我還是拒絕了。

所有的反應都非常強烈。對學生尤其中學生，衝擊最大，《河殤》對許多他們以往聽慣了的概念，像黃河、龍、長城這些大的象徵，提出全新的解釋，跟書本上的解釋完全不同。有的農村中學，根本就把語文課停掉了，改學《河殤》解說詞。我收到河南一個縣的高三全班學生的來信，說老師給他們講解《河殤》，而他們正要高考，所有課都停了，正在總複習階段。

麥：《河殤》播出時，國內幾家大報紙都刊登了解說詞，這當然有利於人們認識理解《河殤》。誰讓他們刊登的呢？

蘇：這個，我事先做了點準備。在播出前，我把六集解說詞，分別給了《人民日報》、《光明日報》、《中國青年報》各兩集，給他們的副刊。《人民日報》副刊的藍翎，就是五七年被毛澤東點名批判、打成右派的紅學家，這會兒他是副刊的主任，他說，第一集我發，第二集就算了（他後來被撤職）。我就把第二集給上海《文匯報》。結果電視一播出，他們就這樣發了，《人民日報》最早發的。後來《經濟日報》乾脆把六集都發了一遍。各報都組織版面討論，《中國文化報》乾脆闢了一個專欄，一天一大版，肯定的和批評的文章都發，一時間，《河殤》成了一個社會的焦點。開始只是一般讀者在談觀後感，後來學者、專家紛紛加入討論，這就發展成了輿論界、學術界的一個焦點。

八月中旬，中央電視台請示胡啟立，可不可以重播《河殤》？趙紫陽說：我看，可以重播。所以八月十五日開始重播，這一次比較密集，一天播兩集，天天播。短短兩個月內，中央電視台在黃金時段兩度播放同一部系列片，從來沒有過的事情。同時呢，各個地方電視台，也不跟中央台打招呼，就自己錄下來，又轉播一遍。所以《河殤》在很多省，播了三遍；也有播四次的，像廣州，它有市電視台。後來我們了解，只有北京市電視台沒有轉播；六四以後，北京台批《河殤》最積極，每天播一段《河殤》批一段，實際上是「再度傳播效應」，變成又重播了一遍，說明北京市委那些人根本不懂傳播學。……

《河殤》鬧到中央全會上

《河殤》有一場高層纏鬥，九〇年我在巴黎接受麥港、伊莎白夫婦訪談時，也談了的；但那時很多內幕未公開。現插入一節，根據新公開的史料來談這一段，高潮起伏，很精采。

一九八八年九月，可說進入了「《河殤》月」，因為那個月發生了好幾件事，都同這個片子有關。

先是楊尚昆、李先念、趙紫陽、李鵬的祕書，都打電話給中央電視台，要調片子看。中央電視台緊張了，又打電話去跟蹤「首長觀後感」。據說，兩人有反應，兩人不吭聲。有反應的，一是楊尚昆，他的祕書說，首長看了以後說：「很好嘛，全軍幹部戰士都要看《河殤》，解放思想。」再一個是趙紫陽，他的祕書對中央電視台說：「總書記看完以後，只說了一句：幹啥罵老祖宗呢？」沒有任何回應的兩人是李先念、李鵬。我們聽到這個結果，很驚訝，因為這個最初的高層反應，跟後來事態的發展，有點不搭界。

九月十七日，新加坡的李光耀到訪，趙紫陽接見他時，送了一件禮物，竟然是一套《河殤》錄影帶。據說趙紫陽對李光耀說，聽說新加坡非常重視儒家文化，我們這裡最近出了一部電視片，是批評儒家的，送給你作參考。「新華社」對此專門發了〈動態清樣〉——這是最高級的參考消息，發的範圍極小。

幾天後，王震的祕書打電話把《人民日報》總編輯譚文瑞叫去了，電話裡說「王老看了這個片子很氣憤」，但接電話的人聽成了「很興奮」。所以譚老總去的時候很輕鬆，誰知到那裡聽了王震一通大罵。當時王震正在看《河殤》，他們一進去，祕書就說：「我們王老已經看了第九遍了。」誰來他就拉著誰一起看，看完就罵。

譚文瑞回來後寫了一個〈情況通報〉。王震對他說：「《河殤》片子把我們的民族一頓臭罵，把中國共產黨一頓臭罵，把公有制一頓臭罵，實質上是主張搞私有制的。它說我們黃種人的人種不好，連我們的女排也罵。」

王震還說：「如果中央稱讚，黨的總書記稱讚，我也不稱讚，無非是開除黨籍。這次我就要講話。堅持四項基本原則不是空的。政治運動不搞了，但是思想政治工作和意識形態領域裡的鬥爭不能放棄。否則，你不去運動人家了，人家來運動你。」據說，王震這是衝著趙紫陽說的，因為他看到〈動態清樣〉了。

王震又說：「現在輿論工具對《河殤》的評論是一面倒，全部叫好，不見對立面。建議你們找幾位馬克思主義歷史學家寫文章。這場筆墨官司一定要打。這關係到我們中華民族子子孫孫的精神支柱問題，關係到我們走什麼道路的問題。」

第二天，王震率中央代表團去銀川，那裡有一個寧夏回族自治區成立三十周年的慶祝活動。在銀川王震也說：「我們寧夏瀕臨黃河，黃河是我們中華民族的發祥地。而一些所謂學者，把黃河罵成有百害而無一利。」《寧夏日報》也刊登他對《河殤》的批判。

九月二十六日，十三屆三中全會在北京舉行，三十日上午會上發生了一件事，又跟《河殤》有關。這事的經過，從二〇〇九年在香港出版的趙紫陽回憶錄《改革歷程》可看出一些端倪：

李先念在掀起倒趙風當中是非常賣力、非常積極的，扮演了一個組織者的角色。他既站在前台，又是後台。在一九八八年九月份十三屆三中全會時，本來要通過一個關於治理整頓的公報。這時王震突然發難，慷慨激昂地提出《河殤》問題，要中央表態。當時我把他應付過去了。事後葉選寧[37]告訴我，王震在他面前大罵鮑彤，說鮑彤是個壞人，《河殤》就是他支持搞起來的，並且說，這是李先念告訴他的。這完全不是事實。鮑彤根本沒有接觸過《河殤》，也從來沒有向我談起過《河殤》問題。看來王震講話可能還有保留，李先念講鮑彤問題實際上就是講我，暗指《河殤》是我支持的。也可能王震本人對《河殤》就有看法，李先念藉機把《河殤》同我聯繫在一起，挑動王震對我的不滿。從王震口中知道，說鮑彤支持《河殤》，李先念為了挑撥一些老同志對我不滿，不惜造謠。「六四」以後，報紙上公開對我批判時，《河殤》成了一個大問題。很多東西完全是無稽之談。說我支持《河殤》，下令複製了多少錄像帶分發全國，還說我壓制對《河殤》的批判等等，完全不是事實，是造謠。

王震「慷慨激昂」了一番什麼，連我都非常感興趣，所以不妨多引一點資料。以下文字，不管今天你讀不讀得出荒誕，它確實出自《王震傳》（二〇一二年十二月出版）的一節〈王震鬥《河殤》〉：

一九八八年九月二十六日至三十日，中國共產黨十三屆三中全會在北京舉行。三十日上午，這次會議的各項議題都已結束。在即將宣布全會閉幕前，中共中央總書記趙紫陽在主席台上例行詢問大家還有沒有什麼事？就在此時，一個洪亮的濃重的湖南口音在會場迴盪：「我來講幾句！」大家順著聲音尋去，只見在台下前排就坐列席會議的王震「騰」地站了起來，異常激動地說：

「看了《河殤》傷了我的心……傷了中華民族的心。《河殤》把中華民族誣衊到不可容忍的地步！

《河殤》從龍說起，說我們黃種人不好，說黃種人自私、愚昧，一連十二個黃字。

趙紫陽總書記在十三大的報告有一個鏡頭。但後頭是講的改革呀，改革呀。」

一提到《河殤》中鼓吹的那種「改革」，王震更是無法遏制心中的怒火，他接著尖銳地指出：

「照那樣改，改到底，再過五十年啊，就回到一八四〇年鴉片戰爭那個年代！

為什麼這樣的壞東西能夠出很多書？

我堅決反對這個，要求向中央報告！」

王震大義凜然的話語如金石擲地，在人民大會堂三樓小禮堂會場裡迴盪。當他講完話的時候，一陣熱烈的掌聲捲過會場上空。但是，趙紫陽卻支吾其詞，迴避問題的實質，搪塞幾句就匆匆宣布散會。

一九八八年九月底，王震在中共十三屆三中全會上批《河殤》，右為習仲勛（習近平之父），表情唐突。

37. 葉選寧，葉劍英次子。

事後傳說，那天全會上的中央委員們，絕大部分人沒聽懂王震在講什麼，也可能是他老了，口齒不清；也可能是他講的湖南話很土，別人很難懂。他一講完，趙紫陽說：「《河殤》這個問題，不是這個會議的議題，明天就是國慶日了，也沒有時間，我看以後再找機會吧。」這就是趙紫陽對王震的應付。

文化震盪與政治陰謀

蘇：到了一九八八年底，要開第五次全國文代會，籌備組請示胡啟立，如果記者就《河殤》問題追問黨的文藝政策，怎麼個口徑？胡啟立說，你們可以這樣回答記者：《河殤》是一個文藝作品，根據文革的教訓，中央早已作出決定，中央不介入文藝作品的直接評價，從此再也不判斷什麼「香花」「毒草」。文藝作品，應該讓文藝界、評論界自己去討論。至於說黨內有人對《河殤》提出意見，只代表個人，不代表中央。中央對《河殤》這個問題，不再發表意見，到此為止。後來在文代會的記者招待會上，果然羅馬尼亞的記者提出了這個問題。吳祖強（作曲家，戲劇家吳祖光之弟），他是全國文聯黨組書記，就按照胡啟立的意思回答了。

另據香港《文匯報》記者劉銳紹一九八八年十一月一日報導：

靈通消息透露，在第五次「文代會」即將召開之際，中共中央領導方面對有關文藝工作提出了三條意見。這三條意見是，一、有關對文藝作品的評價，應由文藝界、理論界等自己討論；要創造一個和諧、開放和穩定的創作氣氛；二、領導人不宜對文藝作品提具體的意見和批判，因為這會引起敏感的反應；三、最近有關《河殤》的評論，包括上層的意見，不作為中央文件向下傳達。這些意見是根據最近一段時期的文藝界反應而提出的。

胡啟立也通過中央電視台，以及我所在北京廣播學院黨委，通知我們幾個《河殤》撰稿人，他說，《河殤》這個問題，我們有壓力，希望能淡化。他的意思也就是，他們罵就讓他們罵，你們不要去回應，不要再刺激他們。我們學院的黨委書記，就找我傳達了。我婉拒了很多邀請。但王魯湘、遠志明他們不屬於廣播電視系統，他們還是到全國各處去講《河殤》。

麥：從國內報刊的言論分布上看，主張中國開放變革的知識分子，基本上同意《河殤》的觀點。《河殤》播出時，我們在美國，那裡的中國留學生舉行《河殤》討論會，對這個片子的觀點，基本上也是讚賞的。能不能說，你們的觀點在大部分知識分子當中很有代表性？

蘇：我是這麼看。到了九、十月間，就開始有一些批評的聲音出現。我記得最早是《中國青年報》發表一篇文章，說《河殤》是「繞過現實問題的險灘，去鞭打祖宗。」我們的確是「鞭打祖宗」了，但從王震等老人的反應來看，我們哪裡「繞」得過「現實險灘」？在一些民間的沙龍裡，有人也提出一個看法：《河殤》是把對共產黨的批判，移情到對傳統的批判。我們也在各種沙龍裡和他們爭論。

《河殤》在香港、台灣也反響強烈，因為以前沒有人這麼談文化，驚動很大，像牟宗三這樣的「新儒家」也出來發表意見。另一方面，港、台的一些學者對《河殤》提出的批評，也是將政治移情文化。但是，當王震出來批《河殤》，港、台學界又轉而支持《河殤》，他們的觀點是，要充分肯定《河殤》呼喚改革、批評共產黨的姿態，但也要指出它對傳統有偏見。最近我去了一趟台北，知道他們開了很多次《河殤》座談會。

台灣小說家季季，八〇年代曾主編《中國時報》「人間」副刊，她也回憶了將《河殤》介紹給台灣讀者的情形：

> 蔣經國去世兩周前，一九八八年一月一日，台灣開放大陸探親，冰凍四十年的海峽開始融動；尋親、返鄉、大陸熱，成為島嶼主旋律。那年七月，在新加坡擔任《中國時報》駐東南亞特派員的徐宗懋寄來一袋文稿，內有上海《文匯報》刊登的《河殤》解說詞和金觀濤、何西來[38]等大陸學界人士對《河殤》的評析。我打電話去道謝時，宗懋滔滔不絕說著抨擊中國傳統文明的《河殤》紀錄片在北京中央電視台播出後的強烈震撼。八月

《河殤》解說詞在「人間」副刊發表，也引發了熱潮震盪，我還邀柏楊、張炎憲、席慕蓉、蔣勳及研究聞一多的新聞局長邵玉銘等人撰寫讀後感，配合金觀濤等人的文稿，製作了「兩岸看《河殤》」專輯。後來陳曉林的風雲時代出版公司，透過香港三聯書店取得蘇曉康等人的授權，《河殤》在台灣發行了七十幾版，賣了十幾萬本。據說大陸銷售量更為可觀，但八九年春天即被禁下架。[39]

在國內，戴晴替夏衍[40]帶了句話給我，說他們本來是要站出來，對你蘇曉康關於傳統的說法，批評幾句的，但因為王震這樣罵《河殤》，他們就不方便說了，也不打算說了。本來，在國內應該出現對《河殤》的正常討論的，我們寫《河殤》就是想引起爭論，通過爭論，讓老百姓也對文化、傳統這些「象牙塔」裡的問題感興趣。但是，王震一下子把《河殤》變成了一個政治問題、反黨問題，民間的討論就沒法再進行下去了，十分可惜。

麥：六四以後，有一個難解的現象：從當局發表的文章數量來看，似乎格外重視《河殤》，對異議領袖人物的批判，如嚴家其，當局發表了兩篇大批判文章，批判萬潤南的一篇，連批判趙紫陽的文章也有限。對《河殤》，則發了數不勝數的批判文章，沒有一份大

38. 何西來，中國社科院文學所副所長。
39. 季季〈河殤之殤〉，二〇〇四年十月二十六日《中國時報》「人間」副刊。

報不批的，《北京日報》還搞了個「河殤百謬」，一天一篇，經久不息；你也說了北京電視台，是一天批一段《河殤》。你怎麼解釋這一現象？

蘇：這當然主要是中共的一個意識形態特點，特別重視所謂「輿論」，《河殤》提供了一個現成的「輿論樣板」，他們幾乎是克制不住地要過一過「批判癮」。

不過，背後還有一些具體的政治原因，我可以講一講。

在《河殤》已經引起討論時，大概九、十月間吧，楊振寧、李政道兩位美籍華裔學者（曾合得諾貝爾物理獎），分別跟媒體談《河殤》的偏頗；據說王震受到啟發，找林默涵[41]、陳湧[42]等「馬克思主義文藝批評家」，要他們寫文章批判《河殤》，這個陳湧曾跟劉再復論戰過，他們的批判當然是把「全盤西化」說成「崇洋媚外」、配合西方「和平演變」這一類的水平。他們的文章寫出來，題目叫〈《河殤》宣揚了什麼？〉，署名「易家言」，投給《人民日報》。《人民日報》大概覺得文章像「大批判」，不好處理，就上報給中央書記處，趙紫陽就把文章壓下來了。

六四鎮壓後不久，《人民日報》發表了「易家言」的文章，並加了編者案語，說這篇文章是被趙紫陽扣壓的。緊接著，八月五日發表了第二篇大文章，題目是〈《河殤》的「新紀元」和趙紫陽的「不介入」說〉，一大版，我是在逃亡途中看到報紙的。它說了什麼呢？因為《河殤》第四集〈新紀元〉裡，我們是突出了一下趙紫陽。我們是故意這樣做的。因為當時趙紫陽正處在困境中，改革也處在困境中。八八、八九兩年，中國的局勢非常複雜，主要是鄧小平搞「反自由化」，廢黜了胡耀邦以後，選趙紫陽做總書記，他馬上成為老人幫的眼中釘，黨內高層也掀起一股「倒趙風」，是一個典型的政治陰謀，後台是李先念，急先鋒是王震，緊跟的是姚依林、李鵬這夥人。第四集〈新紀元〉是專門講經濟、市場、所有制這些問題的，所以我們就在裡面特別突出了一下趙紫陽，其實就用了一個鏡頭：一九八七年十月二十五日中共十三大上趙紫陽做政治報告。這是一個很著名的鏡頭，但是在一九八九年已經變成一個很敏感的鏡頭了。王震對《河殤》惱火，也跟這個鏡頭有很大關係。它甚至成了人們誤會《河殤》是奉趙紫陽指示拍攝的一個根據。這就是電視語言，讓人可以一看就懂，並且傳播力度最大化。

麥：你覺得他們批《河殤》，就是為了批趙紫陽嗎？

蘇：對。《河殤》一部電視片，變成一個政治問題，就是為了打擊趙紫陽。

麥：是不是還有另一個因素，就是《河殤》在青年人和激進的知識分子當中影響太大了？

答：嗯，《河殤》風波期間，因為趙紫陽是總書記，堅持了胡耀邦時期確定的不再干預

---

40. 夏衍（一九〇〇—一九九五），劇作家、中國文聯副主席。
41. 林默涵（一九一三—二〇〇八），中宣部副部長、文化部副部長。
42. 陳湧，文藝評論家。

一九八七年十月二十五日趙紫陽於中共十三大做政治報告，《河殤》收錄其特寫鏡頭，惹惱了王震。

文藝的方針，觸怒了像王震這一類的人；而他對王震的強硬態度，又導致王震遷怒於《河殤》製作群體，六四後非要將我列入通緝名單的，就是王震，民間還有傳說，他聲稱要殺掉我。我不過是一個作家，王震是恨極了趙紫陽駁他的面子，他們之間是政治鬥爭；或者說，中共的改革派和保守派，在《河殤》問題上結了仇。「六四」對決，保守派贏了，自然拿《河殤》出氣。這是一個原因。

你剛才說的那個原因，也有。學界、文化界的人，都是對《河殤》各抒己見而已；但是也有例外，一個叫何新[43]的人，未經正規訓練的一個業餘理論愛好者，政治上很投機，「批判精神汙染」時期，他寫文章批白樺的《苦戀》，沒有報刊肯給他發表，他就寫信給胡喬木，胡便下令《讀書》雜誌發表。何新在學潮期間，對「新華社」記者作了一個談話，說這次學潮的成因，主要是受三種影響：一個叫方勵之的「全盤西化」，第二個叫劉曉波的「文化虛無主義」，第三個就是《河殤》的「反傳統思潮」。這是他直接向黨中央「獻策」，所以「六四」鎮壓後，報紙上稱「自由化思潮」導致了學潮，就是何新出的主意。這個人後來還給中南海出主意，說與其在國內鎮壓異議分子，不如把他們流放到西方去，讓他們的影響在中國銷聲匿跡。

麥：六四以後你們的政治處境怎樣？

蘇：《河殤》有五位撰稿人，我和王魯湘、謝選駿、遠志明、張鋼，先後都遭到通緝，我是第一個被通緝的。當局先公開通緝二十一個學生領袖、三個工人領袖，就是在電視、廣播、報紙上公開發布的通緝令；同時，卻祕密通緝七個知識分子，不上任何媒體，但是通緝令一直發到基層派出所、車站、港口、機場。這些人都是所謂「國家級」通緝犯。七個知識分子是：嚴家其、陳一諮、包遵信、萬潤南、蘇曉康、王軍濤、陳子明。緊接著，北京市一級的通緝令發出，王魯湘、遠志明、謝選駿、張鋼四人都在名單上。

我經香港「黃雀行動」的營救，一九八九年八月三十日深夜逃到香港，九月十四日乘法航抵達巴黎，住進難民營。十月十八日，一位《華盛頓郵報》記者就《河殤》採訪我，我說：《河殤》被禁後，錄像帶當街用壓路機碾碎，有關文字及撰稿人的個人著作，全部銷毀。我的感覺，就是一場二十世紀的「焚書坑儒」。

《河殤》第一次播出後不久，金觀濤在《文藝報》舉行的座談會上，講過一段激情而沉重的話，我權且藉它作為本章的結尾：

---

43. 何新，由胡喬木破格推薦進入中國社科院，為六四鎮壓做辯護，將人權在中國解釋為「溫飽權」等。

目前中國正好碰到了「五四」以後又一個偉大的啟蒙時代，它恰好以電視媒介這一新的形式干預進來了，使整個民族一起通過這一媒介創造新文化，來反省歷史。由此我深感對於《河殤》劇組、對於電視工作者以及想到創造新文化的那些知識分子，有一種很重的責任，因為這是一種大的文化，它直接在影響著歷史和人們的觀念，我們要非常負責，如履薄冰，如果我們再犯錯誤，可能就是歷史性的錯誤。反之，正確的東西，也將會推動歷史的前進。從這點看，《河殤》應該從科學的層次、更高的層次，從歷史對我們的要求上，再來反省我們的工作，看看是否真的站在歷史的十字路口了。就像馬克思講的，站在科學的門口，就像站在地獄的門口一樣。我們是不是具有這樣一種徹底的精神？

第四章　人龍

十二、當代史巨案

此刻，她揣摩了一番美廬電話的口吻：「人在不在？來不來？都要告訴我一聲。」這顯然是命令。她猛地清醒了。

「哦，我還是叫醒他！你立刻給美廬回電話，說少奇同志就來。」

「藥正在起作用，可不要摔倒了！」保健醫生也上來了，囑咐道。這裡的江西省公安廳一位副廳長也上樓了。

門敞開了。已經穿好制服的劉少奇，被王光美攙扶著，拖著腳往外移步，雙目極力欲睜，又沉重地闔上……。

一九五九年七月二十二日深夜十二點鐘，在江西廬山東谷的河西路一二四號別墅裡，劉少奇已經服下安眠藥入睡了，忽然毛澤東打來電話召他去「美廬」[1]。王光美[2]不敢稍有遲誤。保衛人員和祕書，一左一右架著昏昏沉沉的國家主席，夜色下走了二百米赴美廬。上述描寫引自《烏托邦祭》。

一個小小的細節，生動道出毛澤東的霸道、劉少奇的服貼，不是小說家虛構得出來的情節。國家主席與黨主席（二把手與一把手）之間，竟是「伴君如伴虎」的關係，頗令我想起六〇年代那種「灰皮書」[3]裡，史達林與他的副手葉諾夫、貝利亞、莫洛托夫、赫魯雪夫的關係。但又不盡然。正是這個細節，引誘我在《河殤》製作的尾聲，拋下夏駿、王魯湘和整個劇組，趕赴南昌。

廬山迷霧

最初我恰是在廬山聽到這個故事。將它寫成長篇報告文學《烏托邦祭》，已在一年以後。但雲霧裡幢幢西洋別墅，瀰漫著一股殘垣廢墟的幻影，卻在我心裡再拂不去。八七年夏天，江西省大型文學雙月刊《百花洲》，邀我參加他們一年一度的「廬山筆會」，登山遊湖之間，他們的報告文學編輯洪亮，向我介紹了兩位江西作家羅時敘、陳政，並由他倆一路跟我述說五九年廬山會議的種種細節，講得繪聲繪色。

原來他們手裡攥著一個爆炸性的題材。他倆都在廬山工作，一個在旅行社，一個在政府機構，平素裡頗留意上廬山之各色人物的行跡、逸聞，更不要說毛澤東在此召開的兩次「廬

---

1. 美廬，江西廬山的一座別墅，由英國人建於一九〇三年，售予美國傳教士巴利夫婦；一九三四年再由宋美齡買下，並於院內一巨石刻上「美廬」二字。一九五九年中共廬山會議期間，毛澤東居住於此。
2. 王光美（一九二一—二〇〇六），劉少奇第六任妻子。
3. 灰皮書，指六〇年代大陸出版的一批所謂供「內部參考」批判的書籍。

上：劉少奇與王光美。
下：一九八七年夏廬山筆會。洪亮（右一）、蘇曉康（左一）。

山會議」了。那是他倆望眼欲穿的題材，彷彿廬山的一座寶藏。

五九年六月毛澤東突然命令楊尚昆[4]，馬上組織一次廬山會議。楊赴廬山，在江西省委協助下倉促籌備，臨時從全省抽調服務人員上山，無非是招待員、廚師、保衛、司機等。散會後中央首長們紛紛下山，這些人員則全部留在山上，且申明紀律：必須守口如瓶，嚴禁向外界透露關於會議的任何細節。然而一九七〇年第二次廬山會議之後，「第三次」再也沒有舉辦，「神仙會」從此無疾而終。

及至八〇年代，歲月消磨，大家漸漸口鬆起來，你一句我一句，互相炫耀當年自己伺候的那位首長如何如何。羅、陳二人知道機會來了，便分頭向諸如美廬服務員、劉少奇別墅保衛、彭德懷別墅廚師等，採訪蒐集各種零碎細節、一言一語、一餐一飲、一顰一蹙；同時也開始梳理各種有關廬山會議的史料，如回憶錄、紀念文章等。劉少奇服了安眠藥，深夜被架去美廬的故事，便是他倆從當年攙扶者之一的嘴裡掏出來的。羅時敘個子小，能說會道，文革前畢業於江西師範學院中文系；陳政年輕得多，卻很沉穩。他們已發表過不少作品，主要是遊記、散文一類。如今聽他們娓娓道來幾樁匪夷所思的「廬山軼事」，我不禁叫道：

「這麼好的題材，肯定轟動呀，你們還不趕快動手寫出來！」

4. 楊尚昆時任中共中央辦公廳主任。

儘管已在一九八七年，龐大的中共體制及其內幕、歷史，還像廬山迷霧一樣朦朧、沉重、誘人。那也是中國人「政治偷窺欲」最濃烈的時期。新聞出版封鎖、檔案不解密、嚴控黨史鉤沉、書寫禁區森嚴，卻令各種「紅牆內外」、「最後十年」、「真相」、「軼事」等等領袖故事、高層祕辛，如說書、演義之類消遣物在民間流傳，而這在文學界，主要是紀實文學界，乃是一片「未開墾的處女地」。

「老蘇，《百花洲》這次就是請你來談這個題材……。」羅時敘說。

「為什麼？」

「總編輯藍力生認為，我們倆處理不了這麼重大的題材，處理不好就糟蹋了！」

「哦。是很敏感，可是——」

「他們反覆討論，認為駕馭得了廬山會議的，只有一個人，就是蘇曉康。」

但我一向不碰冤案祕聞黨史一類題材。我醉心的現實社會問題都寫不勝寫；再說，我深知中共深鎖檔案的用心與厲害，對下筆能否忠於歷史也沒有信心。記得八六年前後，《人民文學》雜誌有位編輯一次跟我說，主編王蒙最近得到一個線索，山海關機場的空軍人員竟透露，他們當時親眼目擊，林彪根本沒有登上那架三叉戟。這說的是一九七一年「九一三」事件，林彪是從山海關起飛出逃的，若此便是說中共中央關於「林彪事件」的全部說辭，都是編出來哄騙天下的。「你有沒有興趣，去順藤摸瓜寫一篇爆炸性的東西？」我說僅憑這點皮毛，很難弄清全豹。

這次我對洪亮坦言，這個題材雖好，但我不喜歡「合作」，寫作是單幹的活兒。洪亮是那種極誠懇、文雅的人，不會勉強人，只好一再跟我說，目前還沒人敢寫毛澤東、彭德懷[5]、劉少奇這些領袖人物，廬山這個題材是機會難得；再說只憑鋪陳史料、檔案、軼事，不能盡釋這個事件的內涵，需要分析、解剖，希望我再考慮考慮。他這句話讓我有點動心，於是留待再議。

下了廬山不久，中央電視台《黃河》劇組找我寫解說詞；再後來，我住進軍博招待所的《河殤》劇組；先跑了一趟延安、開封，然後一集一集地咬文嚼字。轉眼進入八八年，元月底剛把王魯湘草擬的第三集〈靈光〉潤色完畢，趁著夏駿做視覺處理的空檔，我回家住了幾天歇歇，不料碰上羅、陳到北京，直接來敲我家的門。

他們說，這半年來在史料方面大有斬獲。最重要的是，廬山會議親歷者李銳[6]寫了一本《廬山會議實錄》，在內部極小範圍流傳，其中他的獨家「常委會記錄」，乃是整個事件最核心的檔案，他送了一本給他倆；另外他們也拜訪幾位黨史專家，其中有國防大學的王年一，曾受中央委託研究「廬山會議」，獲准查閱中央檔案館的絕密文件，為彭德懷、張聞天[7]平反做準備，受他們指點，對梳理事件的脈絡頗為受益。

5. 彭德懷（一八九八—一九七四），元帥，國防部長，五九年廬山會議遭廢黜。
6. 李銳（一九一七—），水電部副部長，毛澤東兼職祕書；文革後力主「非毛化」、民主憲政。

我又婉拒，說你們兩位江西老表慘澹經營多年，收集素材不容易，末了卻成了給我供貨，被我的名氣遮擋，也對你們不公平，我不想掠人之美。我的推諉，讓羅時敘很吃驚，說他打心裡感激。兩天後他們又來談，堅持邀我加入，說他們反覆掂量，若手中的材料不能最終變成一本好書，他們覺得太可惜了。

「這個題材，是黨史界、理論界、文學界等各方面都盯著的一個爆炸點，不知道多少人在琢磨它，有關檔案也不難弄到，我們不盡快出手，就被別人搶了先，我們只占了一點廬山材料的便宜，也意義不大了。」羅時敘很老到地補充。

我沒有再拒絕。為什麼呢？也許此前的延安和開封之行，讓我領悟了什麼；在第二章「訪劉少奇罹難處」那一段，我寫過一句：

我跟夏駿說，假如我們能找到那個舊銀行，在劉少奇罹難處拍幾個鏡頭，這部片子就「無以替代」了，我們也可以真實體驗一下什麼叫專制主義。

廬山的罹難者是彭德懷，而劉少奇是「幫凶」之一。多麼吸引人的故事啊！我禁不住這樣的誘惑。

一個禮拜後，《百花洲》總編老藍打來電話，催我盡快去南昌。

「人相食，你我要上史書的。」

直到今天，所謂「三年災害」釀成的大饑荒，還只屬於「黨史範疇」，是毛澤東和共產黨犯的「一個錯誤」，所謂「三七開」或「七三開」裡的一種。這說明中國根本沒有當代史。

二十世紀的中國，還有哪個事件，比餓死了幾千萬人的一次大饑荒更具有「歷史意義」？餓死的人數，在五十年裡是一個謎，成為頗具象徵性意義的一個當代中國迷思：我不明白，在不搞清這個數字之前，那些關於中國社會主義成敗、中共制度建設的意義、毛澤東功罪等等大問題的討論研究（包括西方學院裡的漢學家），還有什麼事實基礎可言？假如我們抹去納粹集中營殺死六百萬猶太人這個數字，那麼二十世紀的歷史基準線會不會坍塌、而人類的精神和思想還有何種新的積累？連劉少奇當年都曾警告毛澤東：「人相食，你我要上史書的。」

在《河殤》裡，我們「上下四千年」地說黃河，說了龍神文化的凋零、「亞細亞」太陽

7. 張聞天（一九〇〇—一九七六），又名洛浦，一九三三年曾任中共中央總書記，一九三五年遵義會議力助毛澤東登上領導地位，一九三七年被王明逼退，從此地位跌落。

的隕落、萬里長城的廢棄、龐大「鄭和艦隊」的無影無蹤……。我們唏噓歷史的種種遺憾，卻遠未觸及近代的恥辱、現代的恐怖——我們絲毫沒有覺察，最近五十年中國發生的人禍災難，令四千年歷史和傳統褪去晦暗、漸顯溫美，反而是這五十年暴戾史無前例，好一場「浩劫」呀！

「浩劫」通常是說人力難違之大天災，用於人類社會只有寥寥幾樁，且都在文明終結、上帝缺席的極端處。法國導演克羅德・朗茲曼製作了一部關於大屠殺的紀錄片[8]，拍了十一年、走了十四個國家、九個小時的口述實錄，用一個希伯來語Shoah作片名（意即「大屠殺」），中文將此片譯成《浩劫》，指的是希特勒使用「現代工業手段」快速地「最終解決」六百萬猶太人。那麼，中國五九年大饑荒餓死三千萬到四千萬人，等於六個「大屠殺」；還有比「浩劫」更大的詞可形容嗎？

倘論「落後」，中華民族就「落後」在這裡：四〇年代歐洲發生的大屠殺，經過猶太人的不懈努力，到五〇、六〇年代，已經跨越國際、種族、語言的邊界，成為「普世記憶」（universal memory），他們大概花了二十年時間；而我們中國的「五九餓魂」，直到公元兩千年後（半個世紀），才有系統調查性著作及其珍貴資料面世，還在中文的本土中國被官方查禁；又因為知識界的裝聾作啞，不但研究還談不上，國際社會也陌生。中國人付出六倍於猶太人的代價，換來的只是虛擲、枉費、白搭。

劉少奇說的「史書」，該怎麼寫？他的「子弟們」是決計不會去寫的。但不論怎麼寫，「廬山會議」都將是一個邏輯的起點。近年來多有論說，指熱昏的大躍進，被五九年夏天的「廬山會議」推向最後的瘋狂。據楊繼繩《墓碑》中「有關大饑荒的大事記」梳理，一九五九年一月的山東「館陶事件」[9]已發生農民逃荒、飢餓死人。但這只是端倪。一場浩劫的全面形成和鋪開，是由於「廬山會議」的災難性決策，它是導致死亡三四千萬人的直接起因，所以它確乎套得上一個李澤厚式的「如果」句式：如果五九年沒有廬山會議，中國將會有一部徹底不同的當代史。

「廬山」這個起點，或者也可視為佛教上說的「業」（karma），操控了後來的歷史。今人亦多論及，「廬山會議」孕育了「文革」。三年後召開的七千人大會[10]，高層因「大躍進」失敗、大饑荒和毛的責任問題而生分歧，毛澤東卻不動聲色下決心，要奪回領導權。他不惜摒棄「常規化」，發動「暴民運動」式的內戰，摧毀他自己締造的制度，將國家推向崩潰。

到此，從邏輯的起點，只走了一半。鄧小平對「文革」痛定思痛，也要彌補毛澤東造成的「合法性」缺失，才啟動八〇年代「改革」。然而僅僅十年，黨內再次分裂，迸發社會震盪和學潮，鄧小平竟調動野戰軍進首都，以坦克、機槍鎮壓赤手空拳的平民和學生。他的

8. *Shoah*（一九八五），歷史文獻片，探討猶太人的大滅絕，以龐大的調查、十幾小時的採訪，反覆問答「為什麼」。
9. 館陶事件，一九五九年一月該縣的大食堂大部分停伙，農民開始賣兒賣女、婦女大量出門求嫁、逃荒。
10. 七千人大會，一九六二年初召開的中央工作會議，「大躍進煞車」，劉少奇總結「三分天災，七分人禍」。

這個決策，事先經所謂「八老」的批准——他們都有「文革後遺症」，曾被毛澤東剝奪權力的恐懼釀成殺心。這是一條從「廬山會議」，經過「文革」而一再發作的因果鏈，亦即「孽業」。

鄧小平很清楚鎮壓的後果，即這個黨再也沒有「合法性」。連毛澤東都說過「鎮壓學生沒有好下場」，他未能補救於毛，竟幹得比毛還「無可挽救」。他剩下的只有一條補救之道：把經濟搞上去，讓老百姓忘掉「六四」。於是那條因果鏈又開始一次新的循環：共產黨要搭上子孫萬代的生存資源，來搞「掠奪型」經濟發展。結果，不出二十年，江河斷流、湖泊枯竭、草原沙化、森林消失、空氣汙染、霧霾籠罩、全國三分之二城市被垃圾包圍、有毒食品失控……，連毛派都驚呼「中華民族到了最危險的時候」。

廬山「操娘」[11]↓天下大饑↓全面內戰↓洞開國門↓京師屠殺↓世界大工廠。

好一部當代中國簡史。

十三、血淋淋的工業化

韓戰專家、香港學者徐澤榮，曾經撰文簡析「蘇援」與解放軍第四、第三野戰軍的暴興乃至第二次國內戰爭、抗美援朝戰爭的勝利：

駐滿蘇軍曾將繳自日本關東軍、駐鮮軍、溥儀軍的50+10+10=70萬槍（多為步騎槍），繳自德軍的支數不詳的槍（多為衝鋒槍），以及自身攜帶入滿的美援美製榴炮——應有千門之多，大大多於北方國軍、坦克、汽車、燃料、被服、藥物、食品等等，無償送給了四野和三野（通過遼寧大連旅順↓山東榮城離島海路送給三野）。十多年前我面訪過時任東北軍區軍械部部長的張明遠將軍，他說蘇軍交給四野的繳獲日軍武器是全部，不是部分或者少量而已。……蘇軍還應協助中共策劃、準備、指揮了遼瀋、淮海戰役。[12]……可見「沒有槍，沒有炮，敵人給我們造」、「紅軍『大學』學生戰勝陸軍大學學生」、「小米加步槍可打贏飛機加大炮」乃屬過謙之辭。[13]

上：一九五〇年二月，毛澤東訪蘇期間簽訂《中蘇友好同盟互助條約》。圖為周恩來（前）代表中國政府在條約上簽字。後排左一史達林、左二毛澤東。
下：一九四九年十二月二十一日，毛澤東在莫斯科出席史達林（前中）七十壽辰慶祝大會。右一為赫魯雪夫。

11. 在廬山美廬的政治局常委會上，彭德懷質疑毛澤東：在延安你操了我四十天娘，我操你二十天的娘不行？詳見後文。
12. 國民黨稱「徐蚌會戰」。
13. 徐澤榮〈四野蘇援榴炮轟垮蔣家王朝〉，《開放》雜誌二〇一三年二月號。

這個細節，大致可以挑破一個歷史疑案：毛澤東何以能擊敗國民黨「美式武裝」的幾百萬軍隊？徐澤榮的博士論文《中國在朝鮮戰爭的角色》，根據蘇聯新公布的資料和來自中國的資料，進一步分析中國對蘇聯的政治依附，不僅源於中共建國前來自蘇聯的餉械援助，也在於建國後希求得到大量蘇聯援助以復興經濟；中國入朝參戰的動機，即包括換取大量蘇聯武器為解放軍換裝和經濟援助。「蘇聯的大量金錢和軍事援助對中國革命起過決定性的作用，毛澤東很清楚，這都是他對史達林欠下的舊債，如果他不以某種方式償還、不繼續依附史達林，史達林是不會為他提供中國迫切需要的各種外交支援、軍事保護和經濟援助的。」

其實，循「以俄為師」的思路，亦可提綱挈領抓住中共立國的「蘇式化」建制脈絡。我在第一章裡已寫道：

> 走進治黃領域，也就是走進了中國現代化的一種歷史，並清晰地展示了這種歷史的技術至上、「以俄為師」的特色。這兩點其實是一個特色：這技術來自唯一的源頭——蘇聯。早在二十世紀初葉，「以俄為師」就成為中國革命的基本模式，後人其實從未認真梳理過這個起點的歷史意義——在鄧小平的「開放」之前，中共有過更早的一次「對外開放」：整個國家制度照抄蘇聯、也從那裡引進一個「工業化」（一五六項重點援建專案）——我是從黃河上偶然窺見了它的後果，它其實已經將中國的水利「蘇式化」，改

都改不掉了，其核心「高壩大庫」，一直延續到今天還在作孽。

問題在於，兩次「蘇援」是如何支付的？至今成謎。但「天下沒有白吃的乾飯」——毛澤東如何從蘇聯買來一個「工業化」（含「兩彈」[14]），可謂「前文革」十七年的一個叢聚（cluster），劇烈影響這段歷史。前已提及，二十世紀中國無出其右的大事件是餓死三、四千。萬人，緣於五八、五九年國家殘酷的糧食高徵購，但是很久以來人們找不到它的動機究竟是什麼？——那些糧食哪裡去了？

自然有人假設毛澤東是從中國人嘴裡摳出糧食來，拿去跟蘇聯交換「國防工業」和核技術，等於用耕地極少而人口最巨的中國農業，同時來供養整個蘇聯人口，其代價便是大饑荒餓死中國三千六百萬人。但是研究大饑荒的楊繼繩，在其《墓碑》的第十五章〈罪不在天災，也不在蘇聯〉，專題論證了「償還蘇聯債務不會產生大饑荒」。不過，張戎、喬・哈利戴合著的《毛澤東：鮮為人知的故事》則認為，假如五八、五九兩年不出口七百萬噸糧食，中國一個人也不會餓死；而「大躍進」一開始，毛就告誡中共高層做好大批死人的思想準備」，並且多次大講「死人」：

14. 兩彈：中國大陸有「兩彈一星」之說，指核彈、導彈和人造衛星。

為了世界革命勝利，我們準備犧牲三億中國人。（五七年在蘇聯說）；
人口消滅一半在中國歷史上有過好幾次。（「八大」二次會議上又說）；

五八年底那次，毛講得最為露骨：

我看搞起來，中國非死一半人不可，不死一半也要死三分之一或者十分之一，死五千萬人。

死五千萬人你們的職不撤，至少我的職要撤，頭也成問題。你們議一下，你們一定要搞，我也沒辦法，但死了人不能殺我的頭。

拋開「糧食換軍工」之說，我們只剩下用「烏托邦」這個西方術語——從共產主義空想到中國傳統的「大同理想」——來解釋這段血淋淋的歷史，而絕不願相信事情有那麼簡單直白。我與兩位廬山作家在八〇年代合寫「廬山會議」的種種，也是循著這個思路。

《烏托邦祭》

一九八八年四月十五日寫完《烏托邦祭》，我補述日記如下：

上：蘇曉康在南昌江西師範大學外賓接待樓日夜趕寫《烏托邦祭》五十天。
下：蘇曉康和廬山作家羅時敘（左）。

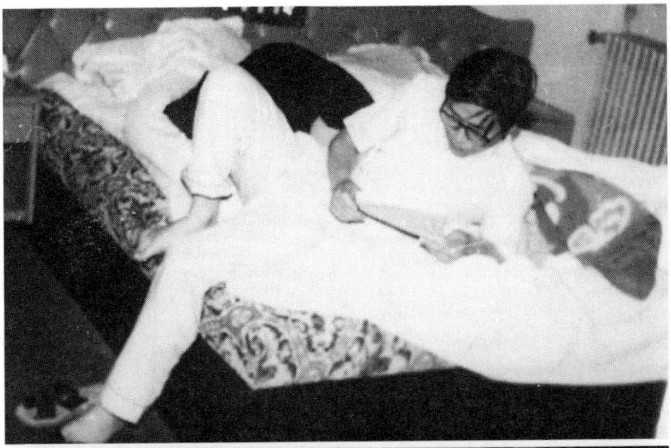

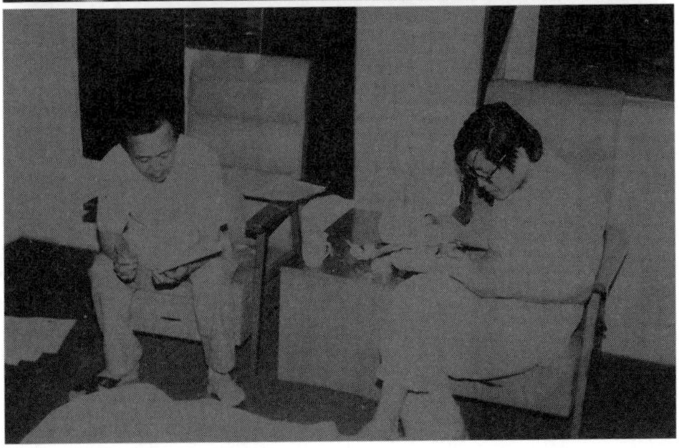

二月二十三日至四月十五日赴南昌，為《百花洲》雜誌撰寫反映一九五九年中共中央廬山會議內幕的長篇報告文學《烏托邦祭》。與江西作者羅時敘、陳政二人合作，經約五十天夜以繼日地突擊，終於匆匆完稿，約二十六萬字。在南昌期間，江西文壇諸友相繼來訪，胡平、陳世旭、金雨時、姜惠林等均有敘談。

《百花洲》雜誌社，上至江西省出版局，操辦這樁文案甚周密，為把握分寸、就近閱稿，捨去廬山，擇南昌「江西師範大學」外賓接待樓租下房間，又雇來廚師，三餐精心烹餌，以慰我等辛勞。編輯洪亮每天近候在旁，安排所有事務。總編輯藍力生隔三差五過來看望並談意見。洪亮是文革前復旦大學中文系的，他有個同學桂曉風，此時已是省出版局副局長，則在遠處總抓。

我們三個作者跟《百花洲》的編輯們，夜以繼日緊張地爭辯看法、梳理素材、分頭撰寫，大致是我處理重大情節，最後也由我潤色通稿。每天晚飯後，我們都要到大學校園裡遛彎散步，穿行在成群結隊的大學生中間，常常撲面而來陣陣青春的氣息，我卻沒料到他們當中很多人，一年之後將陷身血光之災；或撲倒北京長安街，或落荒而逃……。

羅時敘、陳政已有一初稿。我綜合閱讀關於廬山會議的種種史料，包括大躍進時期全國「大放衛星」的熱昏境況之資料彙編、毛講話、廬山會議簡報（所有發言）、各種回憶錄（張聞天祕書等）、政治局常委會紀錄（李銳記錄整理）等，在藍總編主持的編寫會議上提出我的劃章謀篇（「廬山人物粗線」）。

這樁公案，官方並無正式結論。一九七八年底華國鋒當政時，陳雲最早提出解決六個「文革遺留問題」，其中一個是「彭德懷冤案」，並很快在成都東郊火葬場找到骨灰盒——盒上的名字是「王川」，十二月二十四日舉行追悼會；同時平反的還有陶鑄。但是這個平反，迴避了「廬山會議」的是非，更不敢碰毛一個指頭。此後關於五九年的是非，只有民間鉤沉真相的努力，談不上研究，也主要是當事人李銳的「實錄」，成最權威詮釋，大致是說毛上廬山原本要「糾左」，不料彭德懷放炮，毛吃不消臨時轉舵批右，釀成大災。在並未

「非毛化」的情勢下，照理也只能說到這個程度了。

甚至當年的民情氛圍，主要也是知識分子們，尚無「非毛化」的膽魄和見識，只一股「忠良蒙冤」的濃烈悲情向著「彭大將軍」，視毛也頂多是一個「聽信讒言」的昏君而已。而我自己，雖然醉心於甫在中國時興的一股「韋伯熱」，覺得他那「奇里斯瑪」魅力型領袖說，對應中國「毛現象」真可謂嚴絲合縫，寫此書拿它作範本為毛畫像，再恰當不過。但我非理論中人，並不真懂韋伯學說的內在理路，手邊能用得上的政治學知識，只有當時社科院政治學所所長嚴家其的《首腦論》，以及他與妻子高皋合著的《文化大革命十年史》。

所以我對《百花洲》說，枯燥的檔案、紀錄、回憶錄等，只給了我們一群沒有生命的人物；而我們擁有的大量生活細節的描述，都是所謂「僕人眼中的領袖」（即「李志綏」[15]、「李銀橋」[16]視角），是把人物寫得更豐滿、形象的極好素材；我傾向多著墨於人物的心思浮動、掙扎，場景的渲染，以及重大衝突和某些玄機（史料闕如的關鍵處）的濃墨重彩……。依據著墨多寡，我將人物分為兩類：

A型人物：彭德懷、毛澤東、張聞天、劉少奇；

B型人物：周恩來、朱德、周小舟、林彪、田家英、吳芝圃等……。

15. 李志綏（一九一九—一九九五），一九五四年至一九七六年為毛澤東御醫，後著《毛澤東私人醫生回憶錄》。
16. 李銀橋（一九二七—二〇〇九），毛澤東衛士。

「廬山會議」這幕戲，戲眼就一個：毛澤東為何要整彭德懷？八〇年代的思想環境，依然是一九七九年「理論務虛會」欲「非毛化」而被鄧小平強硬阻斷的那個大背景。說「廬山」風雲突變，只有「翻臉」說，或稱韓戰打死毛岸英，毛遷怒於彭未保護好其子；或稱彭攻擊「三面紅旗」觸動毛的底線，此皆與政治史或思想史不搭界。

實際上，直到今天，也未見有人將此案置於「現代化」題目之下做處理，即中共之路徑的得失成敗；亦未見有人將毛整彭，跟後來文革整劉（以及摧毀整個黨）、整林，做一邏輯的梳理，以見此制度之下一個獨夫「無法無天」的權力模式。我們毋寧只循所謂「黨史」詮釋路徑，說毛先欲反左，被彭激怒轉而反右，似乎這段公案，乃是「情緒化」惹的禍；又寫劉、周等人之無奈……。總編輯藍力生特別強調，「我不管你們怎麼寫其他人，我只要求對周總理筆下留情。」——他是一個五七年的右派——筆觸的批判鋒芒，遂只能朝向康生、柯慶施、吳芝圃這類「壞蛋」，以及那個「死老虎」林彪。

解民倒懸大將軍

A型人物彭德懷——胸中義憤填膺，口沒遮攔，東歐之行受到「英雄」禮遇後則更甚。放炮是對毛勸告提醒，憑直感，無理論，亦無部署無結盟；但毛反擊後，他抗爭很弱，兼具不害人的良知，與軍事統帥的強悍個性不相稱，甘願毀滅，愚忠的農民本色，個人

迷信的犧牲品。（廬山人物粗線）

毛澤東「軍事工業化」的強烈反對者，竟然是他的國防部長。若再往下看，毛在文革擊敗所有其他對手，最後剩下的一個對手，竟然是他指定的接班人副統帥。前後二人，恰是他在長征中的嫡系：三軍團長（彭德懷）和一軍團長（林彪）。這個迷思不難解釋，即中共始終都是一個武裝軍事集團，其內部發言權倚重身負戰功的武將，而文官——尤其是白區地下黨系統——僅能敬陪末座。

五九年的彭大將軍，正躊躇滿志，或許是他敢於挑戰毛的唯一心理因素。再拉開一點距離，放大視野來看，彭德懷指揮抗美援朝跟「美帝」打個平手；此後在五〇年代裡，他還指揮過另兩場並不光彩的戰爭：五八年八月「炮擊金門」，三波炮擊共發彈三萬，後人研究，將此役與「大煉鋼鐵」、「人民公社化」並列為「毛澤東狂熱表現」，此其一；其二，便是五九年開始的「西藏平叛」，在國際社會被指「占領西藏」。彭德懷在廬山致毛信中，甚至出現這麼一句：「我們在處理經濟建設中的問題時，總還沒有像處理炮轟金門、平定西藏叛亂等政治問題那樣得心應手。」這並非僅僅是得意，而是顯示彭在政治上很強勢。

彭德懷有多少本錢敢跟毛鬥？亦無資料可鑒。我們當時分析，以他上廬山前曾有「東歐八國之行」，長達兩個月，被赫魯雪夫捧為「偉大的統帥」，故而鬆懈「功高震主」的忌諱，對比之林彪的韜光養晦，僅以魯莽論他。但張戎的毛傳卻認為，彭不僅在東歐尋找「知

上：赫魯雪夫（右一）一九五八年在莫斯科會見彭德懷（左二；左一為葉劍英，右二為蘇聯國防部長布瓊尼）。
下：鐵血心腸的彭大將軍遭批鬥。

音」，甚至「有跡象表明，彭德懷可能考慮過『兵諫』。」果若此，毛扣「軍事俱樂部」大帽子就不是羅織罪名，但那個可能性多高？當年真相，可惜幾近淹沒。

發動大躍進，毛澤東先已擺平陳雲、周恩來、劉少奇的消極抵制；劉少奇五九年四月當上國家主席，至廬山不過兩個月，自然緊跟毛。至此，黨內已無對手，任毛一人胡搞。彭德懷突然跟他過不去，很突然，有點解釋不通，儘管毛已生狐疑；唯有星點史料留下來，如彭回故鄉烏石，接一紅軍老兵的紙條「請為人民鼓嚨胡[17]呼」，簡直就是小說情節。欲令鐵血心腸之彭大將軍動惻隱之心，應是民間情勢已極為慘烈。

慘烈到何種程度？《烏托邦祭》開篇就用了二十九頁描寫「全國處於一片熱昏的海洋之中」。糧食衛星放到河北徐水小麥畝產十二萬斤，鋼鐵衛星放到日產五萬八千二百二十噸，「衛星豬」放到一天長膘十九斤……，好像中國農民上千年的直觀理性，一夜之間都消失了，究竟是一種什麼樣的超常的環境氛圍，會製造這樣的奇效？過去人們都喜歡用觀念性的因素來解釋，比如超越常識的理想追求（烏托邦），卻忽視了一個最簡單的因素：暴力。僅舉一例，河南發生「信陽事件」後，王任重受命去處理，他說：「西平縣因為七千三百二十斤小麥衛星，受打擊的有一萬多人，打跑七千人，打死三百多人，這是多麼殘酷的事情！」其實毛澤東在廬山會議之前就知道下面的橫暴遍地，對他去視察過的徐水批示道：「不要捆

17. 「嚨胡」，湖南話「喉嚨」，此句意謂「請替人民講講話」。

人、打人、罵人、辯人、罰苦工。徐水不止一個……。」他太懂得中國農民了，心知肚明這幅熱昏和迷亂是如何「打」出來的。那時的恐怖氣氛，絕非他上述的輕描淡寫。五九年信陽有諺云：

幹部好似閻王爺，大隊好似閻王殿；
只見活人去，不見活人還！

這個恐怖世界的真相，至今大部分還躺在中國未解密的檔案裡。荷蘭籍歷史學者馮客著《毛澤東的大饑荒》，用一些特殊角度研究那場浩劫，如「弱勢群體」、「疾病」、「集中營」等，「暴力」也是一項。他特別指出，「暴力成了經常的統治工具。它不再是偶一為之、小懲大誡，而是全面性地、習以為常地向大部分村民實施的手段——用來對付怠工者、干擾者和反抗者……。」他說大量證據顯示，大饑荒期間死去的人，至少有百分之六到八是被幹部或民兵直接殺死，或者重傷後感染而死；從死亡四千五百萬人[18]這個數字去推算，其中至少二百五十萬人是被打死或折磨死的。他也注意到，黨的基層幹部是暴力的實施者，「總體說來，全國可能有一半之多的幹部經常拳打或者棒打他們本應為之服務的百姓。」[19]他列舉的種種折磨酷刑，令人不忍卒讀。

在傳統中國社會，除非王朝末日、盜賊蜂起，不會出現惡人「魚肉鄉里」如此普遍、非人的境況；「毛澤東時代」之所以可能，正是黃仁宇所詮釋的「毛澤東及中共因土改而造成一種新的底層機構」，其最大特徵是黨組織深入到縣以下，此亦「三千年來未有的變局」（李鴻章語），比任何程度的「全盤西化」可怕得多，鑄成一個「全能主義」社會，基層幹部便是「土皇帝」，平日裡說一不二，運動一來更成豺狼；而這套毆鬥折磨、構陷煉獄的運動模式，其源頭則是毛澤東早年提倡力行的湖南農民暴動中的「痞子運動」[20]，與蘇區殘酷的肅反運動相結合，在六〇年代的文革中達到高潮。

很反諷的是，中國現代化進程中，代表城鄉商紳階層的國民黨，終於不敢自稱代表「無產階級」實則代表農民階層的共產黨；而後者奪得政權，轉臉便窮凶極惡地剝奪、壓榨那個曾經為它打天下出丁壯供糧餉的農民階層，不惜再從他們嘴裡奪糧，以支付五〇年代「工業化」的費用。一個建築在數千萬農民屍骨之上的現代化。

貧苦出身的彭德懷，雖然也是這個黨的大人物，卻在滅頂之災的當口，替他自己的階層說話，中國百姓念他這份恩情。

18. 大饑荒死亡人數，至今沒有統一說法，馮客此著最後一節〈最終計數〉，即分析此狀；死亡四千五百萬人，是他援引黨內官員陳一諮提供的數字。

19. 馮客《毛澤東的大饑荒》第六篇〈死因〉。

20. 毛澤東一九二七年撰文〈湖南農民運動考察報告〉，反駁國民黨右派的「痞子運動」說，稱「革命是暴動，是一個階級推翻一個階級的暴烈的行動。」

上：一九五八年五月吳芝圃（左二）陪毛澤東視察河南農村。
下：「大躍進」時期的公共食堂。

罪大惡極吳芝圃

B型人物吳芝圃——中學教員，早年進毛澤東「廣東農民運動講習所」。河南省委第一書記，大躍進中凶猛、殘忍的一員幹將，吹牛浮誇令全國望塵莫及，小麥鋼鐵放衛星皆為「世界之最」；五八年虛報糧食產量三倍，然後全省血腥徵購；首創「公共食堂」制度，不准一家農戶煙囪冒煙，鐵鍋全數沒收拿去煉鋼；導致「信陽事件」餓死一百萬人後，他自己向中央檢討：「罪惡大得很」、「處以極刑，我也應引頸受辱」。（廬山人物粗線）

我會接「廬山會議」這個敏感題材，多少是因為河南「信陽事件」，它在大饑荒中最早爆發，並由中央直接處理。八〇年代初我曾涉足這個領域，起因於偶然得見幾份信陽事件的黨內機要文件，旋而試圖實地察訪，卻發現處處諱莫如深，視為禁臠，無奈之下我將其束之高閣。直到撰寫《烏托邦祭》，二十六萬字一路寫來，行文至結尾處，描述「廬山會議」之後全國更深度地跌入大熱昏乃至大饑荒，其中四頁寫河南慘狀的文字，就是以這幾份機要檔案的內容鋪陳而成。

信陽事件對毛澤東的熱昏，當頭潑去的第一盆冷水，乃是大躍進冷卻的一個轉捩點；劉少奇、周恩來等所謂「法理型」領袖，藉此逼退老毛，以查辦信陽事件而出台一套救災模式，並啟動了調整方針。大饑荒雖是全國性的，但中央出面處理的地方性饑荒事件，河南信陽可能是唯一的，其不了了之的結局，又顯示即使在毛澤東自認犯了錯誤（六二年七千人大會）的境況下，黨內糾錯的可能性依然杯水車薪，徒勞一場；甚至，根據南京大學教授高華[21]〈大災荒與四清運動的起源〉之分析，此次劉、周等的糾錯，恰是毛澤東後來搞「四清」以至「文革」的誘因，因而梳理出權力博弈的最壞選項：在毛澤東的獨裁之下，糾錯的效果反而導致更大的災難。這種選項，後來也為鄧小平所繼承；其改革路向最終選擇了下下策[22]。

21. 高華（一九五四—二〇一一），南京大學歷史系教授，所著《紅太陽是怎樣升起的》，揭示中共「思想改造」的緣起與模式，具有原創性。

22. 指鄧小平使用武力處理八九天安門危機，旋即狂飲外資，走掠奪型經濟發展模式。

本書〈引子〉始於「豫南垮壩」，隨後寫到中州之地的大躍進迷狂，已經涉及「信陽事件」，以及省委書記吳芝圃、地委書記路憲文的窮凶極惡。此處則集中分析中共處理這個事件的種種，以檢視這個制度的糾錯、問責和救災模式。

北京得知信陽餓死人的第一時間，眾說紛紜，似應在一九六〇年四、五月間，不過官方渠道完全被堵死，饑荒消息乃由民間洩出，尤其信陽是個「老根據地」[23]，農民們紛紛捎信給城裡做官的親戚，自然是老幹部或軍人，據說老毛的警衛士兵有原籍信陽的，也收到家鄉來信，但這些都無濟於事，最後是中共的監察系統居然尚未堵死，接到河南省檢察院一個副檢察長上報的饑荒消息，中央監委和組織部直接向周恩來彙報，周請示毛之後，才派出一個工作組赴信陽調查。此時陳雲恰在河南視察，他建議緊急動用外匯進口糧食二百五十萬噸，可知他看到的饑荒端倪，已頗慘烈。

中央立即令李先念率軍賑災，因為信陽當年屬於紅四方面軍的大別山鄂豫皖根據地之一部分，派這位當年的紅四方面軍總指揮去，有利安撫。六一年初，有三萬解放軍奉命進駐信陽，封鎖該地區，逮捕地縣各級幹部，打開國家糧庫賑濟災民。另據八〇年代我在河南採訪所得，當時調來滿載糧食的車皮，沿京廣鐵路一字排開，這才發現地方上沒有卡車運輸能力接續下一環，於是緊急調來全軍唯一的汽車團，卸下糧食朝各縣城運送，而縣這級再往下，不僅沒有運輸能力，也無公路了。所以賑災實際效果只到縣城，下面的公社、大隊、生產隊三級，則是聽天由命。很多人都是爬著去領糧食，有的爬到一半就死了。以此狀況估計，即使已開始「賑災」，餓死的仍有增無減，人數非常驚人。這是中共「馬上得天下，寧可以馬上治之」的一個明證。

「前敵總指揮」李先念搞定第一步後，中央也派出工作組前來興師問罪，欽差大臣是中南局書記陶鑄、王任重。他們受命於劉少奇，來河南召集省委擴大會議，我所得見的那一組文件，便是這個會議形成的；全省四十個縣委書記撤職，逮捕八千多幹部，集訓十萬人。吳芝圃當時已是待罪之身，但他捨卒保車，向中央申報開除路憲文（信陽地委書記）黨籍、槍斃馬龍山（光山縣委書記）來作交代。這惹得劉少奇大怒，主持罷免一批餓死人嚴重省份的省委第一書記——如河南吳芝圃、山東舒同、甘肅張仲良、青海高峰等，也打算逮捕判刑一批地縣幹部，以挽回共產黨的威信。可毛澤東那頭不舒服了，竟說他「是同一切願意改正錯誤的同志同命運、共呼吸的」，還將饑荒定性為「地主階級復辟」：

各地出了亂子，才意識到這是地主階級復辟，我們對城市反革命比較有底，對農村多年未搞階級鬥爭，沒底。

---

23. 信陽在大別山麓，三〇年代是中共紅四方面軍割據的地盤。

中共的土地改革運動於一九五三年完成，過程極為血腥。這才幾年，農村地主階層早已被鎮壓成粉齏，卻還可以拿來給大饑荒當墊背。

毛澤東的態度，讓已在河南的「欽差大臣」陶鑄、王任重，只好「風聲大，雨點小」，也不讓大家再提廬山會議以後的問題，說同劉少奇通了電話：「少奇同志提醒我們，廬山會議是一個界限，不能因為出了信陽事件，就否定廬山會議的正確路線。」河南的興師問罪，最後只到「內定將馬龍山判處死刑、路憲文判處死緩」為止。

「信陽事件」，最後是不了了之。吳芝圃調任中南局任第三書記，並且一直是中央委員，後來在廣州病死，一九七九年中央還為他正式補開追悼會，稱他受「四人幫」迫害而死。馬龍山後來也沒有被槍決，據說是毛澤東定的原則；「信陽事件」一個不殺，因為責任在他自己。路憲文則一直關在河南北部的一個勞改農場，文革後還活著，居然乘著平反「冤、假、錯」[24]的風頭，給胡耀邦寫申訴，說當年陶鑄、王任重冤枉了他，要求平反。胡耀邦批示道：如果連路憲文這樣的人都要平反，我們還搞什麼撥亂反正？

書記們「認罪書」裡的血腥細節

一九五九年八月十九日，毛澤東下山，「廬山會議」結束。從那時至次年四月「信陽事件」敗露，時間相隔八個月；「大躍進」專家余習廣將它歸納出一個新概念：「更大躍進運動」，即指大饑荒爆發期。余習廣原是中央黨校教師，北京大學法學碩士，從一九八五年開始調查、收集「共和國上書集」叢書[25]至今。對「廬山會議」之後那個血腥的「反瞞產」、武裝徵糧時期，他有特別的觀察：

在上半年農村調整階段，夏收後有些地方把糧食分到各家各戶，准種一點自留地。到了秋收，正好是廬山會議「反右傾」高潮，「反瞞產」運動，直接導致大饑荒。時值秋收，我看到的十八個省，下文件，對糧食實行「就地收割、就地徵購、就地入庫、就地封倉」，湖南、山東、廣西、貴州等地，就地封庫，甚至是武裝入倉。

大災荒為什麼在農村會造成這麼慘烈的狀況？在這樣情況下，出現了武裝徵糧隊！糧食大部分入倉，倉庫封了，全體農民吃食堂，倉庫是國家徵購糧。從縣到公社、大隊，各級幹部全力反「瞞產」，從農民口裡奪糧，這是造成全國大饑荒的根本原因。國家徵購的糧食，就封存在各縣、社、大隊的糧倉裡，農民活活餓死！

當時自上而下有一個說法：一九五九年的糧食，是大豐收，就是因為農村出現了「彭、黃、張、周」的右傾機會主義和富裕農民思想，瞞產私分，把公社的糧食變成了瞞產糧。於是，在反瞞產口號下，大多數地方，實行了將公共食堂的口糧和種子糧，逼

24. 一九七八年胡耀邦任中央組織部長時期，平反五七年反右以來的錯案，計三百多萬件。

25. 余習廣主編「共和國上書集」叢書，包括《整風——反右運動上書集》、《大躍進——苦日子上書集》、《文化大革命上書集》、《當代中國上書集》，涉及年代從一九五七到一九六二年。

迫轉換成國庫徵購糧。大饑荒由此在九月收割以後爆發。

在反瞞產運動中，許多地方直接封存人民公社食堂所存的口糧；同時，幹部在各家各戶大搜查。為了逼糧，各級幹部使用了極其毒辣的暴力手段。暴力慘案全國普遍發生。反瞞產運動開始不久，十月以後，全國規模的大饑荒發生，一直到一九六〇年的四月，這樣一場瘋狂的向農民奪糧的暴力運動，才大體告終。

為了完成國家徵購，全國規模的慘案此起彼伏：信陽事件、蕪湖事件、湘潭事件等中央點名的十二大事件發生，一九六〇年四月，第一波駭人聽聞的災荒驚動中共中央和毛澤東。

余習廣其實是另一個更年輕的楊繼繩，二〇一一年他還主編了一本《血屠——信陽事件認罪書集》，收錄信陽事件省、地、縣、社、隊當時負責人向上級寫出的檢查書和認罪書，歷時二十六年的調查、整理、彙集，得五十八篇，全書六十萬字，圖片二十幀，扉頁題詞：

這是一場「天子一怒，伏屍百萬」的政治運動，

這是一場「堅持黨性」、滅絕人性的暴力「反瞞產」，

這是一場酷刑遍地、血肉橫飛的「糧食爭奪戰」，

這是一場「戶戶掛孝、千村毀滅」的驚世大饑荒，

這是一場駭人聽聞、慘絕人寰的血腥大屠殺！

此書對「反瞞產」、武裝徵糧，簡述如下：

為挖出「瞞產糧」，完成國家徵購數字，地委、行署領導親自掛帥，縣委、縣長率工作隊上陣，公社、大隊、小隊幹部率民兵武裝和積極分子充當打手，圍村搜糧、挨家挨戶抄家、批鬥、毒打、吊捆、活埋、灌屎、戴「狗頭」遊鄉、鋤頭砸腦、剁手指頭、臉上刻字、鐵銑鏟頸、油燒柴焚、鍋烙、設「剝人廳、落魂廳」、穿糖葫蘆（用削尖的木棒從人的屁眼捅進去）、活埋、點天燈、放起花（在婦女陰部插上震天雷，點燃爆炸後血肉飛濺）、五馬分屍……。

與此同時，信陽地區爆發了大規模的飢餓、吃野菜中毒、浮腫、小兒疳積、乾瘦病、婦女子宮下垂、紫紺、「非正常死亡」、人吃人……。

從一九五九年廬山會議後「反瞞產」運動，到一九六〇年四月「整風」運動，六個月內，七百多萬人的信陽地區，餓死、因餓致病死一百零七萬，逼糧直接打死八萬人！

從這些屠夫寫下的自供書中，讀者將看到：在這場「反瞞產」運動中，各級領導幹部是如何赤膊上陣，親手製造了這場血腥大屠殺的整個歷史過程和詳情。

我在《烏托邦祭》的末尾，還寫了這麼一個細節：

值得再書一筆的是，就在這樣慘烈的災難中，當老實忠厚的河南人民一批批倒斃下去的時候，省委第一書記吳芝圃受「廬山會議」引誘，為了讓黨中央在鄭州開一次全國代表大會，靠高徵購、高積累聚斂起來的民脂民膏，在鄭州北郊黃河岸邊興建了一個豪華的園林型別墅群，內中除按當時中央委員和候補委員的人數，以每人一個套間蓋了一棟大樓外，還別出心裁地按當時黨的七位領袖，每人一棟別墅，從總書記到黨中央主席，規格面積逐級遞增，以主席別墅最為寬大考究。不料建成，「信陽事件」案發，吳芝圃下台。這群別墅常年閒置，也漸荒蕪。那棟主席別墅，永遠緊鎖著大門，自建成後從未有人住過……。

——本書第一章〈泥龍〉寫到一九七九年秋在鄭州北郊「一座閒置的別墅」舉行一場「黃河大辯論」，邀各路專家激辯「治黃方略」……。那座「閒置的別墅」，就是此處！

十四、極高極卑之人

五九年「廬山會議」產生一句罵人的粗口，極其著名：

在延安你操了我四十天娘，我操你二十天的娘不行？

這是一句彭德懷式語言，別人不會這麼使用語言，以後黨內也沒人模仿過，好像他買了這句粗口的專利。他是衝著毛澤東罵的，其實不算罵，而是爭個理兒。我在南昌寫「廬山會議」時，從資料裡第一次讀到這句粗口，吃了一驚，心想湖南人是這麼說話的嗎？——他和毛都是湖南人。但我又有個模糊印象，好像文革中在什麼「毛澤東思想」宣傳品裡讀過這句粗口，卻不知道原來是彭德懷在廬山對毛說的。

但我們一直找不到彭是在什麼場合罵的這句粗口。在李銳兩次列席「常委會」的獨家紀錄中，八月一日的常委會，毛澤東好像是在轉述彭的這句粗口：「華北座談會操了四十天娘；補足二十天，這次也四十天，滿足操娘要求，操夠。大鳴大放。」八月四日向全會傳達常委會精神，林彪又轉述這句粗口：「實際上他在會外講，華北座談會操他四十天娘，這次他不可以操二十天娘嗎？所以總的目的是為了操娘，為了罵黨，罵中央，罵毛主席。」

林彪倒是對「操娘」做了權威解釋：那並非一句湖南話，而是「整肅」、「路線之爭」的黨內行話。我們在汗牛充棟的毛澤東講話中，也找到他後來兩次重提這句粗口：第一次時隔三年在懷仁堂，第二次時隔五年以後，說明毛對彭這句粗口耿耿於懷，很記仇的。所謂「華北座談會」，是指一九四五年毛在延安清算彭德懷的「百團大戰」[26]，由康生出面批判彭「組織的百團大戰過早地暴露了我軍力量，把日軍力量大部吸引過來，幫了國民黨蔣介石的

彭德懷與毛澤東。

忙」。一言以蔽之，彭德懷犯了抗戰中毛澤東「保存實力，伺機摘桃」的大忌。

「操娘」不止有話語特色，也有極豐富的政治學內涵，但它更精粹地勾勒了毛澤東與兩個元帥的互動：跟他打天下的彭總、林總。我們也蠻可以把一部中共黨史，簡化為毛澤東、彭德懷、林彪三人之間的「操娘」史。毛說他一生辦了兩件事：打老蔣和搞文革；其實不如說辦了這兩件事：前鬥彭、後鬥林。

如前所述，「廬山會議」作為一個邏輯起點，不只在於劉少奇、周恩來屈服於毛之淫威，合夥將彭德懷架上祭壇做犧牲，為日後文革中劉的覆滅埋下伏筆；更在於，毛唯有在彭、林中二擇其一，廢掉彭總，只剩一個林總可選，待鬧了一場「毛萬壽」「林健康」[27]的全面內戰，到「副統帥」折戟沉沙之際，毛澤東離末日也只剩下六年了。所以儘管「六億堯舜」[28]噤若寒蟬，鴉雀無聲，但身邊一個跟他「操娘」，一個「叛逃」，也就顛覆了他的王朝。兩位元帥，皆驍勇善戰，曾替他打老蔣、打美帝，但末了他們一前一後，在自己毀滅時，順手也解構了毛的神話。

三次突然襲擊

A型人物毛澤東——上山鼓勵糾「左」，是欲擒故縱？五七年對知識分子搞過「引蛇出

洞」[29]。對手一出現，他部署清晰，不露聲色。二十三日反擊，權力鬥爭熟練老辣；分化大眾，招降納叛；搬兵上山（林彪、彭真），扳倒彭德懷、張聞天這樣的角色，須開中央全會；用群眾運動理論主攻彭，扣「軍事俱樂部」大帽子；詭辯「個人崇拜」，迅速找劉少奇代言。（廬山人物粗線）

本章開頭就講的那個細節，七月二十二日深夜十二點鐘毛澤東召劉少奇到美廬，另兩位也在山上的中央常委朱德、周恩來也被召去，是他出手前的一招。還有一招更早，即緊急把彭真[30]從北京招上山，七月十八日安排他正式接替周恩來主持政治局會議。另外還有一個小細節：

據當年此夜在美廬值班的一位燒鍋爐的工人後來回憶道：「我在鍋爐房守夜，忽然發現

26. 指一九四〇年八路軍一〇五個團在華北發動的破壞日軍交通線、礦山的大規模破襲作戰。
27. 文革造神最響亮的兩句口號：「毛主席萬壽無疆」、「林副主席身體健康」。
28. 毛澤東〈七律・送瘟神〉有句「六億神州盡舜堯」，意為「中國的六億人都是堯舜一樣的聖人」。
29. 一九五七年反右運動起於毛澤東鼓勵黨外人士「鳴放」，中途轉向，毛親自撰寫一篇《人民日報》社論，稱「牛鬼蛇神只有讓他們出籠，才好殲滅他們。」後世據此認為是個「引蛇出洞」的陰謀。
30. 彭真（一九〇二—一九九七），一九四九年後長期擔任北京市委書記。一九六六年文革爆發，與羅瑞卿、陸定一、楊尚昆被打成「彭羅陸楊」反黨集團。文革後任人大委員長，為中共「八老」之一。

毛澤東的嫡系也是他的對手。上：毛與一軍團長林彪（左）。下：毛與三軍團長彭德懷（右）。

後院竹林有個亮點，晃來晃去，不知是什麼東西？再仔細看了一會兒，呵，是菸頭的火光。誰在林子裡抽菸，這麼晚了？好一陣子，那人才從竹林裡走出來，我一看，媽呀，是毛主席！天亮後我去那裡轉了轉，見林子裡扔了一地的菸屁股……。[31]

竹林裡一地菸屁股，說明毛在運籌帷幄：第二天——七月二十三日——他要反擊了。

此前還有七月十三日、十四日，這兩天也非常重要。十三日早晨，彭德懷赴美廬，想跟毛面談而不得；十四日寫了那封信叫祕書送到美廬；十六日毛將此信加上標題「彭德懷同志的意見書」，批示「印發各同志參考」。這是突然襲擊。

七月二十三日毛澤東「龍顏震怒」，在廬山交際處直屬招待所西餐廳，淋漓盡致地發表了那番「始作俑者，其無後乎」的著名講話[32]之後，彭德懷懵了，散會之後：

毛澤東出來了。

羅瑞卿在離毛澤東約十五米遠的地方，等主席走近。

彭德懷出了門，便一陣碎步攆上前，跟在毛澤東後面，邊走邊說。

「主席呀，我給你寫的信，你怎麼轉發到大會？」

「很好嘛，讓大家看看嘛。」毛澤東仍邁著他的步子，彷彿若無其事地說。

「我不同意這樣做！」彭德懷嗓門忽然高起來：「我一直想找你當面談談。」[33]

這個細節，李銳也看到了：

散會後，我們離開小會場不遠，回頭看見彭德懷擋著毛澤東在說話。（後來知道，是彭德懷申明，這封信只是供主席個人參考的，沒有準備印發給大家。）——《廬山會議實錄》

但毛澤東衛士李銀橋，說法則不同：

31. 見蘇曉康、陳政、羅時敘《烏托邦祭》，台北風雲時代出版公司，二五〇頁。

32. 毛澤東七月二十三日講話，標誌廬山會議正式反右傾，毛說「我一個兒子打死了，一個兒子瘋了」，與會者皆感青天霹靂。見李銳《廬山會議實錄》。

33. 見《烏托邦祭》，二七三頁。

彭德懷先出的會場。毛澤東出去後，招呼彭德懷：「哎，彭總啊，我們談談吧？」而彭很生氣，大聲說：「有什麼好談的？沒什麼好談的！」而且胳膊一掄，罵了一聲粗話。然後他又重複了一次，包括罵人話和動作。[34]

李銀橋的說法是，如果沒有彭總這一罵，廬山會議也許按原定日程就此結束，也就沒有什麼「彭黃張周反黨集團」，沒什麼「軍事俱樂部」，之後的歷史也許會改寫。可是「彭德懷一掄胳膊罵娘，事情搞糟了。」這顯然是無稽之談。

毛澤東要收拾彭德懷這個「張飛」（毛給他起的綽號），確乎易如反掌。但這不是我從史料中讀出的最寒心之點；令人驚訝的，是整個中央最高層對彭的落井下石，用北京話說，一股子「起鬨架秧子」[35]的德性，從劉少奇、周恩來，直到林彪以及一群元帥，更不要說康生、柯慶施、羅瑞卿這些極左派。只有朱德是唯一厚道的。

後人閒說廬山當年，皆惋惜一個失之交臂，說的是七月十三日早晨：

彭德懷偏偏踏著露水朝美廬走來……。誰知他走到美廬門口，警衛員告訴他：主席昨晚一夜沒睡，剛剛躺下。

撞鬼囉！彭德懷心裡暗暗罵道。老子好不容易下了決心，他偏睏覺了。[36]

有個原委，在此需交代一下。廬山前期「神仙會」，大家暢所欲言，彭德懷尤其「放得很厲害」（張聞天語），矛頭直對毛澤東，話也說得很難聽——「褲子要自己脫」，眾人皆替他捏把汗。七月十一日晚上周小舟上門勸他「跟主席當面談談」，彭猶豫了一天，十三日早晨終於主動去美廬。這個戲劇性，確乎又套得上李澤厚式的「如果」句式，我在第二章裡已提到它：

一九五九年夏天在美廬，如果毛澤東那天沒有熬夜，而跟一早來訪的彭德懷見面並懇談，也許「廬山會議」繼續「反冒進」而不是突變為「反右傾」，中國就不會幾個月裡餓死三千六百萬人。

但李澤厚關於「必然與偶然的辯證法」，這次可以徹底覆蓋這個戲劇性——毛澤東非要

34. 權延赤、黃麗娜，《天道：周惠與廬山會議》，一九九七，廣東旅遊出版社，二三四頁。
35. 北方方言，意指幫助起鬨，擡高氣氛的人。
36. 見《烏托邦祭》，一七九頁。

靠剝奪農民來搞「工業化」，又豈是彭德懷擋得住的？

而我之渲染、鋪陳這個戲劇性，實際上是被它後面的另一個戲劇性所吸引。七月十二日，美廬還發生了一件事：毛澤東把他的前妻賀子珍召上廬山來了。以這本書的故事性而言，這段情節是最迷離的。在廬山，毛甚至對被他遺棄的這個患了精神分裂症的女人，也來了一次「突然襲擊」。

關於這段軼事，羅時敘他們的素材來源是「獨家」：他們採訪了當時的操辦人之一、江西省委書記楊尚奎的夫人水靜。

「我要請你們二位的夫人替我辦樁事情。」

沉默了一會，毛澤東輕輕地說，表情很朦朧，不斷吸著手指上夾的捲菸。

二人不禁身子前傾，作聆聽狀。

楊尚奎的夫人叫水靜，方志純[37]的夫人叫朱旦華，她原是毛澤東大弟毛澤民的妻子，毛澤民一九四三年去新疆被盛世才殺害後，她改嫁方志純。

毛澤東又沉默了片刻，才慢慢說道：

「這個事情不要張揚出去。不要讓其他人知道。把——把賀子珍接上來！」

「……」楊尚奎、方志純沒敢吭聲。[38]

上：廬山會議的元帥們全對彭德懷落井下石。前排右起：羅榮桓、賀龍、林彪、劉伯承、陳毅；後排右起：葉劍英、陶鑄、徐向前、聶榮臻、羅瑞卿。
下：毛澤東與賀子珍在延安。

一九三八年賀子珍離開延安去蘇聯治病，毛澤東就跟她離異了。據說四九年毛進京「登基」前夕，賀子珍的妹妹賀怡曾在石家莊找到他，他也同意賀回到他身邊。但賀子珍回國到了山海關，就被中央組織部來的兩個人擋住，說她不能去石家莊，只能南下。賀子珍去蘇聯初期，還生了一個毛的兒子，但不足周歲就因病夭折，她因而患上憂鬱症；山海關遭攔後，她的憂鬱症更重了。那年她才五十歲。

賀子珍是江西人，五九年夏天正在南昌閒居。水靜、朱旦華突來接她上廬山，只說去休息幾天。她被安排在東谷[39]北端一隅的小別墅裡，門牌「28」號，很僻靜，還有一個護士陪著。那天是七月八日。到七月十二日晚上，也就是彭德懷正在猶豫要不要去美廬的時候，水

37. 方志純（一九〇五—一九九三），江西農民暴動出身，參加南昌起義，後任江西省委書記、省長。
38. 見《烏托邦祭》，一四四—一四五頁。
39. 廬山牯牛嶺別墅群集中地區。

靜、朱旦華陪著賀子珍進了美廬。

毛澤東同賀子珍說了不到一個小時，又把水靜、朱旦華叫來，說：「看來不行了，她的腦子壞了，許多話答非所問。」讓她們送賀子珍回「28號」去。當晚深夜，江青從杭州打電話到美廬，宣布她明天來廬山。據說毛澤東到天亮才睡。沒隔多會兒，彭德懷就朝美廬走來了……。

毛召見賀是私人事務；毛誤掉彭，則事關重大。這個偶然性有多大意義，誰又說得清？

兩個「二把手」

A型人物劉少奇——對左傾冒進有直感，但精力放在對毛的態度上，一左一右地迎合。毛動怒後，他立即緊跟，親自主持批彭，上綱上線[40]很厲害，投井下石。講「個人崇拜」問題，偷換概念，逆蘇共二十大「非史達林化」的潮流，在中國首倡對毛崇拜，開林彪「一句頂一萬句」[41]之先河。（廬山人物粗線）

五九年八月十六日，「廬山會議」閉幕，十七日毛澤東又開了一個政治局工作會議，讓劉少奇專講「個人崇拜」。劉先歷數彭德懷反對唱〈東方紅〉、反對喊「毛主席萬歲」、講「史達林晚年」等問題。然後，他說了那段很著名的話：「我想，我是積極地搞『個人崇拜』的，『個人崇拜』這個名詞不大那麼妥當，我想，我是積極地提高某些人的威信的。」

如前所述，八個月後，一九六〇年四月「信陽事件」敗露，劉少奇一邊指揮救災，一邊煞住「大躍進」、調整國民經濟，也調整「階級關係」，但一切都以維護毛的威信（面子）為前提，也不給彭德懷平反。但是，六年之後，毛澤東對劉少奇也「突然襲擊」，發動文化大革命。

高華在《紅太陽是怎樣升起的》一書中梳理毛澤東發動文革的脈絡，特別提到他躲開北京到外地的九個月：

> 一九六五年國慶日後，毛澤東離開北京前往南方，至一九六六年七月十八日返回北京，在外地長達九個月，為毛歷次巡視時間最長的一次，所思所行都圍繞著一個中心：醞釀文化大革命。一九六六年六月十八日，毛澤東在極祕密狀態下，住進了韶山的滴水洞，前後待了十一天。據跟隨毛住進滴水洞的中央警衛團副團長張耀祠回憶，在這十餘天中，毛「任何人都不見，除了看書，批閱文件外，就是思考問題。」毛「有時拿著書躺在床上看，有時又像煩躁不安」。喜歡戶外活動的毛這次一反常態，僅讓張耀祠等人用輪椅推著離開洞口不過三百米，而毛的習慣是，「一有重大事情，一般不出來散步，或

40. 「上綱上線」，也稱「無限上綱」，大陸文革語言，所謂「綱」「線」，指階級鬥爭原則。
41. 林彪推動毛澤東個人崇拜的名言：「毛主席的話句句是真理，一句頂一萬句。」

者散步時間很短。」形跡隱密的毛澤東在滴水洞陷入深深的思考。一九六六年七月八日，他在武漢給江青寫下那封著名的信[42]，可以判斷，這封信的基本內容是在滴水洞形成的。

毛不動聲色地在六五年底「解決羅瑞卿問題」[43]；然後讓姚文元批《海瑞罷官》，誘彭真替吳晗[44]說話，如此將「彭羅陸楊」一步步引入包圍圈，折盡劉少奇的羽翼。康生曾傳達，毛說「彭真是一個渺小人物，我動一個指頭就可以打倒他。」江青祕書閻長貴也說，文革初期派工作組，根本是毛澤東給劉少奇下的一個「套」。據劉少奇的兒子劉源透露：「一九六四年末，毛又當著其他領導人的面，訓斥劉少奇：你有什麼了不起，我動一個小指頭就可以把你打倒。」接下來的故事，就是我在第二章已提到的「劉少奇罹難處」：一九六九年歲尾，從開封一家戒備森嚴的舊銀行抬出一具屍體，稱「一個烈性傳染病患者」，運往東郊火葬場

上：毛澤東與劉少奇。
下：王光美文革中被揪鬥。

火化了，用的名字是「劉衛黃」。

B型人物林彪——他從一開國就「養病」，也拒絕指揮抗美援朝，卻在遠處仔細研究毛澤東。他知道彭一倒，毛就要用他，他第一個舉措，是推舉對毛最忠誠的羅瑞卿任總長，然後又助毛打倒劉少奇，並拚命地把「毛崇拜」一直搞到荒謬程度，所為皆自保也。（廬山人物粗線）

五九年八月十七日劉少奇在廬山講「個人崇拜」，林彪一眼看穿：這才是「廬山會議」的最大奧祕和最大思想碩果。關於如何樹立毛澤東的「個人威信」，他認為「這是個天大的問題」。後來果然他「創造性」地大樹特樹起來，發明「毛澤東語錄」[45]、「活學活用」[46]、

42. 一九六六年七月八日，毛澤東在武漢給江青寫了一封信，先交給在武漢的周恩來、王任重看過，再由周帶到上海給江青看；然後周再將此信帶到大連讓林彪看。後世認為，這封信涵蓋了毛澤東發動文革的一些主要想法和計謀。

43. 一九六五年十一月林彪寫信給毛澤東，稱當時任總參謀長的羅瑞卿反對突出政治，嗣後毛於十二月八日在上海召開政治局擴大會議，不通知羅瑞卿參加，卻讓林彪的妻子葉群、空軍司令員吳法憲發言，揭發羅瑞卿的個人野心等罪行。次年春天，林彪主持軍委常委會，宣布撤銷羅瑞卿的一切職務。

44. 吳晗（一九〇九—一九六九），四九年前著名「親延安」的學者，明史專家，撰歷史劇《海瑞罷官》；文革中死在獄中，骨灰無存；嗣後妻子袁震被勞改隊折磨而死，養女自殺。

「早請示，晚彙報」[47]、「頂峰論」[48]、四個「偉大」[49]、「世界幾百年、中國幾千年才出一個」[50]等一系列名堂。

可是，到了上文提及的六五年秋——即毛澤東躲出去九個月那段期間，他在武漢給江青寫的信中說：「我猜他們的本意，為了打鬼，借助鍾馗。我就在二十世紀六〇年代當了共產黨的鍾馗了。」明明是他要扳倒劉少奇，卻說林彪要搬他出來當「鍾馗」；但這不是關鍵，重要的是，就在發動文革的前夜，毛澤東已經決定將劉少奇和林彪「一勺燴」[51]了，只不過要分個先後秩序而已。我在《烏托邦祭》的末篇〈餘音：深循環〉中寫了這麼一小段：

> 在運動的圓周上，起點與終點重合。
>
> 如果一九五九年，歷史選擇廬山，作為毛澤東與彭德懷決鬥的舞台，是一種偶然，那麼一九七〇年歷史又一次把廬山繼續提供給毛澤東與林彪決戰，就多少有一點必然了。這個羽翼逐漸豐滿的林彪集團，正是十一年前從這裡崛起的。
>
> 廬山是座魔山。

毛澤東對林彪，也採突然襲擊；這是第三次。第一次對彭德懷，第二次對劉少奇。七〇年八月底第二次「廬山會議」，由江青發難，毛澤東先批判陳伯達，再批林彪之妻、「軍委辦事組」的葉群。

五九年廬山會議之後，林彪接替彭德懷的位子，自己「猶抱琵琶半遮面」，不但恢復葉群軍籍，授上校銜，還到中央軍委設「林副主席辦公室」，但總參謀長羅瑞卿主管軍委，根本不「甩」林彪。一九六五年十一月三十日，林彪致函毛澤東「有重要情況需要向你彙報」，「現先派葉群送呈材料並向主席作初步和口頭彙報」；葉群持信從蘇州趕到杭州晉見毛。一周後毛就在上海開會整肅羅瑞卿——對最忠誠他的「大警衛員」，也來個小「突然襲擊」。

可七〇年這次，毛澤東說林彪：「不要把自己的老婆當自己工作單位的辦公室主任、祕書。」葉群這廂雖做了兩次檢討，但無濟於事。毛要林彪作檢討，林彪就是不檢討。毛於

---

45. 《毛澤東語錄》，又稱「紅寶書」，一九六四年由《解放軍報》編輯出版，選錄毛的語句四二七條。據總計，出版了三十七種中外版本，總印數達五十餘億冊，被稱為「二十世紀世界上最流行的書」，歷史上印量僅次於《聖經》的出版物。
46. 一九六〇年代林彪指示全軍：學毛主席著作：「要帶著問題學，活學活用，學用結合，急用先學，立竿見影。」
47. 文革中盛行的一種對毛澤東「表忠心」的儀式：每天早晨向毛主席請示一天該怎麼生活、怎麼做事，晚上彙報一天做了什麼、做得怎樣。
48. 康生、林彪宣揚「毛澤東思想是馬列主義的頂峰」。
49. 文革初期，陳伯達先提出「毛主席是偉大的領袖、偉大的導師、偉大的舵手」，嗣後林彪又加上一個「偉大的統帥」。
50. 林彪曾鼓吹「像毛主席這樣的天才，世界幾百年、中國幾千年才出一個。」
51. 燴，烹飪方法，此處猶言一鍋煮。

是開始「南巡」，一路猛批天才論，說「列寧、史達林一百年都不到，怎麼能說幾百年才出一個？中國歷史上還有陳勝、吳廣，有洪秀全、孫中山呢！」還大講「這次在廬山搞突然襲擊，是有計畫、有組織、有綱領的。」

上：一九五九年十月國慶閱兵式已由林彪取代彭德懷。
下：毛澤東說林彪：「不要把自己的老婆當辦公室主任、祕書。」左為林妻葉群。

林彪不是彭德懷，不肯束手就擒、甘願毀滅，但哪裡敢對毛搞「突然襲擊」？不過林彪的兒子林立果卻是一個異數。四十年前的這個「太子黨」，留有一份「五七一工程紀要」，以今日眼光去看，堪稱中共黨內「非毛化」的頂峰，拿今日那些富可敵國、依舊蔭蔽於「毛紅利」之下的太子黨們來跟他相比，真可謂跳蚤比龍種了。且看他如何「批毛」：

他們的社會主義實質是社會法西斯主義。他們把中國的國家機器變成一種互相殘殺，互相傾軋的絞肉機式的，把黨內和國家政治生活變成封建專制獨裁式家長制生活。

現在他濫用中國人民給其信任和地位，歷史地走向反面。

實際上他已成了當代的秦始皇；他不是一個真正的馬列主義者，而是一個行孔孟之道借馬列主義之皮、執秦始皇之法的中國歷史上最大的封建暴君。

他利用封建帝王的統治權術，不僅挑動幹部鬥幹部、群眾鬥群眾，而且挑動軍隊鬥軍隊、黨員鬥黨員，是中國武鬥的最大倡導者。

他知道同時向所有人進攻，那就等於自取滅亡，所以他今天拉那個打這個，明天拉這個打那個；每個時期都拉一股力量，打另一股力量。

今天甜言蜜語那些拉的人，明天就加以莫須有的罪名置於死地；今天是他的座上賓，明天就成了他的階下囚。

從幾十年的歷史看，究竟有哪一個開始被他捧起來的人，到後來不曾被判處政治上死刑？

有哪一股政治力量能與他共事始終。他過去的祕書，自殺的自殺、關押的關押，他為數不多的親密戰友和身邊親信也被他送進大牢，甚至連他的親生兒子也被他逼瘋。

他是一個懷疑狂、虐待狂，他的整人哲學是一不做、二不休。

他每整一個人都要把這個人置於死地而方休，一旦得罪就得罪到底、而且把全部壞事嫁禍於別人。

林立果其實也有「一不做、二不休」的性格，策劃刺殺「B-52」[52]，那份「紀要」裡也留下這種計畫：「利用各種手段如毒氣、細菌武器、轟炸、車禍、暗殺、綁架、城市游擊小分隊。」據張戎夫婦所著《毛澤東》稱，林立果曾有炮擊毛的專列、直升機撞擊天安門等刺殺計畫。然而他顯然還太嫩，未得乃父之真傳，且他母親大概也慣壞了他（如為他「選美」），除了個性毛躁，也只有一點「恐怖主義」的思路，神往電影裡學來的日本海軍學校「江田島精神」。於是到頭來刺殺未遂，只得落荒而逃。「溫都爾汗」，這個蒙古荒漠裡的怪誕地名，竟成為中國人從一場大夢驚醒的先聲。

前社科院政治學所所長嚴家其曾撰文，回憶他八九年離開中國

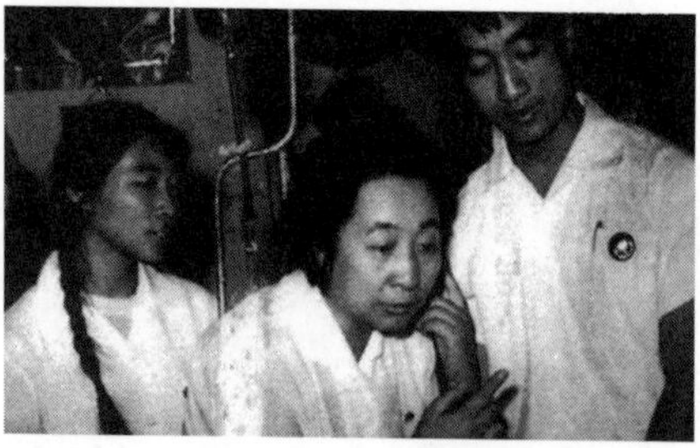

林彪家人：林立衡（左起）、葉群、林立果。

外蒙溫都爾汗林彪墜機現場。

前，林豆豆[53]去找過他的事：

我們那次談話，談到了林彪出逃問題，那次談話細節記不清了。林彪出逃四十二年來，關於「九一三事件」的版本已有多種，至今沒有定論，但導致林彪出逃的直接動因，四十二年後的今天是清楚的，那是一九七一年九月十二日下午十五時，毛澤東乘火車抵達北京郊區豐台車站，他接見了吳忠[54]等人，除周恩來等人外，在京中央委員對毛澤東突然返回均不知情。當天下午，林立果得知毛澤東返京，他從西郊機場乘坐「二五六」三叉戟趕回山海關。而在當天晚上，林豆豆出於對毛澤東的崇敬、對她父親林彪的愛和對母親葉群的不信任，向八三四一部隊[55]報告，葉群企圖劫持林彪。消息傳至毛澤東處，引起周恩來警覺。

如果沒有林豆豆報告，也就不會有林彪出逃事件。林彪事件過去四十二年了，林豆豆

52. B-52，美式轟炸機，體積龐大，所以被林立果暗中用作毛澤東的綽號。
53. 林豆豆，即林立衡，林彪與葉群的女兒。
54. 吳忠，生卒不詳，從一九七〇年起，從某野戰軍軍長調任北京衛戍區司令員，後曾協助周恩來處理林彪事件。
55. 即中共中央警衛團。

毛澤東祕書田家英，一九六六年五月自殺時僅四十四歲。

一如既往，要求為林彪得到公正評價而呼籲。我開始相信，林彪事先並不知道是否有謀殺毛澤東陰謀，也根本談不上參與，如果有其事，那也是林立果盜用林彪的名義進行的冒險。至於林彪是逃向廣州，還是蒙古，那是第二位的事情。林彪最終沒有去往廣州的原因是所乘三叉戟二五六號飛機燃油不足。林彪出逃的飛機在飛到接近蘇聯與蒙古的邊界線後，突然掉頭向返回中國的方向飛來，並在返回途中墜毀於溫都爾汗。

李銳〈懷念田家英[56]〉中則寫道：

七月二十三日，正式宣布批判彭德懷同志之後，我和家英等四人，沿山散步，半天也沒有一個人講一句話。走到半山腰的一個石亭中，遠望長江天際流去，近聽山中松濤陣陣，大家仍無言相對，亭中有一塊大石，上刻王陽明一首七絕，亭柱卻無聯刻，有人提議：寫一首對聯吧。我撿起地下燒焦的松枝，欲書未能時，家英搶著寫了這一首名聯：

四面江山來眼底
萬家憂樂到心頭

寫完了，四人依然默默無聲，沿著來時的道路，各自歸去。

田家英曾透露，毛澤東進京當皇帝前，在西柏坡與吳晗談其《朱元璋傳》，說你寫朱皇帝殘暴，乃是書生氣十足，朱不殘暴，皇帝就坐不穩……。吳晗未予理睬，不對朱洪武筆下留情，後來果然慘遭荼毒。

八〇年代初，余英時撰〈從中國史的觀點看毛澤東的歷史地位〉，引毛自我認同的三個歷史人物秦始皇、漢武帝、曹操，然後是點睛之筆：

我還要補充一筆，中國史上和毛澤東的形象最近似者則是明太祖。我在七年多以前已一再指出毛澤東曾有意模仿朱元璋。就性格而言，兩人尤為肖似，都是陰狠、猜忌、殘暴

56. 田家英，自幼有「神童」之稱，一九四六年起任毛澤東主要祕書。一九六六年自殺。

兼而有之。除了語錄、紅衛兵、整肅幹部，以及因自卑感而迫害知識分子等仿製品之外，毛澤東師法朱元璋有時甚至到了亦步亦趨的境地。例如他所提出而在大陸上一度廣為宣傳的口號：「深挖洞、廣積糧、不稱霸」便完全是抄襲朱元璋的「高築牆、廣積糧、緩稱王」。

寧鄉─韶山─滴水洞

一九八九年元月，我跟夏駿再次合作，給中央電視台製作《河殤》續集《五四》，在春雪江南之際，依次拜謁安慶陳獨秀墓、績溪胡適故居、紹興蔡元培故居，然後驅車西行去湖南。我們要拍攝「五四」巨靈、革命梟雄的遺址。南昌五十天寫毛澤東，可謂閱盡當代史上最黑暗的一段歲月，也似乎見識了最高端那個殘酷政治的「廬山真面目」，而這一切，都來自「五四」。

王魯湘從北京趕到長沙來會我們，再一同去湘潭。途中，我們特意繞道去寧鄉劉少奇的故鄉花明樓，那裡剛剛落成一座他的紀念館。那紀念館規模之大、裝潢之華麗，令我們吃驚，自然那是當地政府刻意要做的對他冤屈的一種補償，但我想若非文革，以劉少奇的謹慎，他絕不允許家鄉這麼幹的。相比之下，紀念館近旁，他的故居如劫後餘灰，保持了舊時的簡樸淨潔。據說，為劉少奇平反那天晚上，花明樓鄉親們在這故居前，舉行了二十年來第一次聚會，如醉如狂。

一九八九年春，我為《文匯》月刊寫的第二篇電視札記〈世紀末回眸〉，敘述了這次韶山之行（該作刊於一九八九年五月號，我是封面人物，但一個月後大屠殺，那張封面照片幾近我的通緝照）：

> 寧鄉緊挨韶山，僅一山之隔。趕到韶山已近傍晚，夏駿執意要拍落日，魯湘指點趕快攀上東山。待大夥兒氣喘噓噓登到山頂亭子時，太陽已經沉落到韶峰背後。惋惜之餘，大夥兒忽然發現，高峻的韶峰在西邊，韶山沖是根本不可能拍到日出的；過去電影、照片裡常見的「韶山日出」，其實都是日落！……
>
> 忽見一塊岩石上鐫刻著一首詩：
>
> 從來仙境稱韶峰，筆削三山折天空；
> 天下靈山三百六，此是湘南第一龍。
>
> 魯湘用張紙片抄下這幾句時說：「韶山果然不同尋常，看來，早就有人相信它藏龍臥虎。」他從小在湖南長大，曾兩次來此「朝山」，對如今韶山的冷清，頗為感慨。我也談到，韶山給人的感覺，同花明樓有一股說不出的差異。魯湘笑了：
>
> 「你看對面的韶峰，兀然聳起，有多俊秀。上屋場毛澤東的故居，正背靠這座山峰，

面朝山沖出口，這在堪輿學上是典型的『蛟龍出水』。你再看故居前面那兩個池塘，恰好是龍的兩顆眼珠。毛澤東好看風水。他出生的地方確也有古人所謂的帝王之氣，同花明樓的一馬平川完全不同。」

這番話贏得大家哈哈大笑。

那年去韶山，確實不虛此行：我們還打聽出一個神祕的去處。

上屋場故居西邊的山巒中，有一滴水洞，即毛澤東一九六六年夏天從武昌給江青那封著名的信中所說的那個「西方的一個山洞」。那是毛澤東在韶山的一座行宮。從韶山這邊去要繞好幾個道，然後走上一條極不引人注意的土路，七拐八拐，在一條山沖的盡頭掩藏著這座極為豪華的別墅。過去這個地方是連韶山的鄉親們都渾然不知的。

滴水洞又名龍虎山。緊靠岩壁的一溜建築物同廬山廬林一號別墅風格相似，都有寬大的迴廊，明亮的大窗戶。主人的房間有六大間，分別按會客室、辦公室、臥室布置成完全相同的兩套，不知是何緣故。辦公室裡照例配備著毛澤東喜歡的寬大躺椅。……——〈世紀末回眸〉

這個「山洞」，或可說是掀起「文革」妖風的那個巢穴，前文引高華考證毛澤東文革前夕「失蹤九個月」，即一度在此洞中籌畫文革。此洞的來由，據說是一九五九年六月毛澤東第一次回到韶山，由公安部部長羅瑞卿、湖南省委第一書記周小舟陪同，毛吩咐周小舟為他在家鄉「修幾間茅屋」。但周小舟未及施工，便在廬山會議上遭殃。第二年，接任的張平化於大饑荒歲月中抽調專人專款，集中施工，稱為「二〇三工程」，把滴水洞圍成禁區。後來毛又授意增添防原子彈設施，按防八級地震建造。其後又調來部隊，在別墅後面修建了長一百米的防空洞。洞的一側有防震室、指揮室等軍事設施。滴水洞的造價是天文數字，而毛一共只住過十一天。一九八九年我們參觀這個滴水洞時，還有一個小發現，我也寫在〈世紀末回眸〉裡：

在那滴水洞我還看到這樣一首帶有奇里斯瑪時代痕跡的留言詩：

韶樂已停尚有村，
群林始染弔英魂；
巍然動業兼文采，
功過千秋有定論。

一九八九年中國尚在「毛神話」餘暉中，我甚至不便直接寫出此詩出自誰人。如今經過二十多年，回頭去查採訪筆記，原來落款者是胡繩[57]，日期為一九八三年十一月十四日。這是有針對性的，因為鄧小平一九八一年搞了一個「若干歷史問題決議」，定性文革為「內亂」、毛澤東犯有「個人專斷」、「個人崇拜」的錯誤。

我的筆記裡還錄了另外幾則「留言」，如薄一波、熊復等，皆口號型的，略去；倒是鄧力群留的八個字，簡潔而情感難抑：

音容宛在，偉業永存

這才是一群原湯原味的「毛派」。

我在韶山毛澤東紀念館裡看到本世紀初，楊昌濟[58]在日記中對青年毛澤東的一則描繪：

「毛生澤東言：其所居之地為湘潭與湘鄉連界之地，僅隔一山，而兩地之語言各異。其地在高山之中，聚族而居，人多務農，易於致富，富則往湘鄉買田。風俗純樸，煙賭甚希，渠之父亦先務農，現業轉販……外家為湘鄉人，農家也，而資質俊秀若此，殊為難得。余因以農家多出異才，引曾滌生、梁任公之例以勉之。」

那時，毛澤東在長沙第一師範從楊昌濟學德國哲學家泡爾生的《倫理學原理》（極巧，此書恰是蔡元培從德國翻譯過來的），曾在書上做了一萬兩千多字的批語，可見，

此書對他影響之大。——〈世紀末回眸〉

在毛澤東那一萬兩千多字的批語中，有莫名而癲狂的一句，近來常被人引用：

我是極高之人，又是極卑之人。

這原不過是毛澤東懷才不遇的一句牢騷，意即吾乃上乘之才，不幸生得卑下，跟相隔不遠的清末廣西僻壤那位洪秀全，如出一轍；但我在這裡，引它來做一新解：新中國最高權力者，卻是一個最卑劣者。此意即為光棍式人物[59]竊得神器，則天下塗炭。「高」「卑」二字皆涵蓋也。

韶山出來的一個「人龍」就是他。

57. 胡繩（一九一八—二〇〇〇），中國近代史家，曾任《紅旗》雜誌副主編。

58. 楊昌濟（一八七一—一九二〇），倫理學家，任教湖南第一師範期間，毛澤東曾師從他；其女楊開慧嫁毛後數年遭國民黨逮捕並處死。

59. 光棍，也稱「社會邊緣人」，參閱余英時〈打天下的光棍——毛澤東與中國史〉。

十五、「這個蘇曉康，麻煩惹得還不夠呀？」

一九八八年四月十四日晚上，我從南昌飛回北京。《烏托邦祭》脫稿前，《百花洲》的朋友們，還陪我到臨川湯顯祖故居一遊。

再回木樨地軍博《河殤》劇組，靜悄悄的，夏駿和王魯湘又跑到南陽補鏡頭去了。原來他們正做第三集〈靈光〉的後期，忽受《人民日報》上一篇隨感的啟發，說南陽城裡有三大歷史名人，從他們留下的祠堂與墓塚來看，其身後或崇隆或寒酸，全在政治地位，依次是政治家諸葛亮、名醫張仲景、天文學名家張衡，可知中國傳統濃烈的官本位意識，與當下現實正兩相對照。

回北京不到半個月，五月底《河殤》播出，中央電視台未作任何預報，六月底播完後，卻掀起了滔天大浪。而我這廂，也在等待江西那邊的消息：《百花洲》原計畫夏季出刊的第四期整本登完《烏托邦祭》，然而夏季都過完了，仍無一點兒音訊。這份大型文學雙月刊從一九八二年起，由郵局發行，固定為每期二六〇頁，發行量近十二萬份。

《百花洲》封存

十月下旬蘇州有兩個筆會。二十四日中午我上了京滬特快，遇女作家諶容[60]和她夫婿范榮康——《人民日報》評論部主任，一個頗「自由化」的報人。他們招呼我坐下，一起聊《河殤》，還有另幾位文人。須臾過天津，畫家范曾上車，也湊過來。不料諶容拎他，說：

「范曾，那天你在南開大學說《河殤》反傳統，正好，蘇曉康在這兒。」

諶容就是這麼個厲害的主兒，鬧了范曾一個大紅臉，他趕緊解釋了幾句。誰知范榮康從旁又墊了一句：

「你寫一篇東西來，我給你發表，怎麼樣？」

果然後來范曾有小文一篇在《人民日報》刊出，很誇張地拿我比附明末大儒顧炎武之「天下興亡，匹夫有責。」其實那天在南開大學說《河殤》「有個大錯」的，是楊振寧；不過楊也說了「范曾教授對這個電視片的看法，跟我不謀而合。」楊主要是在三個「傳統象徵」上——龍、長城、黃河，對我們的詮釋感覺不舒服。我也才第一次知道，原來海外華人對文化符號，比我們更為敏感。

我們都是蘇州小說家陸文夫的客人，也來了王蒙等一群更大牌的小說家，談文學、品美食，第二天大家還去了一趟崑山。兩天後，我遷到蘇州玉壺樓參加另一個筆會：蘇州報告文學「登月」筆會，主辦者是蘇州大學，來了二十多位報告文學作家、刊物主編、編輯、記者。

60. 諶容，小說家，著有《人到中年》、《人到老年》，以寫平凡生活裡的委婉韻味見長。

上：一九八八年春，蘇曉康寫畢《烏托邦祭》後赴臨川湯顯祖故居一遊。
中：蘇州報告文學筆會。右起：嵇偉、張勝友、蘇曉康。
下：在南昌，《百花洲》編輯洪亮（右）每天就近安排所有事務。

《百花洲》的洪亮也來了，而且帶來壞消息：第四期《百花洲》已經印出來，但全壓在倉庫裡，不准發行。他說，下達扣押命令的人，正是這樁文案的最高指揮者——江西省出版局副局長桂曉風。整個雜誌社和江西文壇，都不知道原因究竟在哪裡？以《中國的眸子》[61]震撼文壇、性格剛直的江西報告文學作家胡平，拉著藍力生、洪亮，去找那位副局長論理，直言「扣押《烏托邦祭》，將在全國文壇產生惡劣影響」，但桂曉風囁囁嚅嚅，堅稱這篇報告文學題材敏感，內容涉及全部中央領導人，必須慎重，暫緩發行。

這事在會議上成為熱議。胡平脾氣又來了，當即撥通桂曉風電話，讓我直接跟他說話，我說桂曉風你早知如此，何必當初？跟他吵了一架。此君乃當時中共催肥「幹部知識化」的貨色，出身、學歷樣樣具備，只缺心肝兒肺，所以無師自通官場「潛規則」，又深知「左」總比右好。據說底蘊在於，他八八年升遷在即，不願承擔風險。果然「六四」後他升任正局長，人皆猜度，那正是扣押《烏托邦祭》的功勞成全了他；兩年後他被擢為全國新聞出版署副署長，直升北京做官去了，恰也證實此點。《烏托邦祭》，竟遭遇了一個「優秀的出版檢查官」，於我是完全逆料的。

為了這事，大家仍然七嘴八舌。《唐山大地震》作者錢鋼分析，自「清汙」、「反自由

61. 胡平《中國的眸子》，長篇報告文學，敘述江西姑娘李九蓮因反對文革而慘遭殺害，另一位姑娘鍾海源也因反對文革被處死，死前並被活體摘腎。

化」以來，文藝政策日益緊縮，尤其劉賓雁被開除黨籍，報告文學處境日漸險狹，《烏托邦祭》此刻出籠，將猶如投下一塊巨石，勢必導致新的緊縮。《世界大串聯》作者之一張勝友直言：「曉康，《河殤》熱正在興頭上呢，你打算再掀起一場『廬山會議』風波？恐怕你難以過關囉！」

《新觀察》流產

回到北京我便另尋出路。恰好羅時敘又從廬山趕來，我們不信這爆炸性作品無人問津。在蘇州時，我在陸文夫辦的筆會上遇到天津小說家蔣子龍，他剛接辦《天津文學》，就曾允諾我安排在他那裡連載《烏托邦祭》。

羅時敘來北京時，我認識不久的香港貿發局駐京代表羅海星[62]夫婦請吃飯，羅太太周蜜蜜是作家，對香港出版界很熟，我就帶羅時敘同去赴宴，順便跟他們商議在香港出版《烏托邦祭》的可能性。

南昌那廂，《百花洲》編輯部藍力生、洪亮他們，也在悄悄的做搶救打算，從倉庫裡取出幾十本第四期，分寄給巴金、夏衍、冰心等文壇耆老、重量級作家，以及《文匯報》等知名媒體。北京的文化圈子裡，一時都在談彭德懷和「廬山會議」；再加上《河殤》引發的轟動效應，特別是開封「劉少奇死難處」那段現場影音的悲情衝擊，毛澤東的畫皮竟一下子被剝得很慘。

不幾日，作家出版社編輯關正文和《報告文學》編輯劉小雁（劉賓雁之女）來找我，說馮牧願做《烏托邦祭》這本書的終審，以此為它打開出版途徑。馮牧是全國作協書記處書記、《中國作家》主編，以他的權威，去衝擊出版檢查部門的查封，究竟如何，當時亦難見分曉。不過，我跟羅時敘也顧不得許多，又再修訂一遍書稿，搞了一個通宵。然後，他回廬山去了。

當時，我已身處風暴眼，卻仍渾然不覺。金觀濤、劉青峰夫婦，正在香港中文大學訪問，中途回北京，急著說服我與夏駿再合作，拍一部《河殤》續集。見我面有難色，金觀濤說，《河殤》引起很大爭議，全在未能說透「五四」以來的近現代史，你有責任把它再說一說，向觀眾才好有個交代嘛！那廂中央電視台台長黃惠群也約我吃飯，談的是同一件事情。我後來自是接了這單任務，雖然李澤厚聞訊後對我說：「這回可不比《河殤》，眾目睽睽之下，怕是難以為繼囉。」

前文已寫到，正是為了這部《五四》，我們才有韶山之行，並且進了「滴水洞」。照我在劇本裡的設計，這次我們要好生說說「文革」這檔子事，去捕捉留在歷史中不肯泯滅的

---

62. 羅海星（一九四九—二〇一〇），香港民主運動支持者，因參與營救六四逃難者而被中國判刑坐牢兩年。其妻周蜜蜜，兒童文學作家。

那些鏡頭，如北京師大女附中的女生們活活打死校長卞仲耘[63]、老舍[64]跳太平湖、傅雷[65]和鄧拓[66]的自殺；而我最神往的，是去上海採訪碩果僅存的巴金，聽他談「為什麼文革把人變成獸」、談「建立一個文革博物館」[67]。

一九八八年歲尾，《五四》攝製組離開安徽績溪，經寧國、廣德、宜興、無錫、蘇州，深夜抵達上海。十二月二十九日晚上，上海《文匯》月刊報告文學編輯嵇偉，陪我赴武康路一一三號巴金寓所。事先我已託她，通過《收穫》主編、巴金的女兒李小林探試，可否採訪老人。李小林後來通知她，巴老聽說是《烏托邦祭》的作者求見，就答應了。我們進寓所，李小林不在，是巴金的兒子李小棠應門，他領我們走進一間很寬敞的客廳，巴老坐在一張輪椅上。我向他請求電視採訪談「文革」，他答應了，但他卻問我《烏托邦祭》怎麼寫的？然後他看著我，反覆說一句話：

「要看老百姓怎麼想，要看他們願意怎麼樣。」

我當時沒聽懂他這話的意思，所以也沒回應。事後，時間隔得越久，這句話的意思越清晰。老人的蒼涼、深刻，竟是我們難以望其項背的。中華民族的命運，只能由大多數老百姓來選擇，即使所謂「民主」，也不過如此。如果大家選擇遺忘、忍受、苟且，那也是沒有辦法的事情。

到了深秋之際，《烏托邦祭》的出版仍無著落。有一天戈揚忽然打電話給我：「曉康，你趕快給我弄一個十萬字以內的壓縮本，我用一期《新觀察》推出。」我連夜就做，知道老太太乃是京中一豪傑，不畏強梁的人物。

《新觀察》是半月刊，月初、月中各一本。我雖諸事纏身，整日頭緒紛亂，卻巴巴兒地等著下一個出刊日。記得一個黃昏，我掙脫一個什麼會議，就跑到一家街頭報刊亭，買了一本《新觀察》，翻開一看，連影子也沒有。跑回家給編輯部打電話，沒人接。第二天一早我就趕到沙灘文聯大院，在《新觀察》那棟小樓上，堵住編輯部主任鄭仲兵。老鄭是一個「溫良恭儉讓」的君子，一把拉我進去坐下：

「咳！老太太都躲著你呀。我跟你說，版都做好了，在開機印刷前一分鐘，老太太給鮑彤撥了一個電話。鮑彤說，這個蘇曉康，麻煩惹得還不夠呀？一個《河殤》，已經叫我們焦頭爛額，你再把這個廬山會議捅出來，我們可沒法保護他啦！」

到此，出版渠道基本堵死。

---

63. 卞仲耘（一九一六—一九六六），北京師大女附中黨總支書記兼副校長，一九六六年八月五日被該校女紅衛兵們打死在校園裡，年僅五十歲，是四個孩子的母親。

64. 老舍（一八九九—一九六六），小說家，一九六六年八月二十四日深夜不堪批鬥，自沉於北京太平湖，終年六十七歲。

65. 傅雷（一九〇八—一九六六），翻譯家，一九六六年八月底，遭上海紅衛兵連續四天三夜批鬥、凌辱後，夫婦雙雙自殺。

66. 鄧拓（一九一二—一九六六），《人民日報》社長，文革初期連續數日遭姚文元、戚本禹署名文章批判，一九六六年五月十八日留下絕筆後在家中服藥自盡。

67. 巴金《隨想錄》。

私營出版：「書王」陳大東

十月間在蘇州，胡平、錢鋼、張勝友等七嘴八舌說得很沉重時，一向寡言旁觀的愛寫社會畸形、底層眾生、扮過乞丐的賈魯生，卻慢悠悠地說：「咳，曉康，咱自個兒出書不得了，你還記得我給你介紹過的『二渠道』的書商嗎？回北京咱找他們去。」

「二渠道」，這是一個關於中國圖書市場的「革命故事」。

長話短說。官辦的「主渠道」即新華書店系統，僵化死板，留下巨大市場空間，於是八〇年代螞蟻似的個體書攤，開始蠶食逼近，漸漸占據圖書銷售量的半壁江山。

個體書商一般以一萬五至三萬元人民幣不等的價格，從享有圖書出版序列號壟斷權的出版社購買「書號」，自行印製發行。他們的投資取向，自然

八〇年代報告文學三家，左起：蘇曉康、蕭復興、賈魯生。

要鑽「意識形態」和「出版檢查」的空子，走禁書、內部書、港台言情武俠、歷史內幕、現實社會問題等題材的路子。他們的廣告詞也很絕：「不看湯根飄，美史不知道」（美國名著《湯姆叔叔的小屋》[68]、《根》和《飄》）。

賈魯生是山東的報告文學作家，年初曾從海南島飛來北京，到軍博《河殤》劇組來，很興奮地跟我談他的新作《第二渠道》。不料，由他這篇報告文學而命名了一個新的行業，真乃空前絕後。這個行業由散布在城市街頭的無數報販發展起來，八八年已達四萬多人、數億元銷售額，擁有三萬個以上的經營網點，星羅棋布於全國城鄉。

賈魯生（右）與蘇曉康在廬山筆會。

賈魯生告訴我，其中有位陳大東，被工商局罰款二十萬，正面臨起訴，他拔刀相助，要搭救這位「二渠道」。第二天，這位陳大東就在「川魯飯店」，請一群北京的報告文學作家吃飯，他稱「我要做你們的發行商」。吃罷，他又硬拉著我去趕另一場飯局，在「便宜坊」

68. 台譯《黑奴籲天錄》。

烤鴨店，那裡正有幾位個體發行大戶在聚會，原來陳大東跟他們拍了胸脯，一定把蘇曉康請來。

賈魯生在《第二渠道》中寫了陳大東的故事：

> 陳大東被人們譽為「書王」。這是一個外憨內秀的年輕人，曾是《山西青年》刊授大學第一屆全國詩歌聯誼會的理事。文學開拓了他的視野和胸懷，使他在書刊經營中高人一籌……。他的勢力範圍很快發展到全國十多個省市，控制著上千家銷售點……。在全國民間書刊發行的第二渠道系統中，他是一條大流量的支渠……。陳大東的「野心」很大，他想蓋一座「希望」大廈，想舉辦全國性文學大獎，甚至想成立中國第一家個體出版公司……。

別看我在《河殤》裡禮讚「蔚藍色」，骨子裡還很「黃河」，真見了這幫「二渠道」個體戶，雖是腰纏萬貫，一時仍覺得他們跟「文化」不相干。當時我也尚未從一個媒體寵兒、暢銷作家的繽紛幻覺中醒過來，又豈甘心離開那「主渠道」？所以我把陳大東這一頭先按下，還在翹首以待那些名牌雜誌、官辦出版……。

直到《新觀察》那頭落空，我才轉而又去找陳大東。

一九八九年三月底，陳大東拎了一個公事包來我家，送來一筆可觀的現金，作為《烏托邦祭》的書稿費。那些年因全國各地報刊大量轉載我的作品，我已經算是收入高的作家；陳大東送來的現金，卻遠超過我幾年來的稿費收入。

陳大東還得再花一筆錢，找一家出版社為《烏托邦祭》買一個書號。恰好我的一個文友，調到一家剛剛成立的出版社當總編輯兼副社長，就賣了一個書號給陳大東。這是那位文友賣的第一個書號，那家出版社也只賣了這個書號，連一本書都沒出版過，就關門大吉了。我的那位朋友，也沒當幾天官，便出國流亡去了——三個禮拜後，胡耀邦去世，緊跟著的，就是那場大風暴。

在風雲突變的前夜，一本印刷極為簡陋的《烏托邦祭》，出現在全國各地的書報攤上。紅底子封面，中共領袖群像躍然紙上：毛澤東坐在頂端，左有林彪右為周恩來；江青頭像居封面正中，她下端是康生，以上皆彩照：林彪再往左，是劉少奇；周恩來再往右，是彭德懷，皆黑白照。一種典型的歷史內幕的地下出版風格。

我至今還保存了一本，視為珍本。

胡耀邦去世十天後，一九八九年四月二十五日，上海《文匯報》登了一則頭版新聞：

文壇春意融融，又見新竹挺秀

首屆文匯文藝獎昨頒發

一九八八年《文匯報》「文學新人獎」會場。右起：王安憶、施叔青、蘇曉康。

蘇曉康等五人獲文學新人獎，謝晉等十五人獲文匯文藝獎，施叔青等七人獲「藍天杯」國際旅遊徵文獎

《烏托邦祭》的最後一個插曲，竟發生在「六四」大屠殺之前的一個多月。

在那之前，八八年秋，《烏托邦祭》被江西省出版局封存、準備打成紙漿之際，上海《文匯報》忽在九月二十四日刊登了一篇該書的節選，標題為〈元帥「死」在建軍節前〉，內容敘述一九五九年七月二十三日毛澤東大發雷霆，七月三十一日第一次常委會跟彭德懷算歷史總帳；第二天八月一日是中共建軍節，彭德懷仍以國防部長身分接受外電祝賀……。其中有這兩句：

他的名字、他的頭銜，還在被電波載向全國，飛向世界，而他的靈魂卻正在廬山之巔經受鞭打和蹂躪。元帥「死」在建軍節前夜。

上海市委機關報《解放日報》也轉載了這篇節選。——那時的上海市委書記，正是江澤民。

從後來全國作協、《新觀察》等努力推動不能奏效來看，全國公開發表過《烏托邦祭》的，唯有上海。

八九年春，北京已是沸沸騰騰，《文匯報》忽然給我一個「文學新人獎」，還特意派《文匯》月刊編輯嵇偉，專程來北京接我飛滬領獎。我跟她四月二十二日坐晚班飛機去上海，二十七日我自己坐京滬特快返回北京。這個獎是由包括柯靈、王蒙、陸文夫等老作家和王元化、張光年、唐達成等文藝負責人組成的二十三位評委投票選出的，我之獲獎，也許跟《文匯報》選刊《烏托邦祭》有關。

四月下旬的上海，受北京天安門學運的激勵，滬上各大學也風起雲湧，摩拳擦掌。我跟嵇偉來滬，本有出來躲一躲的意思，也很擔心到上海曝光，反被學生們拉去演講。誰料嵇偉領我和施叔青去看望王若望[69]時，坐公共汽車快到站了，她吆喝了一聲：「蘇曉康，這一站下車了啊。」一車上有一群大概是學生，立刻四周搜尋叫嚷起來：「哪個蘇曉康？《河殤》那個蘇曉康嗎？他怎麼會在上海？」這可麻煩了，一下車他們就把我們團團圍住。嵇偉死命地把我從人群中拽出來，再拉上施叔青，飛快逃離。我是第一次見王若望，在他家裡也第一次遇到寫《人啊，人！》的上海女作家戴厚英（一九三八—一九九六）。

抵達上海那兩天，我就猶豫著何時回北京。若想躲過那場大危機，無非再到蘇南去轉悠它一個月。四月二十五日夜裡，往北京家中給傅莉打了個電話，她說：「回家吧，北京看上去能消停一下了，趙紫陽出來安撫學生，好像挺管用的。」……

---

69. 王若望（一九一八—二〇〇一），作家，五七年被打成右派；八七年被鄧小平點名開除黨籍；八九年被捕入獄十四個月，一九九二年流亡美國。

尾聲　鸚鵡救火[1]

「五一四」廣場斡旋記

衝著傅莉那句話，兩天後我回到北京；中午一出火車站，正趕上著名的「四二七」大遊行。那個火燒火燎的大革命陣勢啊！我只有心裡暗暗叫苦。接下來勢態幻變詭譎莫測，學生娃娃一副死磕模樣，老頭子們也寸步不讓，中間的玩家們興奮極了。我這廂明知前面惹下的《河殤》大禍會叫我們「吃不了兜著走」，卻也已難脫身了。

回顧那段時日種種，還是引用一九九〇年春法國學者程映湘、高達樂夫婦與我的訪談紀錄較為詳實。

程：你現在進入運動本身了。

蘇：五月十四日是個禮拜天，戈巴契夫第二天就要到北京。前一天，五月十三日，學生突然進駐廣場絕食起來。情勢非常緊張。閻明復[2]已經開始勸說學生，請他們把廣場讓出來，別影響國事活動，但勸不動啦。他就找戴晴來幫忙。戴晴就找了十一個知識分子：李澤厚、劉再復、李洪林、于浩成、溫元凱、包遵信、嚴家其、蘇煒、李陀、麥天樞、我，連她自己，一共十二個人，先到《光明日報》，開個座談會。一開頭大家都強烈批評政府，也討論怎麼辦，知識分子應該做點什麼。當時的《光明日報》總編輯姚錫華，還出來跟我們說，胡啟立已經有指示，你們今天在這裡的討論，《光明日版》明天全文發表。其實後來並沒有發表，只發了一個消息。

正在討論的當中，統戰部用車送來一個高自聯常委到會上，叫王超華，是個女研究生。她跟我們講，這次學生絕食沒有經過高自聯，所以高自聯指揮不了他們。但是現在情況非常緊急，她已經得到消息，今天晚上一定會武力清場，北京市委已經把清場的軍警和各種防爆器材都準備好了，今天晚上學生肯定要流血。她說，我們高自聯完全被動了，因為幾個主要常委王丹、吾爾開希，都主張絕食，帶了人去廣場參加絕食了，我們沒有辦法了，她邊說邊哭，我們失去控制了，沒有辦法了，希望你們出面去勸勸學生。

她一說完，我們這些人就吵作一團。嚴家其說，我們沒有辦法去廣場，政府一點也不讓步，我們怎麼勸得動學生？但是溫元凱和李澤厚說，這種時候，我們應該去，一定要去勸，否則怎麼行呢？李澤厚特別強調：這是我們知識分子的責任嘛！我當時也不主張去廣場，因為政府太不像話了，我們沒有一點兒前提能勸動學生。後來大家達成一致意見，還是去，先起草了一個緊急聲明，由我當場寫的，是要拿到廣場上去宣讀的。聲明無非是說兩頭話：一

1. 明末周工亮《因樹屋書影》：「昔有鸚鵡飛集陀山，乃山中大火，鸚鵡遙見，入水濡羽，飛而灑之。天神言：『爾雖有志，何足云也？』對曰：『嘗僑居此山，不忍見耳！』天神嘉感，即為滅火。」余英時教授最早借此典故喻其「中國情懷」，我亦願借此比附我的「廣場之行」。

2. 閻明復，八〇年代曾任中共中央書記處書記、統戰部長，六四下台後一直從事慈善事業。

面呼籲政府跟學生對話、承認學生組織的合法性、絕對不允許動用暴力；一面呼籲學生要理智清醒、不要讓人挑起事端、暫時撤出廣場。

當時大家也提出一個問題，我們去有沒有作用？是不是先請幾位廣場學生過來談談，廣場現在到底是個什麼情形？學生情緒怎麼樣？這樣，又把我們十二個人送到中央信訪辦公室，就是專門接待上訪的……。

程：信訪辦公室在天安門附近嗎？

蘇：好像在永定門火車站一帶。然後從廣場接了十幾個學生過來，他們不是絕食的，而是維護廣場秩序的糾察隊學生。我們問他們，應該在廣場待下去，還是應該撤離？他們都說應該撤離。我們問，廣場上的學生們心裡怎麼想的？他們說，也想撤，但是撤不下來，很怪。我們又問，那麼我們去能不能起作用？他們分析了一下之後，說你們這些人去，一定能說服學生。

好，大家就決定去了。到了廣場，不是每個人都講話，好像只有溫元凱和我，講了幾句，大同小異，一是肯定學運前期，你們取得很大勝利，靠的是理性精神；二是現在局勢非常複雜，提醒學生不要被保守派利用，要懂得這個分寸……。我們把話已經說到這個份兒上了，當時學生中很多人鼓掌，好像大家都同意這種分析。

接下來，由戴晴出面宣布一個妥協方案。可是戴晴這個人呢，她說了一個事先根本沒有跟我們其他人商量過的方案，她的妥協方案是什麼呢？她說：「就這會兒，讓趙紫陽，或者李鵬，到廣場來，就在這裡，對同學們說一句：你們是愛國的！或者說一句：你們辛苦了！就說一句話，讓他們離開，然後同學們就撤離，這樣行不行？」

說老實話，當時聽戴晴這麼一說，我都懵了！妳怎麼不跟我們商量一下，就把我們十一個人拉到這裡來做戲？我猜呢，她這個方案，是跟閻明復反覆商量過的，或者是她出的主意，然後閻明復跑去找中央書記處的頭頭們，趙紫陽、李鵬、姚依林、喬石、胡啟立，一個一個找，結果就是大家同意，只能到廣場來說這麼兩句話中的一句。共產黨都蠢到了這種地步！——「你們是愛國的」，這句話報紙上一直在說嘛。

戴晴這麼一講，學生當然不幹了。封從德馬上站起來念絕食誓詞，廣場的氣氛一下子就扭轉過去了。我們離開那裡，回到統戰部，我又同李鐵映[3]吵了一架。

程：為什麼吵呢？

蘇：我們回到統戰部時，閻明復、李鐵映還在那裡跟學生代表對話談判嘛。他們兩個人在那邊結束後，過來看我們，向我們表示感謝，進來後打招呼、打官腔，劉再復就站起來，對他們說：為什麼中央這個時候就不能作點讓步呢？為什麼非要定學生是「動亂」呢？明明不是「動亂」嘛，你們也看得清清楚楚，為什麼要這樣呢？

李鐵映聽了，臉一板說，中央做事情哪能這麼隨隨便便的呀！就不能隨便改嘛，要改

---

3. 李鐵映，中共元老李維漢之子，時任國家教委主任。

李铁映阎明复等与首都高校部分学生座谈对话

新华社北京5月14日电 中共中央政治局委员李铁映、书记处书记阎明复，今天下午在中央统战部礼堂与首都高校部分学生进行了座谈对话。

这次座谈对话是16时45分开始，19时20分中止的。李铁映、阎明复同志在座谈对话中回答了学生们提出的一些问题。

在天安门广场绝食请愿的部分学生代表参加了座谈对话。

参加座谈对话的还有尉健行、安成信、杨景宇、刘延东、郑幼枚等。

5月14日，李铁映、阎明复、尉健行等与首都部分高校学生对话。

新华社记者 马挥摄

一九八九年五月十四日，中共統戰部李鐵映（中間左二）、閻明復（左三）與學生對話團談判。

也要有個過程。瞧他那一副訓人的口氣，劉再復起碼要比他年長幾歲呀。本來我們已經很累了，學生又不肯聽我們的，心裡很難受，眼看事情要鬧砸了，我很洩氣地坐在那裡，一看李鐵映這麼訓劉再復，我呼一下蹦起來說：李鐵映同志，你們作出「動亂」這個決定，為什麼這麼快？你們經過什麼仔細考慮了嗎？經過什麼討論了嗎？我的意思是，你這個「動亂」的決定，難道不是隨隨便便、很草率的嗎？

他嘟囔了一句什麼，然後態度緩和了一點，打個哈哈。我又說：每次都是這樣，為什麼一定要犯錯誤犯到底呢？為什麼一定要到沒法收拾了才肯罷休呢？再承認錯誤、檢討，再來給人家平反、給人家昭雪，造成極大的損失，現在為什麼不能主動一點呢？李鐵映接下來說，啊，咱們今天不說啦，你們也都累了，我們也很累，咱們今天都去休息吧！

這天就算結束了。然後閻明復派車送戴晴和我回家。一上車，我們倆又吵起來，我說戴晴妳怎麼也不跟我們其他人商量一下妳的方案？我們是應該去廣場勸學生，但也不能這麼個勸法呀。戴晴說，就這麼個方案，還是費了九牛二虎之力，好不容易才爭取來的。蘇曉康，我告訴你，如果我們不能使雙方妥協的話，你我兩人都得進監獄！

程：她也說準了！可見她對上層，比你們這些人的了解深刻得多。

果然，「六四」槍響，戴晴進了秦城監獄，我則在「通緝犯」罪名籠罩下，潛伏逃亡一百天，然後是漫長的海外流亡生涯。

回首當年，從六四血光之災中，依稀仍可辨認那「人龍」的身影：毛澤東這種「極卑之人」，當道二十七年，天下早已糜爛，然而，我們當年難以逆料的是，「毛堂」裡那具殭屍的遺產，仍在繼續蹧蹋中國；誠如史學家余英時「借用顧炎武的話說，『毀方敗常之俗，毛澤東一人變之而有餘』。」

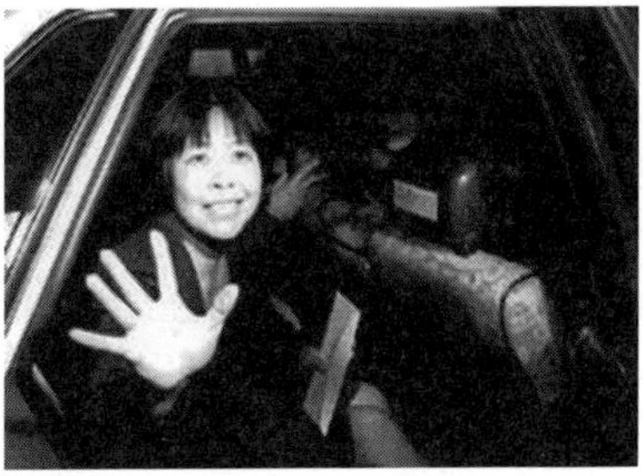
戴晴：「蘇曉康，我告訴你，如果……，你我兩人都得進監獄！」

毛的遺產是「造反有理」，經過「文革」試煉，卻讓他的共產黨老戰友飽受喪權的慘痛教訓；以致「八九」學生娃娃們竟讓所謂「八老」恐懼得大開殺戒，京師屠戮。從此，該黨便成一個「保權保位、有家無國」的統治集團，也非得綁架整個民族及其子孫後代的家園不可——中國不墜入黑暗，那才怪呢！

二〇一二年九月二十二日〈引子〉起筆
二〇一三年四月九日寫畢全書
於德拉瓦灣

「六四」清晨的天安門廣場。
圖片來源／六四檔案網

INK PUBLISHING
蘇曉康作品集 03

屠龍年代
——中原喪亂與《河殤》前傳

作　　者　蘇曉康
總 編 輯　初安民
主　　編　季　季
責任編輯　陳健瑜
美術編輯　林麗華
校　　對　吳美滿　陳健瑜　季　季　蘇曉康

發 行 人　張書銘
出　　版　INK印刻文學生活雜誌出版有限公司
新北市中和區中正路800號13樓之3
電話：02-22281626
傳眞：02-22281598
e-mail：ink.book@msa.hinet.net

網　　址　舒讀網http：//www.sudu.cc
法律顧問　漢廷法律事務所
劉大正律師
總 代 理　成陽出版股份有限公司
電話：03-3589000（代表號）
傳眞：03-3556521
郵政劃撥　19000691 成陽出版股份有限公司
印　　刷　海王印刷事業股份有限公司

港澳總經銷　泛華發行代理有限公司
地　　址　香港筲箕灣東旺道3號星島新聞集團大廈3樓
電　　話　(852) 2798 2220
傳　　眞　(852) 2796 5471
網　　址　www.gccd.com.hk

出版日期　2013年7月　初版
ISBN　978-986-5823-23-8

定　價　320元

國家圖書館出版品預行編目資料

屠龍年代——中原喪亂與《河殤》前傳
／蘇曉康著；
--初版，--新北市：INK印刻文學，
2013.07　面；　公分（蘇曉康作品集 03）
ISBN 978-986-5823-23-8（平裝）
857.85　102011658